Relatos de lo inesperado

Roald Dahl

Relatos
de lo inesperado

Traducción de
Carmelina Payá y Antonio Samons

EDITORIAL ANAGRAMA

BARCELONA

Título de la edición original:
Tales of the Unexpected
Michael Joseph Ltd.
Londres, 1979

Ilustración: «Gallos y bambúes», Chen Mujum

Primera edición en «Contraseñas»: octubre 1987
Primera edición en «Compactos»: octubre 1993
Vigésima sexta edición en «Compactos»: septiembre 2020

ROALD DAHL

Diseño de la colección: Julio Vivas y Estudio A

© Roald Dahl, 1948, 1949, 1950, 1952, 1953, 1959, 1961, 1979

© EDITORIAL ANAGRAMA, S. A., 1993
  Pedró de la Creu, 58
  08034 Barcelona

ISBN: 978-84-339-2086-7
Depósito Legal: B. 29967-2011

Printed in Spain

Liberdúplex, S. L. U., ctra. BV 2249, km 7,4 - Polígono Torrentfondo
08791 Sant Llorenç d'Hortons

que venía de la cocina, hicieron que mi boca empezara a segregar saliva.

Al sentarnos recordé que, en las dos anteriores visitas de Richard Pratt, Mike siempre había apostado con él acerca del vino clarete, presionándole para que dijera de qué año era la solera de aquel caldo. Pratt replicaba que eso no sería difícil para él. Entonces Mike apostaba con él sobre el vino en cuestión. Pratt había aceptado y ganado en ambas ocasiones. Esta noche estaba seguro de que volvería a jugar otra vez, porque Mike quería perder su apuesta y probar así que su vino era conocido como bueno, y Pratt, por su parte, parecía sentir un placer especial en exhibir sus conocimientos.

La comida empezó con un plato de chanquetes dorados y fritos con mantequilla, rociados con vino de Mosela. Mike se levantó y lo sirvió él mismo, y cuando volvió a sentarse me di cuenta de que observaba atentamente a Richard Pratt. Había dejado la botella frente a mí para que pudiera leer la etiqueta. Ésta decía: «Geirslay Ohligsberg, 1945.» Se inclinó hacia mí y me dijo que Geirslay era un pueblecito a orillas del Mosela, casi desconocido fuera de Alemania. Me dijo que ese vino era muy raro porque, siendo los viñedos tan escasos, para un extranjero resultaba prácticamente imposible conseguir una botella. Él había ido personalmente a Geirslay el verano anterior para conseguir unas pocas docenas de botellas que consintieron en venderle.

—Dudo que lo tenga alguien más en esta comarca —dijo, mirando de nuevo a Richard Pratt—. Lo bueno del Mosela —continuó, levantando la voz— es que es el vino más adecuado para servir antes del clarete. Mucha gente sirve vino del Rin, pero los que tal hacen no entienden nada de vinos. Cualquier vino del Rin mata el delicado *bouquet* del clarete. ¿Lo sabían? Es una barbaridad servir un Rin antes de un clarete. Pero el Mosela... ¡Ah! ¡El Mosela es el más indicado!

Mike Schofield era un hombre de mediana edad, muy agradable. Pero era corredor de Bolsa. Para ser exacto, era un agiotista de la Bolsa y, como muchos de su clase, parecía estar un poco perplejo, casi avergonzado, de haber hecho dinero con tan poco talento. En su fuero interno sabía que no era sino un *book-maker,* un corredor de apuestas, un untuoso, infinitamente respetable y secretamente inescrupuloso corredor de apuestas. Suponía que sus amigos lo sabían también. Por eso quería convertirse en un hombre de cultura, cultivar un gusto literario y artístico, coleccionando cuadros, música, libros y todo lo demás. Su explicación acerca de los vinos del Rin y del Mosela formaba parte de esta cultura que él buscaba.

—Un vino estupendo, ¿verdad? —dijo, mirando insistentemente a Richard Pratt.

Yo le veía echar una furtiva mirada a la mesa cada vez que agachaba la cabeza para tomar un bocado de chanquetes. Yo casi le *sentía* esperar el momento en que Pratt *cataría* el primer sorbo, contemplaría el vaso tras haber bebido con una sonrisa de placer, de asombro, quizá hasta de duda, y entonces se suscitaría una discusión en la cual Mike le hablaría del pueblo de Geirslay.

Pero Richard Pratt no probó el vino. Estaba conversando animadamente con Louise, la hija de Mike, la cual no tenía aún dieciocho años. Estaba frente a ella, sonriente, contándole, al parecer, alguna historia de un camarero en un restaurante parisiense. Mientras hablaba, se inclinaba más y más hacia Louise, hasta casi tocarla, y la pobre chica retrocedía lo máximo que podía, asintiendo cortésmente, o más bien desesperadamente, y mirándole no a la cara sino al botón superior de su esmoquin.

Terminamos el pescado y la doncella empezó a retirar los platos. Cuando llegó a Pratt y vio que no había tocado su comida siquiera, dudó unos instantes. Entonces Pratt advirtió su presencia, la apartó, interrumpió su conversación y empezó a comer rápidamente, metiéndose el pescado en la boca con hábiles y nerviosos movimientos del tenedor. Cuando terminó, cogió su vaso y en dos tragos se bebió el vino para continuar enseguida su interrumpida conversación con Louise Schofield.

Mike lo vio todo. Estaba sentado, muy quieto, conteniéndose y mirando a su invitado. Su cara, redonda y jovial, pareció ceder a un impulso repentino, pero se contuvo y no pronunció palabra.

Pronto llegó la doncella con el segundo plato. Este consistía en un gran rosbif. Lo colocó en la mesa delante de Mike, quien se levantó y empezó a trincharlo, cortando las lonchas muy delgadas y poniéndolas delicadamente en los platos para que la doncella las fuera distribuyendo. Cuando hubo servido a todos, incluyéndose a sí mismo, dejó el cuchillo y se inclinó apoyando las manos en el borde de la mesa.

—Bueno —dijo, dirigiéndose a todos, pero sin dejar de mirar a Richard—, ahora el clarete. Perdónenme, pero tengo que ir a buscarlo.

—¿Vas a buscarlo tú, Mike? —dije—. ¿Dónde está?

—En mi estudio. Está destapado, para que respire.

—¿Por qué en el estudio?

—Para que adquiera la temperatura ambiente, por supuesto. Lleva allí veinticuatro horas.

—Pero ¿por qué en el estudio?

—Es el mejor sitio de la casa. Richard me ayudó a escogerlo la última vez que estuvo aquí.

Al oír su nombre Richard nos miró.

—¿Verdad que sí? —dijo Mike.

—Sí —dijo Pratt afirmando con la cabeza—, es verdad.

—Encima del fichero de mi estudio —dijo Mike—. Ése fue el lugar que escogimos. Un buen sitio en una habitación con temperatura constante. Excúsenme, por favor. Voy a buscarlo.

El pensamiento de un nuevo vino le devolvió el humor y se dirigió rápidamente a la puerta para regresar un minuto más tarde, despacio, solemnemente, llevando entre sus manos una cesta donde había una botella oscura. La etiqueta estaba invertida.

—Bueno —gritó, viniendo hacia la mesa—. ¿Y éste, Richard? Éste no lo adivinará nunca.

Richard Pratt se volvió lentamente y miró a Mike; luego sus ojos descendieron hasta la botella metida en la cesta, levantó las cejas y echó hacia delante el labio inferior con un gesto feo e imperioso.

Mientras tanto, las mujeres callaban en una especie de mutismo embarazoso y tenso.

—Nunca lo adivinará —repitió Mike—; ni en cien años.

—¿Un clarete? —preguntó Richard como afirmándolo.

—Naturalmente.

—Entonces me imagino que será de algún pequeño viñedo.

—Puede que sí, Richard, y puede que no.

—Pero ¿es de un buen año? ¿Una de las grandes cosechas?

—Sí, eso se lo garantizo.

—Entonces no puede ser difícil —dijo Richard Pratt, recalcando las palabras, ya un poco aburrido. Sólo que, en mi opinión, había algo extraño en su forma de pronunciar, y en su aburrimiento: en sus ojos se percibía una sombra algo diabólica, y en su actitud un ansia que me provocó una cierta inquietud.

—Esta vez es realmente difícil —dijo Mike—. No le voy a coaccionar a que apueste por este vino.

—¿Por qué no?

Sus cejas se arquearon de nuevo y sus ojos adquirieron un extraño brillo.

—Porque es difícil.

—Esto no me deja en muy buen lugar.

—Mi querido amigo —dijo Mike—, apostaré con gusto si usted lo desea.

—No creo que sea tan difícil descubrirlo.

—¿Significa eso que va a apostar?

—Efectivamente, quiero apostar —dijo Pratt.

—Muy bien, lo haremos como siempre.

—No cree que pueda adivinarlo, ¿verdad?

—Con todo el respeto, no lo creo —dijo Mike. Hacía esfuerzos por mantenerse correcto. Pero Pratt no se molestó mucho en ocultar su desdén por todo el asunto.

Sin embargo, su pregunta siguiente traicionó un cierto interés.

—¿Quiere aumentar la apuesta?

—No, Richard.

—¿Apuesta cincuenta cajas?

—Sería tonto.

Mike se quedó quieto detrás de su silla en la cabecera de la mesa, cogiendo la botella embutida en su ridícula cesta. Su rostro estaba pálido y la línea de sus labios era muy fina.

Pratt estaba recostado en el respaldo de su silla, mirándole, con las cejas levantadas, los ojos medio cerrados y una ligera sonrisa en los labios. Observé de nuevo, o creí ver, algo enigmático en la cara del hombre, una sombra de ansia en sus ojos, que ocultaban cierta malignidad un tanto pueril y maliciosa.

—Entonces, ¿no quiere subir la apuesta?

—Por mí no hay inconveniente, querido amigo –dijo Mike–; apostaré lo que quiera.

Las tres mujeres y yo estábamos callados, mirando a los dos hombres. La esposa de Mike empezaba a sentirse incómoda; su boca se contraía en un mohín de disgusto y me pareció que en cualquier momento iba a interrumpirles. El rosbif estaba intacto en los platos, jugoso y humeante.

—Entonces, ¿apostaremos lo que yo quiera?

—Exactamente, le apuesto lo que quiera, si está dispuesto a mantener la apuesta.

—¿Hasta diez mil libras?

—Desde luego, si así lo desea.

Mike iba ganando confianza por momentos. Sabía ciertamente que podía apostar cualquier suma que Pratt dijera.

—Entonces, ¿apuesto yo primero? –preguntó Pratt otra vez.

—Eso es lo que he dicho.

Hubo una pausa en la cual Pratt me miró a mí y luego a las tres mujeres detenidamente. Parecía querer recordarnos que éramos testigos de la oferta.

—¡Mike! –dijo la señora Schofield rompiendo la tensión ambiental–, ¿por qué no dejas de hacer tonterías y empezamos a comer? La carne se está enfriando.

—No es ninguna tontería –dijo Pratt tranquilamente–; estamos haciendo una apuesta.

Distinguí a la doncella en segundo término con una fuente de verdura en las manos, dudando entre seguir adelante o no.

–Muy bien –dijo Pratt–, le diré qué es lo que quiero que apueste.

–Diga, pues –le respondió Mike descaradamente–, empiece.

Pratt volvió la cabeza y nuevamente una diabólica sonrisa apareció en sus labios. Luego, lentamente, mirándonos a Mike y a mí, dijo:

–Quiero que apueste para mí, la mano de su hija.

Louise Schofield dio un salto de la silla.

–¡Eh! –gritó–. ¡No, esto no tiene gracia! Oye, papá, no tiene ninguna gracia.

–No te preocupes, querida –la tranquilizó su madre–; sólo están jugando.

–No bromeo –dijo Richard Pratt.

–¡Esto es ridículo! –exclamó Mike, perdiendo el control de sus nervios.

–Usted ha dicho que apostara lo que quisiera.

–¡Yo he querido decir dinero!

–No *ha dicho* dinero.

–Eso es lo que he querido decir.

–Pues es una lástima que no lo haya dicho. De todas formas, si se arrepiente de su oferta, no tengo inconveniente.

–No voy a retirar mi oferta, amigo mío. Lo que pasa es que usted no tiene una hija para sustituir a la mía, en caso de que pierda, y aunque la tuviera, yo no me casaría con ella.

–Me alegro de oírte decir eso, querido –intervino su esposa.

–Me apuesto lo que usted quiera –anunció Pratt–. Mi casa, por ejemplo, ¿qué le parece mi casa?

–¿Cuál de ellas? –preguntó Mike, bromeando.

–La del campo.

–¿Por qué no la otra, también?

–De acuerdo, si así lo quiere usted. Las dos casas.

En aquel momento, vi dudar a Mike. Dio un paso adelante y colocó la botella sobre la mesa. Puso el salero a un lado, luego hizo lo mismo con la pimienta. Seguidamente cogió un cuchillo y durante unos segundos examinó pensativamente la hoja, colocándolo luego en su sitio otra vez. Su hija también le vio vacilar.

–Bueno, papá –gritó–. ¡No seas *absurdo!* Esto es una soberana tontería. Me niego a que me apostéis, como si fuera un trofeo de caza.

–Tienes mucha razón, nena –dijo su madre–. Ya está bien, Mike. Siéntate y come.

Mike no le hizo ningún caso. Miró a su hija paternalmente. Sus ojos brillaban con un gesto de triunfo.

–¿Sabes, Louise? –le dijo, sonriendo mientras hablaba–, debemos pensarlo.

–Bueno. ¡Ya está bien, papá! ¡Me niego a escucharte! ¡En mi vida he oído una cosa tan ridícula!

–Hablemos en serio, querida. Espera un momento y escucha lo que voy a decirte.

–¡No quiero oírlo!

–¡Louise, por favor! Se trata de lo siguiente: Richard ha hecho una apuesta seria, él es quien ha apostado, no yo. Si pierde, tendrá que desprenderse de sus valiosas propiedades. Espera un momento, querida, no interrumpas. La cosa es ésta: *no puede ganar.*

–El cree que sí.

–Ahora, escúchame, porque yo sé de qué se trata. El experto, al paladear un clarete, siempre que no sea algún vino famoso como La- ffite o Latour, sólo puede dar un nombre aproximado de la viña. Na- turalmente puede decir el distrito de Burdeos de donde viene el vino, sea St. Emilion, Pomerol, Graves o Médoc. Pero cada distrito tiene varias comarcas, pequeños condados, y cada condado tiene gran nú- mero de pequeños viñedos. Es imposible que un hombre pueda di- ferenciarlos por el gusto y el olor. No me importa decirte que éste que tengo aquí es vino de una pequeña viña rodeada de muchas otras y nunca podrá adivinarlo. Es imposible.

–No puedes asegurar eso –dijo su hija.

–Te digo que sí. Aunque no sea demasiado correcto por mi parte el decirlo, entiendo un poco de vinos. Y además, ¡por el amor del cielo!, soy tu padre y supongo que no pensarás que te voy a obligar a algo que no quieres, ¿verdad? Te estoy haciendo ganar dinero.

—¡Mike! —le replicó su mujer duramente—. ¡No sigas, Mike, por favor!

De nuevo pareció ignorarla.

—Si consientes en esta apuesta, en diez minutos poseerás dos grandes casas.

—Pero yo no quiero dos casas, papá.

—Entonces las vendes. Véndeselas a él inmediatamente. Yo lo arreglaré todo. Piénsalo, querida. Serás rica, independiente para toda la vida.

—¡Oh, papá, no me gusta! Me parece una cosa tonta.

—A mí también —dijo la madre.

Al hablar, movía la cabeza de arriba abajo como una gallina.

—Deberías avergonzarte de ti mismo, Michael, por sugerir una cosa así. ¡Llegar a apostar a tu propia hija!

Mike ni siquiera la miró.

—Acepta —dijo testarudamente, mirando a la chica—. ¡Acepta!, ¡rápido! Te garantizo que no perderás.

—No me gusta eso, papá.

—Vamos, nena, ¡acepta!

Mike la forzaba más y más. Estaba inclinado hacia ella, mirándola fijamente, como si tratara de hipnotizarla.

—¿Y si pierdo? —dijo con voz ahogada.

—Te repito que no puedes perder, te lo garantizo.

—¡Oh, papá! ¿Debo hacerlo?

—Te voy a hacer ganar una fortuna, así que no lo pienses más. ¿Qué dices, Louise? ¿De acuerdo?

Por última vez, ella dudó. Luego, se encogió de hombros desesperadamente y dijo:

—Bien, acepto, siempre que me jures que no hay peligro de perder.

—¡Estupendo! —exclamó Mike—. Entonces apostamos.

15

Inmediatamente, Mike cogió el vino, se sirvió primero a sí mismo y luego fue llenando los vasos de los demás. Ahora todos miraban a Richard Pratt, observando su rostro mientras él cogía su vaso con la mano derecha y se lo llevaba a la nariz. Era un hombre de unos cincuenta años y su rostro no era muy agradable. Todo era boca –boca y labios–, esos labios gruesos y húmedos del sibarita profesional, con el labio inferior más saliente en el centro, un labio colgante y permanentemente abierto con el fin de recibir más fácilmente la comida y la bebida. Como un embudo, pensé yo al observarle: su boca es un embudo grande y húmedo.

Lentamente, levantó el vaso hacia la nariz.

La punta de la nariz se metió en el vaso, y se deslizó por la superficie del vino, husmeando con delicadeza. Agitó el vino en su vaso, para poder percibir mejor el aroma. Parecía intensamente concentrado. Había cerrado los ojos y la mitad superior de su cuerpo, la cabeza, cuello y pecho parecían haberse convertido en una sensitiva máquina de oler, recibiendo, filtrando, analizando el mensaje que le transmitía la nariz, con sus aletas carnosas, eréctiles, nerviosas y sensitivas.

Observé a Mike, sentado en su silla, aparentemente despreocupado, pero atento a todos los movimientos. La señora Schofield, su esposa, estaba sentada muy erguida en el lado opuesto de la mesa, mirando de frente, con gesto de desaprobación en el rostro. Louise, la hija, había separado un poco la silla y, como su padre, observaba atentamente los movimientos del sibarita.

Durante un minuto el proceso olfativo continuó; luego, sin abrir los ojos ni mover la cabeza, Pratt acercó el vaso a su boca y bebió casi la mitad de su contenido. Después del primer sorbo, se paró para paladearlo, luego lo hizo pasar por su garganta y pude ver su nuez moverse al paso del líquido. Pero no se lo tragó todo, sino que se quedó casi todo el sorbo en la boca. Entonces, sin tragárselo, hizo entrar por sus labios un poco de aire que mezclándose con. el aroma del vino en su boca pasó luego a sus pulmones. Contuvo la respiración, sacando luego el aire por la nariz; para poner finalmente el vino debajo de la lengua y engullirlo, masticándolo con los dientes, como si fuera pan.

Fue una representación solemne e impresionante, debo confesar que lo hizo muy bien.

–¡Hum! –dijo, dejando el vaso y relamiéndose los labios con la lengua–, ¡hum!, sí..., un vinito muy interesante, cortés y gracioso, de gusto casi femenino.

Tenía saliva en exceso en la boca y al hablar soltó algunos salpicones sobre la mesa.

–Ahora empezaremos a eliminar –dijo–, me perdonarán si lo hago concienzudamente, pero es que me juego mucho. Normalmente, quizá me hubiera arriesgado y hubiera dicho directamente el nombre del viñedo de mi elección. Pero esta vez debo tener precaución, ¿verdad?

Miró a Mike y le dedicó una espesa y húmeda sonrisa. Mike no le sonrió.

–En primer lugar: ¿de qué distrito de Burdeos procede este vino? No es demasiado difícil de adivinar. Es excesivamente ligero para ser St. Emilion o Graves. Desde luego, *es* un Médoc, no cabe duda.

»Veamos, ¿de qué comarca de Médoc procede? Esto, por eliminación, tampoco es difícil de saber. ¿Margaux? No. No puede ser Margaux, no tiene el aroma violento de un Margaux. ¿Pauillac? Tampoco puede ser Pauillac. Es demasiado tierno y gentil para ser un Pauillac. El vino de Pauillac tiene un carácter casi imperioso en su gusto. Además, para mí, Pauillac contiene un curioso y peculiar residuo que la uva toma del suelo de la viña. No, no. Éste es un vino muy gentil, serio y tímido la primera vez que se prueba. Quizá sea un poco revoltoso a la segunda degustación, excitando la lengua con un poquito de ácido tánico. Después de haberlo saboreado, es delicioso, consolador y femenino, con la generosa calidad que se asocia a los vinos de la comarca de St. Julien. Indudablemente, éste es un St. Julien.

Se respaldó en la silla, puso las manos a la altura del pecho con los dedos juntos. Estaba poniéndose ridículamente pomposo, pero creo que lo hacía deliberadamente para burlarse de su anfitrión. Esperé ansiosamente a que continuara. Louise encendió un cigarrillo. Pratt le oyó rascar el fósforo y se volvió hacia ella, mirándola con ira.

—¡Por favor, no lo haga! Fumar en la mesa es una costumbre horrible.

Ella le miró, con el fósforo en la mano, observándolo fijamente con sus grandes ojos, quedando así un momento, y echándose hacia atrás otra vez, lenta y ceremoniosamente. Luego inclinó la cabeza y apagó el fósforo, pero continuó con el cigarrillo sin encender entre los dedos.

—Lo siento, querida —dijo Pratt—, pero no puedo consentir que se fume en la mesa.

Ella no le volvió a mirar.

—Bueno, veamos. ¿Dónde estábamos? —dijo él—. ¡Ah, sí! Este vino es de Burdeos, de la comarca de St. Julien, en el distrito de Médoc. Hasta ahora voy bien. Pero llegamos a lo más difícil: el nombre de la viña. Porque en St. Julien hay muchos viñedos y, como ya ha señalado nuestro anfitrión anteriormente, a menudo no hay mucha diferencia entre el vino de uno y de otro, pero ya veremos.

Hizo una pausa otra vez, cerrando los ojos.

—Estoy tratando de establecer la cosecha —dijo—, si consigo esto, tendré ganada la mitad de la batalla. Bueno, veamos. Evidentemente, este vino no es de la primera cosecha de una viña, ni de la segunda. No es un gran vino. La calidad, la..., el..., ¿cómo lo llaman?: el esplendor, el poder, eso falta. Pero la tercera cosecha, ésa sí podría ser. Sin embargo, lo dudo. Sabemos que es de un buen año, nuestro anfitrión lo ha dicho. Esto lo desfigura un poco. Tengo que ser prudente, muy prudente, en este punto.

Tomó el vaso y dio otro sorbo.

—Sí —dijo, secándose los labios—, tenía razón. Es de la cuarta cosecha, ahora estoy seguro. La cuarta cosecha de un año muy bueno, bueno de verdad. Eso es lo que le dio el gusto de tercera y hasta segunda cosecha. ¡Bien! ¡Esto está mejor! ¡Nos vamos acercando! ¿Cuáles son las viñas de las cuartas cosechas de la comarca de St. Julien?

Volvió a pararse, tomó el vaso y se lo puso en los labios. Luego le vi sacar la lengua, estrecha y rosada, con la punta metiéndose en el vino, escondiéndose otra vez; era un espectáculo repulsivo. Cuando dejó el vaso, mantuvo los ojos cerrados, el rostro concentrado, sólo los labios se movían, restregándose uno contra otro como dos piezas de húmeda y esponjosa goma.

–¡Aquí está otra vez! –gritó–. Ácido tánico después de un sorbo y una sensación bajo la lengua. ¡Sí, sí, claro, ya lo tengo! El vino procede de una de esas pequeñas viñas de los alrededores de Beychevelle. Ahora recuerdo. El distrito de Beychevelle, el río, el pequeño puerto, anticuado y ridículo. Beychevelle... ¿Puede ser el mismo Beychevelle? No, no creo. No exactamente, pero debe de ser muy cerca de allí. ¿Château Talbot? ¿Puede ser Talbot? Sí, podría ser: esperen un momento.

Volvió a probar el vino y al fijarme en Mike Schofield le vi inclinarse más y más sobre la mesa, con la boca un poco abierta y sus ojos fijos en Richard Pratt.

–No. Estaba equivocado. Un Talbot viene más pronto a la memoria que ése; la fruta está más cerca de la superficie. Si es un «34», que creo que es, no puede ser Talbot. Bien, bien. Déjenme pensar. No es un Beychevelle y no es un Talbot, y sin embargo está tan cerca de ambos, tan cerca, que el viñedo debe de estar en medio. ¿Qué podrá ser?

Dudó unos momentos. Nosotros esperamos, observando su rostro. Todos, hasta la esposa de Mike, le mirábamos. Oí a la doncella poner el plato de verduras en el aparador, detrás de mí, suavemente, para no turbar el silencio.

–¡Ah! –gritó–, ¡ya lo tengo! ¡Sí, creo que lo tengo!

Por última vez probó el vino. Luego, con el vaso todavía cerca de la boca, se volvió hacia Mike y le dedicó una lenta y suave sonrisa, diciéndole:

–¿Sabe lo que es? Éste es el pequeño Château Branaire-Duoru.

Mike quedó inmóvil.

—Y del año 1934.

Todos miramos a Mike, esperando que.volviese la botella y nos enseñara la etiqueta.

—¿Es ésa su respuesta? —dijo Mike.

—Sí, creo que sí.

—Bueno. ¿Es o no es la respuesta final?

—Sí, es mi respuesta definitiva.

—¿Me quiere decir su nombre otra vez?

—Château Branaire-Duoru. Una pequeña viña. Un viejo castillo, lo conozco muy bien. No comprendo cómo no lo he reconocido desde el principio.

—Vamos, papá —dijo la chica—, vuelve la botella y veamos qué pasa. Quiero mis dos casas.

—Un momento —dijo Mike—, espera un momento.

Parecía inquieto y sorprendido y su rostro iba palideciendo, como si fuera perdiendo las fuerzas.

—¡Michael! —exclamó su esposa desde la otra parte de la mesa—. ¿Qué pasa?

—No te metas en esto, Margaret, por favor.

Richard Pratt miraba a Mike con ojos brillantes. Mike no miraba a nadie.

—¡Papá! —gritó la hija angustiada—. ¡No me digas que lo ha adivinado!

—No te preocupes, querida. No hay por qué angustiarse.

Supongo que fue por desembarazarse de la familia por lo que Mike se volvió hacia Richard Pratt y le dijo:

—Oiga, Richard, creo que será mejor que vayamos a la otra habitación y hablemos.

—No quiero hablar —dijo Pratt, fríamente—, lo que quiero es ver la etiqueta de la botella.

Ahora sabía que había ganado, tenía la arrogancia y la apostura del ganador y me di cuenta de que se molestaría si encontraba algún impedimento.

–¿Qué espera? –le dijo a Mike–. ¡Déle la vuelta!

Entonces ocurrió: la doncella, la pequeña y fina figura de la doncella de uniforme blanco y negro, estaba de pie al lado de Richard Pratt con algo en la mano.

–Creo que son suyas, señor –dijo.

Pratt la miró y vio las gafas que ella le tendía. Dudó un momento.

–¿Son mías? Sí, seguramente, no sé...

–Sí, señor, son suyas.

La doncella era una mujer mayor, más cerca de los setenta que de los sesenta y llevaba muchos años en la casa. Puso las gafas en la mesa, a su lado.

Sin darle las gracias, Pratt las cogió y las deslizó en el bolsillo de la chaqueta, detrás del blanco pañuelo.

Pero la doncella no se retiró. Se quedó de pie, detrás de Richard Pratt. Había algo raro en ella y en la manera de quedarse allí, derecha y sin moverse. La observé con repentino interés. Su viejo rostro tenía una mirada fría y determinada, los labios apretados y las manos juntas delante de ella. La cofia en la cabeza y la blanca pechera del uniforme la hacían parecerse a un pajarito.

–Las ha dejado en el estudio –dijo. Su voz era deliberadamente correcta–, encima del fichero verde, cuando *ha ido* allí, *solo,* antes de la cena.

Sus palabras tardaron unos minutos en tomar sentido y en el silencio que siguió a ellas advertí que Mike se sentaba con tranquilidad en su silla, volviéndole el color a las mejillas, los ojos muy abiertos, la extraña curva de su boca y la blancura de las aletas de la nariz.

–¡Bueno, Michael! –dijo su esposa–. ¡Cálmate, Michael, querido, cálmate!

CORDERO ASADO

La habitación estaba limpia y acogedora, las cortinas corridas, las dos lámparas de mesa encendidas, la suya y la de la silla vacía, frente a ella. Detrás, en el aparador, dos vasos altos de whisky. Cubos de hielo en un recipiente.

Mary Maloney estaba esperando a que su marido volviera del trabajo.

De vez en cuando echaba una mirada al reloj, pero sin preocupación, simplemente para complacerse de que cada minuto que pasaba acercaba el momento de su llegada. Tenía un aire sonriente y optimista. Su cabeza se inclinaba hacia la costura con entera tranquilidad. Su piel —estaba en el sexto mes del embarazo— había adquirido un maravilloso brillo, los labios suaves y los ojos, de mirada serena, parecían más grandes y más oscuros que antes.

Cuando el reloj marcaba las cinco menos diez, empezó a escuchar, y pocos minutos más tarde, puntual como siempre, oyó rodar los neumáticos sobre la grava y cerrarse la puerta del coche, los pasos que se acercaban, la llave dando vueltas en la cerradura.

Dejó a un lado la costura, se levantó y fue a su encuentro para darle un beso en cuanto entrara.

–¡Hola, querido! –dijo ella.

–¡Hola! –contestó él.

Ella le colgó el abrigo en el armario. Luego volvió y preparó las bebidas, una fuerte para él y otra más floja para ella; después se sentó de nuevo con la costura y su marido enfrente con el alto vaso de whisky entre las manos, moviéndolo de tal forma que los cubitos de hielo golpeaban contra las paredes del vaso.

Para ella ésta era una hora maravillosa del día. Sabía que su esposo no quería hablar mucho antes de terminar la primera bebida, y a ella, por su parte, le gustaba sentarse silenciosamente, disfrutando de su compañía después de tantas horas de soledad. Le gustaba vivir con este hombre y sentir —como siente un bañista al calor del sol— la influencia que él irradiaba sobre ella cuando estaban juntos y solos. Le gustaba su manera de sentarse descuidadamente en una silla, su manera de abrir la puerta o de andar por la habitación a grandes zancadas. Le gustaba esa intensa mirada de sus ojos al fijarse en ella y la forma graciosa de su boca, especialmente cuando el cansancio no le dejaba hablar, hasta que el primer vaso de whisky le reanimaba un poco.

—¿Cansado, querido?

—Sí —respondió él—, estoy cansado.

Mientras hablaba, hizo una cosa extraña. Levantó el vaso y bebió su contenido de una sola vez aunque el vaso estaba a medio llenar.

Ella no lo vio, pero lo intuyó al oír el ruido que hacían los cubitos de hielo al volver a dejar él su vaso sobre la mesa. Luego se levantó lentamente para servirse otro vaso.

—Yo te lo serviré —dijo ella, levantándose.

—Siéntate —dijo él secamente.

Al volver observó que el vaso estaba medio lleno de un líquido ambarino.

—Querido, ¿quieres que te traiga las zapatillas?

Le observó mientras él bebía el whisky.

—Creo que es una vergüenza para un policía que se va haciendo mayor, como tú, que le hagan andar todo el día —dijo ella.

Él no contestó; Mary Maloney inclinó la cabeza de nuevo y continuó con su costura. Cada vez que él se llevaba el vaso a los labios se oía golpear los cubitos contra el cristal.

–Querido, ¿quieres que te traiga un poco de queso? No he hecho cena porque es jueves.

–No –dijo él.

–Si estás demasiado cansado para comer fuera –continuó ella–, no es tarde para que lo digas. Hay carne y otras cosas en la nevera y te lo puedo servir aquí para que no tengas que moverte de la silla.

Sus ojos se volvieron hacia ella; Mary esperó una respuesta, una sonrisa, un signo de asentimiento al menos, pero él no hizo nada de esto.

–Bueno –agregó ella–, te sacaré queso y unas galletas.

–No quiero –dijo él.

Ella se movió impaciente en la silla, mirándole con sus grandes ojos.

–Debes cenar. Yo lo puedo preparar aquí, no me molesta hacerlo. Tengo chuletas de cerdo y cordero, lo que quieras, todo está en la nevera.

–No me apetece –dijo él.

–¡Pero querido! ¡Tienes que comer! Te lo sacaré y te lo comes, si te apetece.

Se levantó y puso la costura en la mesa, junto a la lámpara.

–Siéntate –dijo él–, siéntate sólo un momento.

Desde aquel instante, ella empezó a sentirse atemorizada.

–Vamos –dijo él–, siéntate.

Se sentó de nuevo en su silla, mirándole todo el tiempo con sus grandes y asombrados ojos. Él había acabado su segundo vaso y tenía los ojos bajos.

–Tengo algo que decirte.

–¿Qué es ello, querido? ¿Qué pasa?

Él se había quedado completamente quieto y mantenía la cabeza agachada de tal forma que la luz de la lámpara le daba en la parte alta de la cara, dejándole la barbilla y la boca en la oscuridad.

25

—Lo que voy a decirte te va a trastornar un poco, me temo —dijo—, pero lo he pensado bien y he decidido que lo mejor que puedo hacer es decírtelo enseguida. Espero que no me lo reproches demasiado.

Y se lo dijo. No tardó mucho, cuatro o cinco minutos como máximo. Ella no se movió en todo el tiempo, observándolo con una especie de terror mientras él se iba separando de ella más y más, a cada palabra.

—Eso es todo —añadió—, ya sé que es un mal momento para decírtelo, pero no hay otro modo de hacerlo. Naturalmente, te daré dinero y procuraré que estés bien cuidada. Pero no hay necesidad de armar un escándalo. No sería bueno para mi carrera.

Su primer impulso fue no creer una palabra de lo que él había dicho. Se le ocurrió que quizá él no había hablado, que era ella quien se lo había imaginado todo. Quizá si continuara su trabajo como si no hubiera oído nada, luego, cuando hubiera pasado algún tiempo, se encontraría con que nada había ocurrido.

—Prepararé la cena —dijo con voz ahogada.

Esta vez él no contestó.

Mary se levantó y cruzó la habitación. No sentía nada, excepto un poco de náuseas y mareo. Actuaba como un autómata. Bajó hasta la bodega, encendió la luz y metió la mano en el congelador, sacando el primer objeto que encontró. Lo sacó y lo miró. Estaba envuelto en papel, así que lo desenvolvió y lo miró de nuevo.

Era una pierna de cordero.

Muy bien, cenarían pierna de cordero. Subió con el cordero entre las manos y al entrar en el cuarto de estar encontró a su marido de pie junto a la ventana, de espaldas a ella.

Se detuvo.

—Por el amor de Dios —dijo él al oírla, sin volverse—, no hagas cena para mí. Voy a salir.

En aquel momento, Mary Maloney se acercó a él por detrás y sin pensarlo dos veces levantó la pierna de cordero congelada y le golpeó en la parte trasera de la cabeza tan fuerte como pudo. Fue como si le hubiera pegado con una barra de acero. Retrocedió un paso, esperando a ver qué pasaba, y lo gracioso fue que él quedó tambaleándose unos segundos antes de caer pesadamente en la alfombra.

La violencia del golpe, el ruido de la mesita al caer por haber sido empujada, la ayudaron a salir de su ensimismamiento.

Salió retrocediendo lentamente, sintiéndose fría y confusa, y se quedó por unos momentos mirando el cuerpo inmóvil de su marido, apretando entre sus dedos el ridículo pedazo de carne que había empleado para matarle.

«Bien –se dijo a sí misma–, ya lo has matado.»

Era extraordinario. Ahora lo veía claro. Empezó a pensar con rapidez. Como esposa de un detective, sabía cuál sería el castigo; de acuerdo. A ella le era indiferente. En realidad sería un descanso. Pero por otra parte, ¿y el niño? ¿Qué decía la ley acerca de las asesinas que iban a tener un hijo? ¿Los mataban a los dos, madre e hijo? ¿Esperaban hasta el noveno mes? ¿Qué hacían?

Mary Maloney lo ignoraba y no estaba dispuesta a arriesgarse.

Llevó la carne a la cocina, la puso en el horno, encendió éste y la metió dentro. Luego se lavó las manos y subió a su habitación. Se sentó delante del espejo, arregló su cara, puso un poco de rojo en los labios y polvo en las mejillas. Intentó sonreír, pero le salió una mueca. Lo volvió a intentar.

–Hola, Sam –dijo en voz alta.

La voz sonaba rara también.

–Quiero patatas, Sam, y también una lata de guisantes.

Eso estaba mejor. La sonrisa y la voz iban mejorando. Lo ensayó varias veces. Luego bajó, cogió el abrigo y salió a la calle por la puerta trasera del jardín.

Todavía no eran las seis y diez y había luz en las tiendas de comestibles.

–Hola, Sam –dijo sonriendo ampliamente al hombre que estaba detrás del mostrador.

–¡Oh, buenas noches, señora Maloney! ¿Cómo está?

—Muy bien, gracias. Quiero patatas, Sam, y una lata de guisantes.

El hombre se volvió de espaldas para alcanzar la lata de guisantes.

—Patrick dijo que estaba cansado y no quería cenar fuera esta noche —le dijo—. Siempre solemos salir los jueves y no tengo verduras en casa.

—¿Quiere carne, señora Maloney?

—No, tengo carne, gracias. Hay en la nevera una pierna de cordero.

—¡Oh!

—No me gusta asarlo cuando está congelado, pero voy a probar esta vez. ¿Usted cree que saldrá bien?

—Personalmente —dijo el tendero—, no creo que haya ninguna diferencia. ¿Quiere estas patatas de Idaho?

—¡Oh, sí, muy bien! Dos de ésas.

—¿Nada más? —El tendero inclinó la cabeza, mirándola con simpatía—. ¿Y para después? ¿Qué le va a dar luego?

—Bueno. ¿Qué me sugiere, Sam?

El hombre echó una mirada a la tienda.

—¿Qué le parece una buena porción de pastel de queso? Sé que le gusta a Patrick.

—Magnífico —dijo ella—, le encanta.

Cuando todo estuvo empaquetado y pagado, sonrió agradablemente y dijo:

—Gracias, Sam. Buenas noches.

Ahora, se decía a sí misma al regresar, iba a reunirse con su marido, que la estaría esperando para cenar; y debía cocinar bien y hacer comida sabrosa porque su marido estaría cansado; y si cuando entrara en la casa encontraba algo raro, trágico o terrible, sería un golpe para ella y se volvería histérica de dolor y de miedo. ¿Es que no lo entienden? Ella no *esperaba* encontrar nada. Simplemente era la señora Maloney que volvía a casa con las verduras un jueves por la tarde para preparar la cena a su marido.

«Eso es —se dijo a sí misma—, hazlo todo bien y con naturalidad. Si se hacen las cosas de esta manera, no habrá necesidad de fingir.»

Por lo tanto, cuando entró en la cocina por la puerta trasera, iba canturreando una cancioncilla y sonriendo.

—¡Patrick! —llamó—, ¿dónde estás, querido?

Puso el paquete sobre la mesa y entró en el cuarto de estar.

Cuando le vio en el suelo, con las piernas dobladas y uno de los brazos debajo del cuerpo, fue un verdadero golpe para ella.

Todo su amor y su deseo por él se despertaron en aquel momento. Corrió hacia su cuerpo, se arrodilló a su lado y empezó a llorar amargamente. Fue fácil, no tuvo que fingir.

Unos minutos más tarde, se levantó y fue al teléfono. Sabía el número de la jefatura de Policía, y cuando le contestaron al otro lado del hilo, ella gritó:

—¡Pronto! ¡Vengan enseguida! ¡Patrick ha muerto!

—¿Quién habla?

—La señora Maloney, la señora de Patrick Maloney.

—¿Quiere decir que Patrick Maloney ha muerto?

—Creo que sí —gimió ella—. Está tendido en el suelo y me parece que está muerto.

—Iremos enseguida —dijo el hombre.

El coche vino rápidamente. Mary abrió la puerta a los dos policías. Los reconoció a los dos enseguida —en realidad conocía a casi todos los del distrito— y se echó en los brazos de Jack Nooan, llorando histéricamente. Él la llevó con cuidado a una silla y luego fue a reunirse con el otro, que se llamaba O'Malley, el cual estaba arrodillado al lado del cuerpo inmóvil.

—¿Está muerto? —preguntó ella.

—Me temo que sí... ¿qué ha ocurrido?

Brevemente, le contó que había salido a la tienda de comestibles y al volver lo encontró tirado en el suelo. Mientras ella hablaba y lloraba, Nooan descubrió una pequeña herida de sangre cuajada en la cabeza del muerto. Se la mostró a O'Malley y éste, levantándose, fue derecho al teléfono.

Pronto llegaron otros policías. Primero un médico, después dos detectives, a uno de los cuales conocía de nombre. Más tarde, un fotógrafo de la Policía que tomó algunos planos y otro hombre encargado de las huellas dactilares. Se oían cuchicheos por la habitación donde yacía el muerto y los detectives le hicieron muchas preguntas. No obstante, siempre la trataron con amabilidad.

Volvió a contar la historia otra vez, ahora desde el principio. Cuando Patrick llegó ella estaba cosiendo, y él se sintió tan fatigado que no quiso salir a cenar. Dijo que había puesto la carne en el horno –allí estaba, asándose– y se había marchado a la tienda de comestibles a comprar verduras. De vuelta lo había encontrado tendido en el suelo.

–¿A qué tienda ha ido usted? –preguntó uno de los detectives.

Se lo dijo, y entonces el detective se volvió y musitó algo en voz baja al otro detective, que salió inmediatamente a la calle.

«..., parecía normal..., muy contenta..., quería prepararle una buena cena..., guisantes..., pastel de queso..., imposible que ella...»

Transcurrido algún tiempo el fotógrafo y el médico se marcharon y los otros dos hombres entraron y se llevaron el cuerpo en una camilla. Después se fue el hombre de las huellas dactilares. Los dos detectives y los policías se quedaron. Fueron muy amables con ella; Jack Nooan le preguntó si no se iba a marchar a otro sitio, a casa de su hermana, quizá, o con su mujer, que cuidaría de ella y la acostaría.

–No –dijo ella.

No creía en la posibilidad de que pudiera moverse ni un solo metro en aquel momento. ¿Les importaría mucho que se quedara allí hasta que se encontrase mejor? Todavía estaba bajo los efectos de la impresión sufrida.

–Pero ¿no sería mejor que se acostara un poco? –preguntó Jack Nooan.

–No –dijo ella.

Quería estar donde estaba, en esa silla. Un poco más tarde, cuando se sintiera mejor, se levantaría.

La dejaron mientras deambulaban por la casa, cumpliendo su misión. De vez en cuando uno de los detectives le hacía una pregunta.

También Jack Nooan le hablaba cuando pasaba por su lado. Su marido, le dijo, había, muerto de un golpe en la cabeza con un instrumento pesado, casi seguro una barra de hierro. Ahora buscaban el arma. El asesino podía habérsela llevado consigo, pero también cabía la posibilidad de que la hubiera tirado o escondido en alguna parte.

–Es la vieja historia –dijo él–, encontraremos el arma y tendremos al criminal.

Más tarde, uno de los detectives entró y se sentó a su lado.

–¿Hay algo en la casa que pueda haber servido como arma homicida? –le preguntó–. ¿Le importaría echar una mirada a ver si falta algo, un atizador, por ejemplo, o un jarrón de metal?

–No tenemos jarrones de metal –dijo ella.

–¿Y un atizador?

–No tenemos atizador, pero puede haber algo parecido en el garaje.

La búsqueda continuó.

Ella sabía que había otros policías rodeando la casa. Fuera, oía sus pisadas en la grava y a veces veía la luz de una linterna infiltrarse por las cortinas de la ventana. Empezaba a hacerse tarde, eran cerca de las nueve en el reloj de la repisa de la chimenea. Los cuatro hombres que buscaban por las habitaciones empezaron a sentirse fatigados.

–Jack –dijo ella cuando el sargento Nooan pasó a su lado–, ¿me quiere servir una bebida?

–Sí, claro. ¿Quiere whisky?

–Sí, por favor, pero poco. Me hará sentir mejor.

Le tendió el vaso.

–¿Por qué no se sirve usted otro? –dijo ella–; debe de estar muy cansado; por favor, hágalo, se ha portado muy bien conmigo.

–Bueno –contestó él–, no nos está permitido, pero puedo tomar un trago para seguir trabajando.

Uno a uno, fueron llegando los otros y bebieron whisky. Estaban un poco incómodos por la presencia de ella y trataban de consolarla con inútiles palabras.

El sargento Nooan, que rondaba por la cocina, salió y dijo:

—Oiga, señora Maloney. ¿Sabe que tiene el horno encendido y la carne dentro?

—¡Dios mío! —gritó ella—. ¡Es verdad!

—¿Quiere que vaya a apagarlo?

—¿Sería tan amable, Jack? Muchas gracias.

Cuando el sargento regresó por segunda vez lo miró con sus grandes y profundos ojos.

—Jack Nooan —dijo.

—¿Sí?

—¿Me harán un pequeño favor, usted y los otros?

—Si está en nuestras manos, señora Maloney...

—Bien —dijo ella—. Aquí están ustedes, todos buenos amigos de Patrick, tratando de encontrar al hombre que lo mató. Deben de estar hambrientos porque hace rato que ha pasado la hora de la cena, y sé que Patrick, que en gloria esté, nunca me perdonaría que estuviesen en su casa y no les ofreciera hospitalidad. ¿Por qué no se comen el cordero que está en el horno? Ya estará completamente asado.

—Ni pensarlo —dijo el sargento Nooan.

—Por favor —pidió ella—, por favor, cómanlo. Yo no voy a tocar nada de lo que había en la casa cuando él estaba aquí, pero ustedes sí pueden hacerlo. Me harían un favor si se lo comieran. Luego, pueden continuar su trabajo.

Los policías dudaron un poco, pero tenían hambre y al final decidieron ir a la cocina y cenar. La mujer se quedó donde estaba, oyéndolos a través de la puerta entreabierta. Hablaban entre sí a pesar de tener la boca llena de comida.

—¿Quieres más, Charlie?

—No, será mejor que no lo acabemos.

—Pero ella quiere que lo acabemos, eso fue lo que dijo. Le hacemos un favor.

—Bueno, dame un poco más.

—Debe de haber sido un instrumento terrible el que han usado para matar al pobre Patrick –decía uno de ellos–, el doctor dijo que tenía el cráneo hecho trizas.

–Por eso debería ser fácil de encontrar.

–Eso es lo que a mí me parece.

–Quienquiera que lo hiciera no iba a llevar una cosa así, tan pesada, más tiempo del necesario.

Uno de ellos eructó:

–Mi opinión es que tiene que estar aquí, en la casa.

–Probablemente bajo nuestras propias narices. ¿Qué piensas tú, Jack?

En la otra habitación, Mary Maloney empezó a reírse entre dientes.

HOMBRE DEL SUR

Eran cerca de las seis. Fui al bar a pedir una cerveza y me tendí en una hamaca a tomar un poco el sol de la tarde.

Cuando me trajeron la cerveza, me dirigí a la piscina pasando por el jardín.

Era muy bonito, lleno de césped, flores y grandes palmeras repletas de cocos. El viento soplaba fuerte en la copa de las palmeras, y las palmas, al moverse, hacían un ruido parecido al fuego. Grandes racimos de cocos colgaban de las ramas.

Había muchas hamacas alrededor de la piscina, así como mesitas y toldos multicolores; hombres y mujeres bronceados por el sol estaban sentados aquí y allá en traje de baño. Dentro de la piscina multitud de chicos y chicas chapoteaban, gritando y jugando al waterpolo, un poco en serio y un poco en broma.

Me quedé mirándolos. Las chicas eran unas inglesas del hotel en que me hospedaba. A los chicos no los conocía, pero parecían americanos, seguramente cadetes navales llegados en un barco militar que había anclado en el puerto aquella mañana.

Llegué hasta allí y me metí bajo un toldo amarillo donde había cuatro asientos vacíos, me serví la cerveza y me arrellané cómodamente con un cigarrillo entre los dedos.

Los marinos americanos congeniaban bien con las inglesas. Buceaban juntos bajo el agua y las hacían subir a la superficie cogiéndolas por las piernas.

En aquel momento distinguí a un hombrecillo de edad, que caminaba rápidamente por el mismo borde de la piscina. Llevaba un traje blanco, inmaculado, y caminaba muy aprisa, dando un saltito a cada paso. Llevaba en la cabeza un gran sombrero de paja e iba a lo largo de la piscina mirando a la gente y a las hamacas.

Se paró frente a mí y me sonrió, enseñándome dos hileras de dientes pequeños y desiguales, ligeramente deslustrados.

Yo también le sonreí.

–Perdón. ¿Me puedo sentar aquí?

–Claro –dije yo–, tome asiento.

Dio la vuelta a la silla y la inspeccionó para su seguridad. Luego se sentó y cruzó las piernas. Llevaba sandalias de cuero, abiertas, para evitar el calor.

–Una tarde magnífica –dijo–; las tardes son maravillosas aquí, en Jamaica.

No estaba yo seguro de si su acento era italiano o español, pero lo que sí sabía de cierto era que procedía de Sudamérica, y además se le veía viejo, sobre todo cuando se le miraba de cerca. Tendría unos sesenta y ocho o setenta años.

–Sí –dije yo–, esto es estupendo.

–¿Y quiénes son ésos?, pregunto yo. No son del hotel, ¿verdad?

Señalaba a los bañistas de la piscina.

–Creo que son marinos americanos –le expliqué–, mejor dicho, cadetes.

–¡Claro que son americanos! ¿Quiénes si no iban a hacer tanto ruido? Usted no es americano, ¿verdad?

–No –dije yo–, no lo soy.

De repente uno de los cadetes americanos se detuvo frente a nosotros. Estaba completamente mojado porque acababa de salir de la piscina. Una de las inglesas le acompañaba.

–¿Están ocupadas estas sillas? –preguntó.

–No –contesté yo.

–¿Les importa que nos sentemos?

–No.

–Gracias –dijo.

Llevaba una toalla en la mano, y al sentarse sacó un paquete de cigarrillos y un encendedor. Le ofreció a la chica, pero ella rehusó; luego me ofreció a mí y acepté uno. El hombrecillo, por su parte, dijo:

–Gracias, pero creo que tengo un cigarro puro.

Sacó una pitillera de piel de cocodrilo y cogió un purito. Luego sacó una especie de navaja provista de unas tijerillas y cortó la punta del cigarro puro.

–Yo le daré fuego –dijo el muchacho americano, tendiéndole el encendedor.

–No se encenderá con este viento.

–Claro que se encenderá. Siempre ha ido bien.

El hombrecillo sacó el cigarro de su boca y dobló la cabeza hacia un lado, mirando al muchacho con atención.

–¿*Siempre?* –dijo casi deletreándolo.

–¡Claro! Nunca falla, por lo menos a mí nunca me ha fallado.

El hombrecillo continuó mirando al muchacho.

–Bien, bien, así que usted dice que este encendedor no falla nunca. ¿Me equivoco?

–Eso es –dijo el muchacho.

Tendría unos diecinueve o veinte años y su rostro, al igual que su nariz, era alargado. No estaba demasiado bronceado y su cara y su pecho estaban completamente llenos de pecas. Tenía el encendedor en la mano derecha, preparado para hacerlo funcionar.

–Nunca falla –dijo sonriendo porque ahora exageraba su anterior jactancia intencionadamente–, le prometo que nunca falla.

–Un momento, por favor.

La mano que sostenía el cigarro se levantó como si estuviera parando el tráfico. Tenía una voz suave y monótona; miraba al muchacho con insistencia.

–¿Qué le parece si hacemos una pequeña apuesta? –le dijo sonriendo–. ¿Apostamos sobre si enciende o no su mechero?

–Apuesto –dijo el chico–. ¿Por qué no?

–¿Le gusta apostar?

–Sí, siempre lo hago.

El hombre hizo una pausa y examinó su puro y debo confesar que a mí no me gustaba su manera de comportarse. Parecía querer sacar algo de todo aquello y avergonzar al muchacho. Al mismo tiempo, me pareció que se guardaba algún secreto para sí mismo.

Miró de nuevo al americano y dijo despacio:

–A mí también me gusta apostar. ¿Por qué no hacemos una buena apuesta sobre esto? Una buena apuesta –repitió recalcándolo.

–Oiga, espere un momento –dijo el cadete–. Le apuesto veinticinco centavos o un dólar, o lo que tenga en el bolsillo; algunos chelines, supongo.

El hombrecillo movió su mano de nuevo.

–Óigame, nos vamos a divertir: hacemos la apuesta. Luego subimos a mi habitación del hotel al abrigo del viento y le apuesto a que usted no puede encender su encendedor diez veces seguidas sin fallar.

–Le apuesto a que puedo –dijo el muchacho americano.

–De acuerdo, entonces..., ¿hacemos la apuesta?

–Bien, le apuesto cinco dólares.

–No, no, hay que hacer una buena apuesta. Yo soy un hombre rico y deportivo. Ahora, escúcheme. Fuera del hotel está mi coche. Es muy bonito. Es un coche americano, de su país, un Cadillac...

–¡Oiga, oiga, espere un momento! –El chico se recostó en la hamaca y sonrió–. No puedo consentir que apueste eso, es una locura.

–No es una locura. Usted enciende su mechero y el Cadillac es suyo. Le gustaría tener un Cadillac, ¿verdad?

–Claro que me gustaría tener un Cadillac. –El cadete seguía sonriendo.

–De acuerdo, yo apuesto mi Cadillac.

–¿Y qué apuesto yo? –preguntó el americano.

El hombrecillo quitó cuidadosamente la vitola del cigarro todavía sin encender.

–Yo no le pido, amigo mío, que apueste algo que esté fuera de sus posibilidades. ¿Comprende?

–Entonces, ¿qué puedo apostar?

–Se lo voy a poner fácil. ¿De acuerdo?

–De acuerdo, póngamelo fácil.

–Tiene que ser algo de lo cual usted pueda desprenderse y que en caso de perderlo no sea motivo de mucha molestia. ¿Le parece bien?

–¿Por ejemplo?

–Por ejemplo, el dedo meñique de su mano izquierda.

–¿Mi qué? –dejó de reír el muchacho.

–Sí. ¿Por qué no? Si gana se queda con mi coche. Si pierde, me quedo con su dedo.

–No le comprendo. ¿Qué quiere decir quedarse con mi dedo?

–Se lo corto.

–¡Rayos y truenos! ¡Eso es una locura! Apuesto un dólar.

El hombrecillo se reclinó en su asiento y se encogió de hombros.

–Bien, bien, bien –dijo–. No lo entiendo. Usted dice que su mechero se enciende, pero no quiere apostar. Entonces, ¿lo olvidamos?

El muchacho se quedó quieto mirando a los bañistas de la piscina. De repente se acordó de que tenía el cigarrillo entre sus dedos. Lo acercó a sus labios, puso las manos alrededor del encendedor y lo encendió. Al momento, apareció una pequeña llama amarillenta. El americano ahuecó las manos de tal forma que el viento no pudiera apagar la llama.

–¿Me lo deja un momento? –le dije.

–¡Oh, perdón! Me olvidé de que usted también tenía el cigarrillo sin encender.

Alargué la mano para coger el encendedor, pero se incorporó y se acercó para encendérmelo él mismo.

–Gracias –le dije.

Él volvió a su sitio.

–¿Se divierte? ¿Lo pasa bien? –le pregunté.

–Estupendo –me contestó–, esto es precioso.

Hubo un silencio. Me di cuenta de que el hombrecillo había logrado perturbar al chico con su absurda proposición. Estaba sentado muy quieto, y era evidente que la tensión se iba apoderando de él. Empezó a moverse en su asiento, a rascarse el pecho, a acariciarse la nuca y finalmente puso las manos en las rodillas y empezó a tamborilear con los dedos. Pronto empezó a dar golpecitos con un pie, incómodo y nervioso.

–Bueno, veamos en qué consiste esta apuesta –dijo al fin–, usted dice que vamos a su cuarto y si mi mechero se enciende diez veces seguidas, gano un Cadillac. Si me falla una vez, entonces pierdo el dedo meñique de la mano izquierda. ¿Es eso?

–Exactamente, ésa es la apuesta.

–¿Qué hacemos si pierdo? ¿Deberé sostener mi dedo mientras usted lo corta?

–¡Oh, no! Eso no daría resultado. Podría ser que usted no quisiera darme su dedo. Lo que haríamos es atar una de sus manos a la mesa antes de empezar y yo me pondría a su lado con una navaja, dispuesto a cortar en el momento en que su encendedor fallase.

–¿De qué año es el Cadillac? –preguntó el chico.

–Perdón, no le entiendo.

–¿De qué año..., cuánto tiempo hace que tiene usted ese Cadillac?

–¡Oh! ¿Cuánto tiempo? Sí, es del año pasado, está completamente nuevo, pero veo que no es un jugador. Ningún americano lo es.

Hubo una pausa. El muchacho miró primero a la inglesa y luego a mí.

–Sí –dijo de pronto–. Apuesto.

–¡Magnífico! –El hombrecillo juntó las manos por un momento–. ¡Estupendo! Ahora mismo. Y usted, señor –se volvió hacia mí–, será tan amable de hacer de... ¿Cómo lo llaman ustedes? ¿Árbitro? ¿Juez?

Tenía los ojos muy claros, casi sin color, y sus pupilas eran pequeñas y negras.

—Bueno —titubeé yo—, esto me parece una tontería. No me gusta nada.

—A mí tampoco —dijo la inglesa. Era la primera vez que hablaba—. Considero esta apuesta estúpida y ridícula.

—¿Le cortará de veras el dedo a este chico si pierde? —pregunté yo.

—¡Claro que sí! Yo le daré el Cadillac si gana. Bueno, vamos a mi habitación.

Se levantó.

—¿Quiere vestirse antes? —le preguntó.

—No —contestó el chico—. Iré tal como voy.

—Consideraría un favor que viniera usted con nosotros y actuara como árbitro.

Se volvió hacia mí.

—Muy bien, iré. Pero no me gusta nada esta apuesta.

—Venga usted también —dijo a la chica—. Venga y mirará.

El hombrecillo se dirigió por el jardín hacia el hotel. Se le veía animado y excitado y al andar daba más saltitos que nunca.

—Vivo en el anexo —dijo—. ¿Quieren ver primero el coche? Está aquí.

Nos llevó hasta el aparcamiento del hotel y nos señaló un elegante Cadillac verde claro, aparcado en el fondo.

—Es aquel verde. ¿Le gusta?

—Es un coche precioso —contestó el cadete.

—Muy bien, vamos arriba y veamos si lo gana.

Le seguimos al anexo y subimos las escaleras. Abrió la puerta y entramos en una habitación doble, espaciosa, agradable. Había una bata de mujer a los pies de una de las camas.

—Primero tomaremos un martini —dijo tranquilamente.

Las bebidas estaban en una mesilla, dispuestas para ser mezcladas. Había una coctelera, hielo y muchos vasos. Empezó a preparar el martini.

Mientras tanto, había hecho sonar la campanilla; se oyeron unos golpecitos en la puerta y apareció una doncella negra.

–¡Ah! –exclamó él dejando la botella de ginebra.

Sacó del bolsillo una cartera y le dio una libra a la doncella.

–Me va a hacer un favor. Quédese con esto. Vamos a hacer un pequeño juego aquí. Quiero que me consiga dos..., no, tres cosas. Quiero algunos clavos; un martillo y un cuchillo de los que emplean los carniceros. Lo encontrará en la cocina. ¿Podrá conseguirlo?

–¡*Un cuchillo de carnicero!* –La doncella abrió mucho los ojos y dio una palmada con las manos–. ¿Quiere decir un cuchillo de carnicero *de verdad?*

–Sí, exactamente. Vamos, por favor, usted puede encontrarme esas cosas.

–Sí, señor, lo intentaré. Haré todo lo posible por conseguir lo que pide.

Después de estas palabras salió de la habitación.

El hombrecillo fue repartiendo los martinis. Los bebimos con ansiedad, el muchacho delgado y pecoso, vestido únicamente con el traje de baño; la chica inglesa, rubia y esbelta, que vestía un bañador azul claro y no dejaba de mirar al muchacho por encima de su vaso; el hombrecillo de ojos claros, con su traje blanco, inmaculado, que miraba a la chica del traje de baño azul claro. Yo no sabía qué hacer. La apuesta iba en serio y el hombre estaba dispuesto a cortar el dedo de su rival en caso de que perdiera. Pero, ¡diablos!, ¿y si el chico perdía? Tendríamos que llevarlo urgentemente al hospital en el Cadillac que no había podido ganar. Tendría gracia, ¿no es cierto?

En mi opinión, no habría por qué llegar a ese extremo.

–¿No les parece una apuesta muy tonta? –dije yo.

–Yo creo que es una buena apuesta –contestó el chico.

Ya se había tomado un martini doble.

–Me parece una apuesta estúpida y ridícula –dijo la chica–. ¿Qué pasará si pierdes?

–No importa. Pensándolo un poco, no recuerdo haber usado jamás en mi vida el dedo meñique de mi mano izquierda. Aquí está. –El chico se cogió el dedo–. Y todavía no ha hecho nada por mí. ¿Por qué no voy a apostármelo? Yo creo que es una apuesta estupenda.

El hombrecillo sonrió y tomó la coctelera para volver a llenar los vasos.

–Antes de empezar –dijo– le entregaré al árbitro la llave del coche.

Sacó la llave de su bolsillo y me la dio.

–Los papeles de propiedad y del seguro están en el coche –añadió.

La doncella volvió a entrar. En una mano llevaba un cuchillo de los que usan los carniceros para cortar los huesos de la carne, y en la otra un martillo y una bolsita con clavos.

–¡Magnífico! ¿Lo ha conseguido todo? ¡Gracias, gracias! Ahora puede marcharse.

Esperó a que la doncella cerrara la puerta y entonces puso los objetos en una de las camas y dijo:

–Ahora nos prepararemos nosotros.

Luego se dirigió al muchacho:

–Ayúdeme, por favor, a levantar esta mesa. La vamos a correr un poco.

Era una mesa de escritorio del hotel, una mesa corriente, rectangular, de metro veinte por noventa, con papel secante, plumas y papel. La pusieron en el centro de la habitación y retiraron las cosas de escribir.

–Ahora –dijo– lo que necesitamos es un cordel, una silla y los clavos.

Cogió la silla y la puso junto a la mesa. Estaba tan animado como la persona que organiza juegos en una fiesta infantil.

–Ahora hay que colocar los clavos.

Los clavó en la mesa con el martillo.

Ni el muchacho ni la chica ni yo nos movimos de donde estábamos. Con nuestros martinis en las manos, observábamos el trabajo del hombrecillo. Le vimos clavar dos clavos en la mesa a quince centímetros de distancia.

43

No los clavó del todo; dejó que sobresaliera una pequeña parte. Luego comprobó su firmeza con los dedos.

«Cualquiera diría que este hijo de puta ya lo ha hecho antes –pensé yo–. No duda un momento. La mesa, los clavos, el martillo, el cuchillo de cocina. Sabe exactamente lo que necesita y cómo arreglarlo.»

–Ahora el cordel –dijo alargando la mano para cogerlo–. Muy bien, ya estamos listos. Por favor, ¿quiere sentarse? –le dijo al chico.

El muchacho dejó su vaso y se sentó.

–Ahora ponga la mano izquierda entre esos dos clavos para que pueda atársela donde corresponda. Así, muy bien. Bueno, ahora le ataré la mano a la mesa.

Puso el cordel alrededor de la muñeca del chico, luego lo pasó varias veces por la palma de la mano y lo ató fuertemente a los clavos. Hizo un buen trabajo. Cuando hubo terminado, al muchacho le era imposible despegar la mano de la mesa, pero podía mover los dedos.

–Por favor, cierre el puño, excepto el dedo meñique. Tiene que dejar ese dedo alargado sobre la mesa. ¡Excelente! ¡Excelente! Ahora ya estamos dispuestos. Coja el encendedor con su mano derecha..., pero ¡espere un momento, por favor!

Fue hacia la cama y cogió el cuchillo. Volvió y se puso junto a la mesa, empuñando con firmeza el arma cortante.

–¿Preparados? –dijo–. Señor árbitro, puede dar la orden de comenzar.

La inglesa estaba de pie, justo detrás del muchacho, sin decir una palabra. El chico estaba sentado sin moverse, con el encendedor en la mano derecha mirando el cuchillo. El hombrecillo me miraba.

–¿Está preparado? –le pregunté al muchacho.

–Preparado.

–¿Y usted? –al hombrecillo.

–Preparado también.

Levantó el cuchillo al aire y lo colocó a cierta distancia del dedo del chico, dispuesto a cortar. El muchacho le observaba sin mover un miembro de su cuerpo. Simplemente frunció las cejas y le miró ceñudamente.

—Muy bien —dije yo—, empiecen.

El muchacho me hizo una petición antes de comenzar:

—¿Quiere contar en voz alta el número de veces que lo enciendo? Por favor.

—Sí, lo haré.

Levantó la tapa del mechero y con el mismo dedo dio una vuelta a la ruedecita. La piedra chispeó y apareció una llama amarillenta.

—¡Uno! —dije yo.

No apagó la llama, sino que colocó la tapa en su sitio y esperó unos segundos antes de volverlo a encender.

Dio otra fuerte vuelta a la rueda y de nuevo apareció la pequeña llama al final de la mecha.

—¡Dos!

El silencio era total. El muchacho tenía los ojos puestos en el encendedor. El hombrecillo tenía el cuchillo en el aire y también miraba al encendedor.

—¡Tres!

—¡Cuatro!

—¡Cinco!

—¡Seis!

—¡Siete!

Desde luego era un mechero de los que funcionan a la perfección. La piedra chisporroteó y la mecha se encendió. Observé el pulgar bajar la tapa y apagar la llama. Luego, una pausa. El pulgar volvió a subirla otra vez. Era una operación de pulgar, este dedo lo hacía todo.

Respiré, dispuesto a decir ocho. El pulgar accionó la rueda, la piedra chispeó y la pequeña llama brilló de nuevo.

—¡Ocho! —dije yo al tiempo que se abría la puerta. Nos volvimos todos a la vez y vimos a una mujer en la puerta, una mujer pequeña y de pelo negro, bastante vieja, que se precipitó gritando:

—¡Carlos, Carlos!

Le agarró la muñeca y le cogió el cuchillo, lo arrojó a la cama, aferró al hombrecillo por las solapas de su traje blanco y lo sacudió vigorosamente, hablando al mismo tiempo aprisa y fuerte en un idioma que parecía español. Lo sacudía tan fuerte que no se le podía ver. Se convirtió en una línea difusa y móvil como el radio de una rueda.

Cuando paró y volvimos a ver al pequeño hombrecillo, ella le dio un empujón y lo tiró a una de las camas como si se tratara de un muñeco. El se sentó en el borde y cerró los ojos, moviendo la cabeza para ver si todavía podía torcer el cuello.

—Lo siento —dijo la mujer—, siento mucho que haya pasado esto.

Hablaba un inglés bastante correcto.

—Es horrible —continuó ella—. Supongo que todo ha ocurrido por mi culpa. Le he dejado solo durante diez minutos para lavarme el cabello y ha vuelto a hacer de las suyas.

Se la veía disgustada y preocupada.

El muchacho se estaba desatando la mano de la mesa. La inglesa y yo no decíamos ni una palabra.

—Es una seria amenaza —dijo la mujer—. Donde nosotros vivimos ha cortado ya cuarenta y siete dedos a diferentes personas y ha perdido once coches. Últimamente le amenazaron con quitarle de en medio. Por eso lo traje aquí.

—Sólo habíamos hecho una pequeña apuesta —murmuró el hombrecillo desde la cama.

—Supongo que habrá apostado un coche —dijo la mujer.

—Sí —contestó el cadete—, un Cadillac.

—No tiene coche. Ése es el mío, y esto agrava las cosas —dijo ella—, porque apuesta lo que no tiene. Estoy avergonzada y lo siento muchísimo.

Parecía una mujer muy simpática.

—Bueno —dije yo—, aquí tiene la llave de su coche.

La puse sobre la mesa.

—Sólo estábamos haciendo una pequeña apuesta —murmuró el hombrecillo.

46

—No le queda nada que apostar —dijo la mujer—, no tiene nada en este mundo, nada. En realidad, yo se lo gané todo hace ya muchos años. Me llevó mucho, mucho tiempo, y fue un trabajo muy duro, pero al final se lo gané todo.

Miró al muchacho y sonrió tristemente. Luego alargó la mano para coger la llave que estaba encima de la mesa.

Todavía ahora recuerdo aquella mano: sólo le quedaba un dedo y el pulgar.

MI QUERIDA ESPOSA

Durante muchos años he tenido la costumbre de echar la siesta después de la comida. Me siento en un sillón en el cuarto de estar, apoyo la cabeza en un cojín y los pies en un pequeño taburete de piel y leo hasta quedar dormido.

Aquel viernes por la tarde yo estaba cómodamente en mi sillón con un libro en las manos: *El género de los lepidópteros diurnos,* cuando mi esposa, que nunca ha sido una persona silenciosa, comenzó a hablarme desde el sofá de enfrente...

–Estas dos personas, ¿a qué vienen?

No contesté, ella repitió la pregunta, esta vez más fuerte. Le dije cortésmente que lo ignoraba.

–No me gustan demasiado –dijo ella–, especialmente él.

–Sí, querida, tienes razón.

–Arthur, digo que no me gustan demasiado.

Bajé mi libro y la miré. Estaba recostada en el sofá, hojeando las páginas de una revista de modas.

–Sólo les hemos visto una vez –dije.

–Un hombre horrible; siempre gastando bromas, contando chistes y cosas por el estilo.

–Estoy seguro de que te llevarás muy bien con ellos, querida.

–Ella también es terrible. ¿Cuándo crees que llegarán?

—Hacia las seis, supongo.

—Pero ¿no te parecen horribles? —me volvió a preguntar.

—Pues...

—Son horribles, de veras.

—Ahora ya no podemos volvernos atrás, Pamela.

—Son de lo peor —dijo ella.

—Entonces, ¿por qué los invitaste?

La pregunta me salió espontáneamente y me arrepentí enseguida porque me he hecho el propósito de no provocar a mi esposa, si puedo evitarlo. Hubo una pausa. Yo la observaba, esperando una respuesta.

Observaba su cara, que era algo tan querido y fascinante para mí. Había ocasiones en las que no podía dejar de mirarla. A veces, por las noches, cuando ella bordaba o pintaba aquellos intrincados cuadros de flores, su cara resplandecía de tal manera que le daba una belleza incomparable y yo me sentaba frente a ella, mirándola, minuto a minuto, pretendiendo leer. En ese momento, en aquella mirada airada, la frente arrugada, tenía que admitir que había algo majestuoso en esta mujer, algo espléndido, magistral; era mucho más alta que yo, pero se la podría considerar más bien grande que alta.

—Sabes muy bien por qué los invité —contestó duramente—; sólo por el bridge. Juegan maravillosamente y son decentes apostando.

Levantó sus ojos y vio cómo la observaba.

—Bien —dijo—, tú también piensas así, ¿verdad?

—Bueno, claro, yo...

—No seas tonto, Arthur.

—La única vez que los he tratado me parecieron muy simpáticos.

—También el carnicero es simpático.

—Pamela, querida, por favor. No nos compliquemos la vida.

—Oye —dijo, dejando la revista en su regazo—, tú sabes igual que yo la clase de gente que son. Un par de estúpidos arribistas que creen poder ir a cualquier sitio porque saben jugar bien al bridge.

—Estoy seguro de que tienes razón, querida, pero no veo por qué...

–Te lo estoy diciendo, para jugar una buena partida. Ya estoy cansada de hacerlo con principiantes. Pero no veo por qué tenemos que tener a esa gente en casa.

–¡Claro que no, querida, pero ya es un poco tarde ahora...!

–¿Arthur?

–¿Sí?

–¿Por qué diablos tienes que discutir siempre conmigo? Tú sabes que te gustan tan poco como a mí.

–No te preocupes, Pamela, después de todo parecían gente bien educada.

–Arthur, no seas ridículo.

Me miraba duramente con sus grandes ojos grises y para evitarlos –a veces me hacían sentir desasosegado– me levanté y salí por la puerta que llevaba al jardín.

El césped que había frente a la casa había sido segado recientemente, rayado con diferentes tonos verdes. Al lado del césped, las flores daban un tinte de color que contrastaba con los árboles del fondo. También las rosas estaban en flor, y las begonias escarlata, y toda clase de flores de múltiples colores.

Uno de los jardineros volvía de comer por el sendero. A través de los árboles se veía el tejado de su casita y detrás, a un lado, continuaba el sendero que, después de atravesar las puertas de entrada de la mansión, desembocaba en la carretera de Canterbury.

La casa de mi esposa. Su jardín. ¡Qué bonito es todo! ¡Qué pacífico! Si Pamela no trastornara mi tranquilidad tantas veces, ni me hiciera hacer cosas que no me apetecen, esto sería el cielo. No quisiera dar la impresión de que no la quiero –venero el aire que respira–, o que no me llevo bien con ella, o que no soy yo quien manda en casa. Lo que quiero decir es que a veces es irritante con sus cosas. Por ejemplo, esos hábitos suyos que yo preferiría que olvidara, especialmente cuando me señala con el dedo para dar énfasis a una frase. Debo recordarles que soy un hombre más bien pequeño, y un gesto como éste, y más cuando proviene de la esposa, intimida un poco. A veces

51

encuentro difícil convencerme a mí mismo de que no es una mujer insoportable.

—¡Arthur! —llamó—. ¡Ven aquí!

—¿Qué quieres?

—Acaba de ocurrírseme una idea maravillosa. Ven.

Me volví para acercarme a ella, que seguía recostada en el sofá.

—Oye —me dijo—, ¿quieres que nos divirtamos un rato?

—¿Qué clase de diversión?

—Con los Snape.

—¿Quiénes son los Snape?

—Vamos, despierta. Henry y Sally Snape, nuestros invitados del fin de semana.

—¿Y bien?

—Oye, estaba pensando en lo horribles que son, en su manera de comportarse, él con sus bromas, ella como un alocado gorrión... —Vaciló unos instantes, sonriendo cautamente y no sé por qué me dio la impresión de que iba a decir algo raro—. Bien, si ellos se comportan de esa manera delante de nosotros, ¿cómo diablos serán cuando estén juntos y a solas?

—Espera un momento, Pamela...

—No seas tonto, Arthur. Vamos a divertirnos, a divertirnos de verdad, aunque sólo sea por esta noche.

Se había incorporado casi totalmente en el sofá, con el rostro brillante de ilusión, la boca ligeramente abierta y mirándome con sus redondos ojos grises, en cada uno de los cuales brillaba una chispita.

—¿Por qué no?

—¿Qué pretendes hacer?

—Está clarísimo. ¿No lo ves?

—No, no lo veo.

—Lo que vamos a hacer es poner un micrófono en su cuarto.

Admito que esperaba algo peor, pero cuando lo dijo me quedé tan asombrado que no supe qué contestar.

—Eso es exactamente lo que vamos a hacer —dijo ella.

—Oye, no –grité yo–, no puedes hacer eso.

—¿Por qué no?

—Porque es la broma más pesada que he oído en mi vida. Es como fisgar por las cerraduras o leer cartas, sólo que peor. No hablarás en serio, ¿verdad?

—Claro que sí.

Yo sabía cuánto le molestaba que la contradijesen, pero a veces era preciso hacerlo, aunque con riesgo considerable...

—Pamela –dije yo pronunciando las palabras cortantemente–, te prohíbo que lo hagas.

Ella bajó los pies del sofá y se sentó.

—¡Por el amor de Dios, Arthur! ¿Qué pretendes? Realmente no lo entiendo.

—Pues no resulta difícil.

—¡Caramba! Yo sé que antes has hecho cosas peores que ésta.

—¡Nunca!

—¡Sí! Lo sé. ¿Qué te ha hecho pensar de repente que tú eres mejor que yo?

—Yo nunca he hecho cosas así.

—¡Pero bueno! –dijo apuntándome con su dedo como si fuera una pistola–. ¿Y aquella vez en casa de los Milford, las Navidades pasadas? ¿Te acuerdas? Casi te morías de risa, y yo tuve que ponerte la mano en la boca para evitar que nos oyeran. ¿Qué te parece?

—Aquello era diferente –dije yo–. No era nuestra casa, ni ellos nuestros invitados.

—Eso no cambia las cosas. –Ella estaba sentada muy tiesa, mirándome con sus redondos ojos grises y al tiempo que su barbilla empezaba a moverse de una manera peculiar–. No seas hipócrita –continuó–. ¿Qué te pasa?

—Pienso que eso es jugar sucio, Pamela, te hablo en serio.

—Pero yo juego sucio, Arthur, y tú también, aunque no se note, por eso nos llevamos bien.

—Nunca oí tontería semejante.

—Bueno, si de repente has decidido cambiar tu carácter por completo, eso es distinto.

—Deja de hablar de ese modo, Pamela.

—¿Ves? —dijo ella—, si de veras has decidido reformarte, ¿qué voy a hacer yo?

—No sabes lo que dices.

—¿Cómo es posible que una persona tan magnífica como tú, quiera a alguien como yo?

Me fui a sentar en una silla frente a ella mientras me observaba todo el tiempo. Era una mujer grande y, cuando me miraba fijamente, como lo estaba haciendo en aquellos momentos, yo me sentía..., ¿cómo diría yo?: rodeado, envuelto en ella, como si Pamela fuese un gran tubo y yo hubiera caído dentro.

—No hablarás en serio respecto al micrófono, ¿verdad?

—¡Claro que sí! Ya es hora de que nos divirtamos un poco. Vamos, Arthur, no seas pesado.

—No está bien, Pamela.

—Está tan bien —levantó el dedo otra vez— como cuando tú encontraste aquellas cartas de Mary Probert en su bolso y las leíste desde el principio hasta el fin.

—No debimos hacer eso.

—¿Debimos?

—Tú las leíste después, Pamela.

—No hacía daño a nadie. Tú mismo dijiste eso aquella vez, y ahora no es peor.

—¿Te gustaría que alguien te lo hiciera?

—¿Cómo podría saber si me gustaba o no, ignorando que me lo hacían? Vamos, Arthur, no seas latoso.

—Tengo que pensarlo.

—Quizá el gran ingeniero no sabe cómo conectar el micrófono.

—Eso es lo más fácil.

—Bueno, pues hazlo.

—Lo pensaré y luego hablaremos.

–No hay tiempo para eso. Pueden llegar en cualquier momento.

–Pues entonces no lo hago. No quiero que me cojan con las manos en la masa.

–Si llegan antes de que termines, los entretendré aquí abajo. No hay peligro. Oye, ¿qué hora es?

–Son casi las tres.

–Vienen de Londres –dijo ella– y seguramente no saldrán de allí hasta después de comer. Eso te dará mucho tiempo.

–¿En qué habitación los vas a poner?

–En el cuarto amarillo del final del pasillo. No será demasiado lejos, ¿verdad?

–Supongo que se podrá hacer.

–Oye, ¿dónde vas a poner el altavoz?

–Todavía no he dicho que lo vaya a hacer.

–¡Dios mío! –exclamó ella–. Me gustaría saber si hay alguien capaz de detenerte ahora. Deberías ver tu cara. Está roja y excitada. Pon el altavoz en nuestro cuarto. Date prisa.

Dudé unos momentos. Era algo que siempre hacía cuando ella me ordenaba las cosas en vez de pedirlas cortésmente.

–No me gusta, Pamela.

No dijo una palabra más; simplemente se quedó muy quieta, mirándome con una expresión resignada y de espera en su rostro, como si aguardara en alguna cola. Eso –lo sabía por experiencia– era señal de peligro. En aquellos momentos ella era como una bomba a la cual se le aprieta un botón y ya es sólo cuestión de tiempo, hasta que ¡boom! explota.

Me levanté silenciosamente y fui hacia el cuarto donde estaba el micrófono. Lo recogí, junto con cuatro metros y medio de cable. Ahora que estaba lejos de ella debo advertir que empecé a sentir la excitación dentro de mí mismo, una rara sensación bajo la piel, cerca de las puntas de los dedos. En realidad no era para tanto. Experimento lo mismo cada mañana cuando abro el periódico y veo los precios de las acciones más importantes de mi esposa. No me iba a intimidar un juego tan tonto como aquél. Al mismo tiempo, no podía evitar considerarlo divertido.

Subí las escaleras de dos en dos y entré en la habitación amarilla del final del pasillo. Tenía la límpida apariencia de todos los cuartos de huéspedes, con sus camas gemelas, las colchas de satén amarillo, las paredes de amarillo pálido y las cortinas doradas.

Miré a mi alrededor, buscando un buen sitio para esconder el micrófono. Ésa era la parte más importante, porque, pasara lo que pasara, no debía ser descubierto. Primero pensé ponerlo bajo los troncos que había en la chimenea. No, no era muy seguro. ¿Detrás del radiador?, ¿encima del armario?, ¿debajo de la mesa del escritorio? Ninguno de estos sitios me parecía demasiado seguro. Todos podían ser objeto de inspección accidental a causa de la búsqueda de, por ejemplo, un botón de la camisa o algo parecido. Finalmente, con considerable astucia, decidí ponerlo en los muelles del sofá. Éste estaba contra la pared, cerca del borde de la alfombra y así podría esconder el alambre del micrófono.

Ladeé el sofá y empecé a desmontarlo. Puse el micrófono entre los muelles, asegurándome de ponerlo cara a la habitación. Después fui tendiendo el cable bajo la alfombra hasta la puerta, haciendo una pequeña muesca en la madera para evitar que se viera.

Naturalmete, eso me llevó tiempo y cuando oí el sonido de neumáticos en la grava del patio, seguido de las puertas al cerrarse y las voces de nuestros invitados, yo todavía estaba en el pasillo, poniendo el cable. Paré y me incorporé con el martillo en la mano. Aquellos ruidos me enervaban, y sentí la misma sensación de miedo que cuando cayó una bomba en la otra parte del pueblo durante la guerra, mientras yo estaba trabajando tranquilamente en la biblioteca con mis mariposas.

«No te preocupes –me dije a mí mismo–. Pamela se encargará de esa gente.»

Un tanto frenético, continué con mi tarea; pronto tuve todo el cable tendido a lo largo del pasillo hasta nuestra habitación. Aquí ya no tenía que esconderme, aunque no había que olvidar a los criados. Puse el cable por debajo de la alfombra y lo saqué detrás de la radio. Conectarlo fue una cuestión técnica tan fácil que me llevó muy poco tiempo hacerlo.

Bien, ya estaba hecho. Di un paso atrás y miré el pequeño receptor. Ahora parecía diferente: ya no era una simple caja de hacer ruido sino una endiablada criatura, una parte de cuyo cuerpo se extendía al otro extremo de la casa. Lo conecté. Se oían zumbidos, pero nada más.

Cogí mi reloj de la mesilla de noche y lo llevé al cuarto amarillo, colocándolo en el suelo, junto al sofá. Cuando volví, la radio hacía el mismo sonido que si el reloj estuviera en la habitación, quizá más fuerte.

Volví por el reloj. Luego me aseé un poco en el cuarto de baño, devolví las herramientas a su sitio y me preparé para recibir a mis invitados. Pero primero, para calmarme y no tener que aparecer ante ellos inmediatamente, estuve cinco minutos en la biblioteca con mi colección. Me encontré mirando la maravillosa *Vanessa Carduci* –la dama pintada– y tomé algunas notas para un artículo que estaba preparando, titulado «Relación entre el color y el armazón de las alas», el cual iba a leer en la próxima conferencia de nuestra sociedad en Canterbury. De esa manera, pronto recobré mi actitud habitual, grave y atenta.

Cuando entré en el cuarto de estar, nuestros dos invitados, cuyos nombres nunca podía recordar, estaban sentados en el sofá. Mi esposa preparaba unas bebidas.

–¡Oh, aquí viene Arthur! –dijo–. ¿Dónde has estado?

Consideré esta pregunta de muy mal gusto.

–Lo siento –dije a mis invitados, al estrecharles las manos–, estaba ocupado y se me olvidó la hora.

–Todos sabemos lo que estaba haciendo, pero le perdonamos. ¿Verdad, querido?

–Sí, creo que sería lo mejor –contestó él.

Tuve la terrible y fantástica visión de mi esposa contándoles entre risas lo que yo estaba haciendo arriba. ¡No podía..., no podía haber hecho eso! La miré. Ella también sonreía mientras servía la ginebra.

–Siento que le hayamos molestado –dijo la mujer.

Decidí que si aquello era una broma lo mejor sería unirme a ellos cuanto antes, así que hice un esfuerzo y sonreí.

–Nos la tiene que enseñar –continuó la mujer.

–¿El qué?

–Su colección. Su esposa dice que es maravillosa.

Me senté en una silla y respiré. Era ridículo ponerse tan nervioso.

–¿Le interesan las mariposas? –le pregunté.

–Me gustaría ver las suyas, señor Beauchamp.

Los martinis fueron distribuidos y nos sentamos un par de horas a charlar y beber antes de la cena. Fue entonces cuando empezó a darme la impresión de que mis invitados eran una pareja encantadora. Mi esposa, procedente de una familia noble, es en todo momento consciente de su cuna y su clase, y a veces se precipita un poco en su juicio sobre las personas que son amables con ella, especialmente los hombres altos.

Casi siempre tiene razón, pero esa vez pensé que se había equivocado. En general a mí tampoco me gustan los hombres altos; suelen ser orgullosos y pedantes. Pero Henry Snape –mi esposa me había susurrado su nombre– me pareció un hombre amable y sencillo, cuya mayor preocupación era la señora Snape. Era guapo, tenía la cara alargada y sus ojos, de color castaño oscuro, eran suaves y apacibles. Le envidiaba su negra mata de pelo y me sorprendí a mí mismo pensando qué loción usaría para mantenerlo tan bien. Nos contó uno o dos chistes, pero no pude poner objeción a ninguno de los dos.

–En el colegio –dijo– me llamaban Scervix. ¿Adivinan por qué?

–No tengo la menor idea –contestó mi esposa.

–Porque cervix es el nombre latino de nuca.[1]

---

1. Juego de palabras. Nuca en inglés es *nape,* de ahí la comparación de Scervix con Snape. *(N. del T.)*

Eso era algo profundo y me costó algún tiempo comprenderlo.

–¿Qué colegio era, señor Snape? –preguntó mi esposa.

–Eton –dijo él, mientras mi esposa movía la cabeza con aprobación.

Ahora se pondrán a hablar, pensé, y me volví hacia Sally Snape. Era realmente atractiva. Si la hubiera conocido quince años antes me hubiera podido meter en un lío. Así que me distraje hablándole de mis maravillosas mariposas. Mientras hablaba la observaba atentamente y al cabo de un rato llegué a sacar la conclusión de que no era en realidad tan alegre como yo había creído al principio. Parecía ensimismada. Sus profundos ojos azules se movían rápidamente por la habitación, sin pararse más de un segundo en la misma cosa, y en su rostro, aunque tan disimuladas que no parecían existir, había huellas de dolor.

–Estoy esperando con ansiedad nuestra partida de bridge –dije finalmente, cambiando de tema.

–Nosotros también –contestó ella–, solemos jugar casi todas las noches. Nos gusta mucho.

–Son muy expertos ustedes dos. ¿Cómo han llegado a ser tan buenos?

–Es la práctica, eso es todo, práctica, práctica.

–¿Han participado en algún campeonato?

–Todavía no, pero Henry quiere que lo hagamos. Es difícil llegar a ese nivel, es muy difícil.

¿No había una nota de resignación en su voz? Probablemente era eso, él influía demasiado y la hacía tomarlo muy en serio. La pobre chica estaba cansada.

A las ocho, sin cambiarnos, pasamos a cenar. La comida transcurrió bien, Henry Snape nos contó algunas cosas graciosas. También alabó mi Richemburg 34, lo cual me agradó mucho. A la hora del café me parecieron francamente simpáticos aquellos jóvenes y empecé a sentirme desasosegado a causa del micrófono colocado en su habitación. Hubiera resultado estupendo hacerles eso a unas personas desagradables, pero siendo tan simpáticos no me producía la más mínima satisfacción. No quiero decir que pensase yo en deshacer la operación, pero me negaba a colaborar con mi esposa, que me cubría con sonrisas y movimientos disimulados de cabeza.

Hacia las nueve y media, sintiéndonos a gusto y bien alimentados, volvimos al cuarto de estar y empezamos a jugar al bridge. Hicimos apuestas sencillas –diez chelines los cien– y decidimos jugar cada uno con su esposa. Los cuatro tomamos el juego muy en serio, que es la única manera de tomarlo, y jugamos en silencio, con intensidad, sin hablar casi, excepto para subastar. No jugábamos por dinero; Dios sabe que mi esposa tenía demasiado y también los Snape parecían tenerlo, pero entre expertos es tradicional que se hagan apuestas importantes.

Aquella noche las cartas fueron equilibradamente repartidas, pero mi esposa jugó muy mal y perdimos. Observé que no estaba concentrada y al acercarse la medianoche ni siquiera se molestó en aparentarlo. Me miraba todo el tiempo con sus grandes ojos grises, las cejas levantadas y una extraña sonrisa.

Nuestros oponentes jugaban muy bien. Subastaban acertadamente y en toda la noche sólo cometieron una equivocación. Fue cuando la chica sobrestimó a su compañero y cantó seis picas. Yo doblé y ellos tuvieron tres multas, lo cual les costó ochocientos puntos. Sólo fue un lapso momentáneo, pero recuerdo que Sally Snape estaba muy trastornada por esto, aunque su marido la perdonara enseguida, besando su mano y diciéndole que no se preocupara.

Hacia las doce y media mi esposa dijo que quería irse a la cama.

–¿Una mano más? –dijo Henry Snape.

–No, gracias, estoy muy cansada y Arthur también, lo estoy viendo. Vámonos a la cama.

Nos condujo fuera de la habitación y nos dirigimos arriba los cuatro. Al subir, surgió la consiguiente conversación sobre el desayuno; qué iban a tomar y cómo debían llamar a la doncella.

–Espero que les guste la habitación –dijo mi esposa–. Tiene una vista muy bonita sobre el valle y el sol les entrará por la mañana, hacia las diez.

Ahora estábamos en el pasillo frente a la puerta de nuestro dormitorio. Veía extenderse el cable que había puesto por la tarde a todo lo largo del pasillo. Aunque tenía casi el mismo color que la pintura, a mí me parecía muy distinto.

–Que duerman bien –dijo mi esposa–, que descanse, señora Snape. Buenas noches, señor Snape.

La seguí a nuestra habitación y cerré la puerta.

–¡Ahora! –dijo Pamela–. ¡Ya han entrado!

Estaba en el centro de la habitación con su vestido azul, con las manos y la cabeza echadas hacia delante y escuchando atentamente, con la cara tensa como nunca la había visto.

Casi inmediatamente la voz de Henry salió de la radio, fuerte y clara.

–Estás loca –decía.

Su voz era tan diferente de la que yo recordaba, tan dura y desagradable, que me hizo dar un salto.

–¡Toda la noche perdida! ¡Ochocientos puntos son una libra entre los dos!

–Me hice un lío –contestó la chica–, no lo volveré a hacer, lo prometo.

–¿Qué es esto? –dijo mi esposa–. ¿Qué pasa?

Abrió la boca con incredulidad, sus cejas se levantaron y se fue hacia la radio, acercando el oído al receptor. Debo confesar que yo también me sentía muy excitado.

–Te lo prometo, te lo prometo, no lo volveré a hacer –decía la chica.

–No vamos a arriesgarnos –habló el hombre secamente–, vamos a practicar otra vez.

–¡Oh, no, por favor, no lo puedo soportar!

–Oye –dijo el hombre–, todo el camino hasta aquí ensayando para sacarle el dinero a esa rica imbécil y ahora lo estropeas todo.

Ahora fue mi esposa quien dio un brinco.

–La segunda vez esta semana –continuó él.

–Te prometo que no lo volveré a hacer.

–Siéntate. Yo iré diciendo y tú contestas.

–¡No, Henry, por favor! ¡Las distribuciones no! Nos llevaría tres horas.

–Bien, entonces pasaremos por alto la posición de los dedos, creo que en eso estás bastante segura. Haremos solamente las posiciones básicas, señalando los honores.

–¡Oh, Henry!, ¿es preciso? Estoy muy cansada.

–Es absolutamente esencial que lo aprendas a la perfección –insistió él–, tenemos una partida diaria la semana próxima, lo sabes, y tenemos que comer.

–¿Qué diablos es esto? –susurró mi esposa.

–¡Chist! –dije yo–. Escucha.

–Bien –dijo la voz del hombre–, empezaremos desde el principio. ¿Preparada?

–¡Oh, Henry, por favor!

La chica parecía estar próxima a las lágrimas.

–¡Vamos, Sally, procura contenerte!

Luego, con una voz completamente diferente, la que habíamos oído en el cuarto de estar, Henry Snape dijo:

–Un trébol.

Observé que había un curioso énfasis en la palabra «un». La primera parte de la palabra ligeramente alargada.

–As, dama de tréboles –respondió la chica con tono cansado–, rey de picas. No hay corazones. As de diamantes.

–¿Y cuántas cartas de cada palo? Mira con atención las posiciones de mi dedo.

–Tú dijiste que eso no.

–Bueno. ¿Estás segura de que las sabes?

–Sí, las sé.

Siguió una pausa y luego:

–Un trébol.

–Rey de tréboles –recitó la chica–, as de picas, dama de corazones y el as y la dama de diamantes.

Otra pausa y luego:

—Yo diría que un trébol.

—El as y el rey de tréboles...

—¡Dios mío! —exclamé yo—. ¡Es una trampa! ¡Señalan cada carta con la mano!

—¡Arthur, eso no puede ser!

—Es como esa gente que en un auditorio te piden algo prestado; hay una chica en el escenario que tiene los ojos vendados y por la forma en que él hace la pregunta, ella le dice al individuo exactamente lo que es, hasta un billete de tren y la estación en que ha sido comprado. —¡Es imposible!

—No es imposible, pero es un trabajo muy pesado de aprender. Escúchalos.

—Un corazón —estaba diciendo el hombre.

—El rey, la dama y el diez de corazones. As de picas. No hay diamantes. Dama de tréboles...

—¿Ves? El dice el número de cartas que tiene de cada palo por la posición de los dedos.

—¿Cómo?

—No lo sé. Tú lo estás oyendo lo mismo que yo.

—¡Dios mío, Arthur! ¿Estas seguro de que es eso lo que hacen?

—Me temo que sí.

La vi caminar aprisa hasta el otro lado de la cama y coger un cigarrillo. Lo encendió de espaldas a mí y luego se dio la vuelta, tirando el humo hacia el techo suavemente. Sabía que teníamos que hacer algo, pero no sabía qué, porque no podíamos acusarlos sin revelarles la fuente de nuestra información. Esperé la decisión de mi esposa.

—Pero Arthur —dijo lentamente mientras aspiraba el humo—, ésta es una idea maravillosa. ¿Crees que nosotros llegaríamos a aprender a hacerlo?

—¿Qué?

—¡Claro! ¿Por qué no?

—¡Oye, no! Espera un momento, Pamela...

Pero ella cruzó la habitación hasta llegar a mí, bajó la cabeza y me miró con esa sonrisa que no era tal sonrisa y sus grandes ojos grises mirándome fijamente. Cuando me miraba de esta forma me hacía sentirme como un ahogado.

–Sí. ¿Por qué no?

–Pero, Pamela... Santo Cielo... No... Después de todo...

–Arthur, me gustaría que no te pasaras el tiempo discutiendo conmigo. Eso es lo que vamos a hacer. Ahora ve a buscar una baraja; empezaremos enseguida.

APUESTAS

En la mañana del tercer día el mar se calmó. Hasta los pasajeros más delicados –los que no habían salido desde que el barco partió–, abandonaron sus camarotes y fueron al puente, donde el camarero les dio sillas y puso en sus piernas confortables mantas. Allí se sentaron frente al pálido y tibio sol de enero.

El mar había estado bastante movido los dos primeros días y esta repentina calma y sensación de confort habían creado una agradable atmósfera en el barco. Al llegar la noche, los pasajeros, después de dos horas de calma, empezaron a sentirse comunicativos y a las ocho de aquella noche el comedor estaba lleno de gente que comía y bebía con el aire seguro y complaciente de auténticos marineros.

Hacia la mitad de la cena los pasajeros se dieron cuenta, por un ligero balanceo de sus cuerpos y sillas, de que el barco empezaba a moverse otra vez. Al principio fue muy suave, un ligero movimiento hacia un lado, luego hacia el otro, pero fue lo suficiente para causar un sutil e inmediato cambio de humor en la estancia. Algunos pasajeros levantaron la vista de su comida, dudando, esperando, casi oyendo el movimiento siguiente, sonriendo nerviosos y con una mirada de aprensión en los ojos. Algunos parecían despreocupados, otros estaban decididamente tranquilos, e incluso hacían chistes acerca de la comida y del tiempo, para torturar a los que estaban asustados. El movimiento del barco se hizo de repente más y más violento y cinco o seis minutos después de que el primer movimiento se hiciera patente, el barco se tambaleaba de una parte a otra y los pasajeros se agarraban a sus sillas y a los tiradores como cuando un coche toma una curva.

Finalmente el balanceo se hizo muy fuerte y el señor William Botibol, que estaba sentado a la mesa del sobrecargo, vio su plato de rodaballo con salsa holandesa deslizarse lejos de su tenedor. Hubo un murmullo de excitación mientras todos buscaban platos y vasos. La señora Renshaw, sentada a la derecha del sobrecargo, dio un pequeño grito y se agarró al brazo del caballero.

—Va a ser una noche terrible —dijo el sobrecargo, mirando a la señora Renshaw—, me parece que nos espera una buena noche.

Hubo un matiz raro en su modo de decirlo.

Un camarero llegó corriendo y derramó agua en el mantel, entre los platos. La excitación creció. La mayoría de los pasajeros continuaron comiendo. Un pequeño número, que incluía a la señora Renshaw, se levantó y echó a andar con rapidez, dirigiéndose hacia la puerta.

—Bueno —dijo el sobrecargo—, ya estamos otra vez igual.

Echó una mirada de aprobación a los restos de su rebaño, que estaban sentados, tranquilos y complacientes, reflejando en sus caras ese extraordinario orgullo que los pasajeros parecen tener, al ser reconocidos como buenos marineros.

Cuando terminó la comida y se sirvió el café, el señor Botibol, que tenía una expresión grave y pensativa desde que había empezado el movimiento del barco, se levantó y puso su taza de café en el sitio donde la señora Renshaw había estado sentada, junto al sobrecargo. Se sentó en su silla e inmediatamente se inclinó hacia él, susurrándole al oído:

—Perdón, ¿me podría decir una cosa, por favor?

El sobrecargo, hombre pelirrojo, pequeño y grueso, se inclinó para poder escucharle.

—¿Qué ocurre, señor Botibol?

—Lo que quiero saber es lo siguiente...

Al observarlo, el sobrecargo vio la inquietud que se reflejaba en el rostro del hombre.

—¿Sabe usted si el capitán ha hecho ya la estimación del recorrido para las apuestas del día? Quiero decir, antes de que empezara la tempestad.

El sobrecargo, que se había preparado para recibir una confidencia personal, sonrió y se echó hacia atrás, haciendo descansar su cuerpo.

—Creo que sí, bueno... sí —contestó.

No se molestó en decirlo en voz baja, aunque automáticamente bajó el tono de voz como siempre que se responde a un susurro.

—¿Cuándo cree usted que la ha hecho?

—Esta tarde. Él siempre hace eso por la tarde.

—Pero ¿a qué hora?

—¡Oh, no lo sé! A las cuatro, supongo.

—Bueno, ahora dígame otra cosa. ¿Cómo decide el capitán cuál será el número? ¿Se lo toma en serio?

El sobrecargo miró al inquieto rostro del señor Botibol y sonrió, adivinando lo que el hombre quería averiguar.

—Bueno, el capitán celebra una pequeña conferencia con el oficial de navegación, en la que estudian el tiempo y muchas otras cosas, y luego hacen el parte.

El señor Botibol asintió con la cabeza, ponderando esta respuesta durante algunos momentos. Luego dijo:

—¿Cree que el capitán sabía que íbamos a tener mal tiempo hoy?

—No tengo ni idea —replicó el sobrecargo.

Miró los pequeños ojos del hombre, que tenían reflejos de excitación en el centro de sus pupilas.

—No tengo ni idea, no se lo puedo decir porque no lo sé.

—Si esto se pone peor, valdría la pena comprar algunos números bajos. ¿No cree?

El susurro fue más rápido e inquieto.

–Quizá sí –dijo el sobrecargo–. Dudo que el viejo apostara por una noche tempestuosa. Había mucha calma esta tarde, cuando ha hecho el parte.

Los otros en la mesa habían dejado de hablar y escuchaban al sobrecargo mirándolo con esa mirada intensa y curiosa que se observa en las carreras de caballos, cuando se trata de escuchar a un entrenador hablando de su suerte: los ojos medio cerrados, las cejas levantadas, la cabeza hacia delante y un poco inclinada a un lado. Esa mirada medio hipnotizada que se da a una persona que habla de cosas que no conoce bien.

–Bien, supongamos que a usted se le permitiera comprar un número. ¿Cuál escogería hoy? –susurró el señor Botibol.

–Todavía no sé cuál es la clasificación –contestó pacientemente el sobrecargo–, no se anuncia hasta que empieza la apuesta después de la cena. De todas formas no soy un experto, soy sólo el sobrecargo.

En este punto el señor Botibol se levantó.

–Perdónenme –dijo, y se marchó abriéndose camino entre las mesas.

Varias veces tuvo que cogerse al respaldo de una silla para no caerse, a causa de uno de los bandazos del barco.

–Al puente, por favor –dijo al ascensorista.

El viento le dio en pleno rostro cuando salió al puente. Se tambaleó y se agarró a la barandilla con ambas manos. Allí se quedó mirando al negro mar, las grandes olas que se curvaban ante el barco, llenándolo de espuma al chocar contra él.

–Hace muy mal tiempo, ¿verdad, señor? –comentó el ascensorista cuando bajaban.

El señor Botibol se estaba peinando con un pequeño peine rojo.

–¿Cree que hemos disminuido la velocidad a causa del tiempo? –preguntó.

–¡Oh, sí, señor! La velocidad ha disminuido considerablemente al empezar el temporal. Se debe reducir la velocidad cuando el tiempo es tan malo, porque los pasajeros caerían del barco.

Abajo, en el salón, la gente empezó a reunirse para la subasta. Se agruparon en diversas mesas, los hombres un poco incómodos, enfundados en sus trajes de etiqueta, bien afeitados y al lado de sus mujeres, cuidadosamente arregladas. El señor Botibol se sentó a una mesa, cerca del que dirigía las apuestas. Cruzó las piernas y los brazos y se sentó en el asiento con el aire despreocupado del hombre que ha decidido algo muy importante y no quiere tener miedo.

La apuesta, se dijo a sí mismo, sería aproximadamente de siete mil dólares, o al menos ésa había sido la cantidad de los dos días anteriores. Como el barco era inglés, esta cifra sería su equivalente en libras, pero le gustaba pensar en el dinero de su propio país, siete mil dólares era mucho dinero, mucho. Lo que haría sería cambiarlo en billetes de cien dólares, los llevaría en el bolsillo posterior de su chaqueta; no había problema. Inmediatamente compraría un Lincoln descapotable, lo recogería y lo llevaría a casa con la ilusión de ver la cara de Ethel cuando saliera a la puerta y lo viera. Sería maravilloso ver la cara que pondría cuando él saliera de un Lincoln descapotable último modelo, color verde claro.

«¡Hola, Ethel, cariño! –diría, hablando, sin darle importancia a la cosa–, te he traído un pequeño regalo. Lo vi en el escaparate al pasar y pensé que tú siempre deseaste uno. ¿Te gusta el color, cariño?» Luego la miraría.

El subastador estaba de pie detrás de la mesa.

–¡Señoras y señores! –gritó–, el capitán ha calculado el recorrido del día, que terminará mañana al mediodía; en total son quinientas quince millas. Como de costumbre, tomaremos los diez números que anteceden y siguen a esta cifra, para establecer la escala; por lo tanto serán entre quinientas cinco y quinientas veinticinco; y naturalmente, para aquellos que piensen que el verdadero número está más lejos, habrá un «punto bajo» y un «punto alto» que se venderán por separado. Ahora sacaré los primeros del sombrero..., aquí están... ¿Quinientos doce?

No se oyó nada. La gente estaba sentada en sus sillas observando al subastador; había una cierta tensión en el aire y al ir subiendo las apuestas, la tensión fue aumentando. Esto no era un juego: la prueba estaba en las miradas que dirigía un hombre a otro cuando éste subía la apuesta que el primero había hecho; sólo los labios sonreían, los ojos estaban brillantes y un poco fríos.

El número quinientos doce fue comprado por ciento diez libras. Los tres o cuatro números siguientes alcanzaron cifras aproximadamente iguales.

El barco se movía mucho y cada vez que daba un bandazo los paneles de madera crujían como si fueran a partirse. Los pasajeros se cogían a los brazos de las sillas, concentrándose al mismo tiempo en la subasta.

–Punto bajo –gritó el subastador–, el próximo número es el punto más bajo.

El señor Botibol tenía todos los músculos en tensión. Esperaría, decidió, hasta que los otros hubiesen acabado de apostar, luego se levantaría y haría la última apuesta. Se imaginaba que tendría por lo menos quinientos dólares en su cuenta bancaria, quizá seiscientos. Esto equivaldría a unas doscientas libras, más de doscientas. El próximo boleto no valdría más de esa cantidad.

–Como ya saben todos ustedes –estaba diciendo el subastador–, el punto bajo incluye cualquier número por debajo de quinientos cinco. Si ustedes creen que el barco va a hacer menos de quinientas millas en veinticuatro horas, o sea hasta mañana al mediodía, compren este número. ¿Qué apuestan?

Se subió hasta ciento treinta libras. Además del señor Botibol, había algunos que parecían haberse dado cuenta de que el tiempo era tormentoso. Ciento cincuenta... Ahí se paró. El subastador levantó el martillo.

–Van ciento cincuenta...

–¡Sesenta! –dijo el señor Botibol.

Todas las caras se volvieron para mirarle.

–¡Setenta!

–¡Ochenta! –gritó el señor Botibol.

–¡Noventa!

–¡Doscientas! –dijo el señor Botibol, que no estaba dispuesto a ceder.

Hubo una pausa.

–¿Hay alguien que suba a más de doscientas libras?

«Quieto –se dijo a sí mismo–, no te muevas ni mires a nadie, eso da mala suerte. Conten la respiración. Nadie subirá la apuesta si contienes la respiración.»

–Van doscientas libras...

El subastador era calvo y las gotas de sudor le resbalaban por su desnuda cabeza.

–¡Uno...!

El señor Botibol contuvo la respiración.

–¡Dos...! ¡Tres!

El hombre golpeó la mesa con el martillo. El señor Botibol firmó un cheque y se lo entregó al asistente del subastador, luego se sentó en una silla a esperar que todo terminara. No quería irse a la cama sin saber lo que se había recaudado.

Cuando se hubo vendido el último número lo contaron todo y resultó que habían reunido unas mil cien libras, o sea, seis mil dólares. El noventa por ciento era para el ganador y el diez por ciento era para las instituciones de caridad de los marineros. El noventa por ciento de seis mil eran cinco mil cuatrocientas; bien, era suficiente. Compraría el Lincoln descapotable y aún le sobraría. Con estos gloriosos pensamientos se marchó a su camarote feliz y contento dispuesto a dormir toda la noche.

Cuando el señor Botibol se despertó a la mañana siguiente, se quedó unos minutos con los ojos cerrados, escuchando el sonido del temporal, esperando el movimiento del barco. No había señal alguna de temporal y el barco no se movía lo más mínimo. Saltó de la cama y miró por el ojo de buey. ¡Dios mío! El mar estaba como una balsa de aceite, el barco avanzaba rápidamente, tratando de ganar el tiempo perdido durante la noche. El señor Botibol se sentó lentamente en el borde de su litera. Un relámpago de temor empezó a recorrerle la piel y a encogerle el estómago. Ya no había esperanza, un número alto ganaría la apuesta.

—¡Oh, Dios mío! —dijo en voz alta—. ¿Qué voy a hacer?

¿Qué diría Ethel, por ejemplo? Era sencillamente imposible explicarle que se había gastado la casi totalidad de lo ahorrado durante los dos últimos años en comprar un boleto para la subasta. Decirle eso equivalía a exigirle que no siguiera firmando cheques. ¿Y qué pasaría con los plazos del televisor y de la *Enciclopedia Británica*? Ya le parecía estar viendo la ira y el reproche en los ojos de la mujer, el azul deviniendo gris y los ojos mismos achicándosele como siempre les ocurría cuando se colmaban de ira.

—¡Oh, Dios mío!, ¿*qué* puedo hacer?

No cabía duda de que ya no tenía ninguna posibilidad, a menos que el maldito barco empezase a ir marcha atrás. Tendrían que volver y marchar a toda velocidad en sentido contrario, si no, no podía ganar. Bueno, quizá podría hablar con el capitán y ofrecerle el diez por ciento de los beneficios, o más si él accedía.

El señor Botibol empezó a reírse, pero de repente se calló y sus ojos y su boca se abrieron en un gesto de sorpresa porque en aquel preciso momento le había llegado la idea. Dio un brinco de la cama, terriblemente excitado, fue hacia la ventanilla y miró hacia afuera.

—Bien —pensó—. ¿Por qué no? El mar estaba en calma y no habría ningún problema en mantenerse a flote hasta que le recogieran. Tenía la vaga sensación de que alguien ya había hecho esto anteriormente, lo cual no impedía que lo repitiera. El barco tendría que parar y lanzar un bote y el bote tendría que retroceder quizá media milla para alcanzarlo. Luego tendría que volver al barco y ser izado a bordo, esto llevaría por lo menos una hora. Una hora eran unas treinta millas y así haría disminuir la estimación del día anterior. Entonces entrarían en el punto bajo y ganaría. Lo único importante sería que alguien le viera caer; pero esto era fácil de arreglar. Tendría que llevar un traje ligero, algo fácil para poder nadar. Un traje deportivo, eso es. Se vestiría como si fuera a jugar al frontón, una camisa, unos pantalones cortos y zapatos de tenis. ¡Ah!, y dejar su reloj.

¿Qué hora era? Las nueve y quince minutos. Cuanto más pronto mejor. Hazlo ahora y quítate ese peso de encima. Tienes que hacerlo pronto porque el tiempo límite es el mediodía.

El señor Botibol estaba asustado y excitado cuando subió al puente vestido con su traje deportivo. Su cuerpo pequeño se ensanchaba en las caderas y los hombros eran extremadamente estrechos. El conjunto tenía la forma de una pera. Las piernas blancas y delgadas, estaban cubiertas de pelos muy negros.

Salió cautelosamente al puente y miró en derredor. Sólo había una persona a la vista, una mujer de mediana edad, un poco gruesa, que estaba apoyada en la barandilla mirando al mar. Llevaba puesto un abrigo de cordero persa con el cuello subido de tal forma que era imposible distinguir su cara.

La empezó a examinar concienzudamente desde lejos. Sí, se dijo a sí mismo, ésta, probablemente, servirá. Era casi seguro que daría la alarma enseguida. Pero espera un momento, tómate tiempo, William Botibol. ¿Recuerdas lo que pensabas hacer hace unos minutos en el camarote, cuando te estabas cambiando? ¿Lo recuerdas?

El pensamiento de saltar del barco al océano, a mil millas del puerto más próximo, le había convertido en un hombre extremadamente cauto. No estaba en absoluto tranquilo, aunque era seguro que la mujer daría la alarma en cuanto él saltara. En su opinión había dos razones posibles por las cuales no lo haría. La primera: que fuese sorda o ciega. No era probable, pero por otra parte podía ser así y ¿por qué arriesgarse? Lo sabría hablando con ella unos instantes. Segundo, y esto demuestra lo suspicaz que puede llegar a ser un hombre cuando se trata de su propia conservación, se le ocurrió que la mujer podía ser la poseedora de uno de los números altos de la apuesta y por lo tanto tener una poderosa razón financiera para no querer hacer detener el barco. El señor Botibol recordaba que había gente que había matado a sus compañeros por mucho menos de seis dólares. Se leía todos los días en los periódicos. ¿Por qué arriesgarse entonces? Arréglalo bien y asegura tus actos. Averígualo con una pequeña conversación. Si además la mujer resultaba agradable y buena, ya estaba todo arreglado y podía saltar al agua tranquilo.

El señor Botibol avanzó hacia la mujer y se puso a su lado, apoyándose en la barandilla.

—¡Hola! —dijo galantemente.

Ella se volvió y le correspondió con una sonrisa sorprendentemente maravillosa y angelical, aunque su cara no tenía en realidad nada especial.

—¡Hola! —le contestó.

Ya tienes la primera pregunta contestada, se dijo el señor Botibol, no es ciega ni sorda...

—Dígame —dijo, yendo directamente al grano—. ¿Qué le pareció la apuesta de anoche?

—¿Apuesta? —preguntó extrañada—. ¿Qué apuesta?

—Es una tontería. Hay una reunión después de cenar en el salón y allí se hacen apuestas sobre el recorrido del barco. Sólo quería saber lo que piensa de ello.

Ella movió negativamente la cabeza y sonrió agradablemente con una sonrisa que tenía algo de disculpa.

—Soy muy perezosa —dijo—. Siempre me voy pronto a la cama y allí ceno. Me gusta mucho cenar en la cama.

El señor Botibol le sonrió y dio la vuelta para marcharse.

—Ahora tengo que ir a hacer gimnasia, nunca perdono la gimnasia por la mañana. Ha sido un placer conocerla, un verdadero placer...

Se retiró unos diez pasos. La mujer le dejó marchar sin mirarle.

Todo estaba en orden. El mar estaba en calma, él se había vestido ligeramente para nadar, casi seguro que no había tiburones en esa parte del Atlántico, y también contaba con esa buena mujer para dar la alarma. Ahora era sólo cuestión de que el barco se retrasara lo suficiente a su favor. Era casi seguro que así ocurriría. De cualquier modo, él también ayudaría un poco. Podía poner algunas dificultades antes de subir al salvavidas, nadar un poco hacia atrás y alejarse subrepticiamente mientras trataban de ayudarle. Un minuto, un segundo ganado, eran preciosos para él. Se dirigió de nuevo hacia la barandilla, pero un nuevo temor le invadió. ¿Le atraparía la hélice? El sabía que les había ocurrido a algunas personas al caerse de grandes barcos. Pero no iba a caer, sino a saltar y esto era diferente, si saltaba a buena distancia, la hélice no le cogería.

El señor Botibol avanzó lentamente hacia la barandilla a unos veinte metros de la mujer. Ella no le miraba en aquellos momentos. Mejor. No quería que le viera saltar. Si no lo veía nadie, podría decir luego que había resbalado y caído por accidente. Miró hacia abajo. Estaba bastante alto, ahora se daba cuenta de que podía herirse gravemente si no caía bien. ¿No había habido alguien que se había abierto el estómago de ese modo? Tenía que saltar de pie y entrar en el agua como un cuchillo. El agua parecía fría, profunda, gris. Sólo mirarla le daba escalofríos, pero había que hacerse el ánimo, ahora o nunca.

«Sé un hombre, William Botibol, sé un hombre. Bien... ahora... vamos allá.»

Subió a la barandilla y se balanceó durante tres terribles segundos antes de saltar, al mismo tiempo que gritaba:

–¡Socorro!

–¡Socorro! ¡Socorro! –siguió gritando al caer.

Luego se hundió bajo el agua.

Al oír el primer grito de socorro, la mujer que estaba apoyada en la barandilla dio un salto de sorpresa. Miró a su alrededor y vio al hombrecillo vestido con pantalones cortos y zapatillas de tenis, gritando al caer. Por un momento no supo qué decisión tomar: hacer sonar la campanilla, correr a dar la voz de alarma, o simplemente gritar. Retrocedió un paso de la barandilla y miró por el puente, quedándose unos instantes quieta, indecisa. Luego, casi de repente, se tranquilizó y se inclinó de nuevo sobre la barandilla mirando al mar. Pronto apareció una cabeza entre la espuma y un brazo se movió una, dos veces, mientras una voz lejana gritaba algo difícil de entender. La mujer se quedó mirando aquel punto negro; pero pronto, muy pronto, fue quedando tan lejos, que ya no estaba segura de que estuviera allí.

Después de un ratito apareció otra mujer en el puente. Era muy flaca y angulosa y llevaba gafas. Vio a la primera mujer y se dirigió a ella, atravesando el puente con ese andar peculiar de las solteronas.

–¡Ah, estás aquí!

La mujer se volvió y vio a la otra, pero no dijo nada.

–Te he estado buscando por todas partes –dijo la delgada.

–Es extraño –dijo la primera mujer–, hace un momento un hombre ha saltado del barco completamente vestido.

–¡Tonterías!

–¡Oh, sí! Ha dicho que quería hacer ejercicio y se ha sumergido sin siquiera quitarse el traje.

–Bueno, bajemos –dijo la mujer delgada.

En su rostro había un gesto duro y hablaba menos amablemente que antes.

–No salgas sola al puente otra vez. Sabes muy bien que tienes que esperarme.

–Sí, Maggie –dijo la mujer gruesa, y sonrió otra vez con una sonrisa dulce y tierna.

Cogió la mano de la otra y se dejó llevar por el puente.

–¡Qué hombre tan amable! –dijo–. Me saludaba con la mano.

GALLOPING FOXLEY

Cinco días a la semana, durante treinta y seis años, he viajado en el tren de las ocho doce en dirección a la City. Nunca va demasiado lleno y me lleva hasta la estación de Cannon Street, a sólo once minutos y medio de mi oficina en Austin Friars.

Siempre me ha gustado este sistema de transporte; cada fase de mi pequeño viaje es un placer para mí. Hay una regularidad que es agradable y confortante para una persona de costumbres, y, además, sirve para escapar un poco de la rutina del trabajo diario.

Mi estación es pequeña, sólo hay unas veinte personas reunidas allí para tomar el tren de las ocho doce. Somos un grupo que casi nunca cambia y cuando en alguna ocasión un nuevo rostro aparece en la plataforma, causa murmullos de desaprobación como un nuevo pájaro en la jaula de los canarios.

Pero normalmente, cuando llego por la mañana con mis cuatro minutos de adelanto, ya están todos allí, constantes como yo, con sus sombreros, corbatas, paraguas y sus rostros peculiares, el periódico bajo el brazo, inmutables a través de los años, como los muebles de mi cuarto de estar. Me gusta.

Me gusta también mi asiento al lado de la ventana y leer el *Times* con el ruido del movimiento del tren. Esta parte de mi viaje dura treinta y dos minutos y parece relajar mi cerebro y mis viejos miembros, como un buen masaje. Créanme, no hay nada como la rutina y la regularidad para conservar la paz del espíritu. Yo he hecho este viaje matutino casi diez mil veces y disfruto más y más cada día.

Me he convertido en una especie de reloj: en cualquier momento puedo decir si llevamos dos, tres o cuatro minutos de retraso, y nunca tengo que levantar la vista para saber en qué estación paramos.

El paseo desde Cannon Street hasta mi oficina no es corto ni largo, un simple paseo a lo largo de las calles llenas de gente que se dirige a sus lugares de trabajo con el mismo orden que yo. Me da una sensación de seguridad moverme entre esa gente digna y respetable que se aferra a sus empleos y no se dedica a vagabundear por el mundo. Su vida, como la mía, está regulada por un reloj perfecto, a menudo nuestros caminos se cruzan a la misma hora y lugar cada día.

Por ejemplo, cuando llego a la esquina de St. Swithin's Lane siempre me encuentro de frente con una señora de mediana edad, con gafas plateadas, que lleva una carpeta negra en la mano, una contable de primera clase, diría yo, o posiblemente una ejecutiva de la industria textil. Al cruzar Threadneedle Street, nueve de cada diez veces me cruzo en el paso de peatones con un caballero que lleva una flor diferente en el ojal cada día. Viste pantalones negros, botines grises, y resulta claramente una persona puntual y meticulosa, probablemente un banquero o quizá un abogado como yo. Varias veces en los últimos veinticinco años, al cruzarnos en la calle, nuestros ojos se han encontrado en una mutua mirada de aprobación y respeto.

Por lo menos la mitad de las caras que se cruzan en mi camino me resultan familiares. Son caras interesantes las de mi gente, sanas, diligentes, frescas, sin ese brillo en los ojos de los llamados inteligentes que quieren cambiar el mundo de arriba abajo con sus gobiernos laboristas, medicinas sociales y todas esas cosas.

Con eso pueden comprobar que soy, en el verdadero sentido de la palabra, un hombre feliz. O ¿quizá sería mejor decir «era» un hombre feliz? Cuando escribí esta pequeña autobiografía que acaban de leer —con la intención de hacerla circular entre los empleados de mi oficina para exhortación y ejemplo– era completamente sincero conmigo mismo. Pero esto fue hace ya una semana y desde entonces algo muy peculiar ha ocurrido.

La cosa empezó el martes pasado, la misma mañana que llevaba el borrador de mi ensayo en el bolsillo; esto me parecía tan casual e inesperado que sólo puedo creer que haya sido cosa de Dios. Dios había leído mi pequeño artículo sobre «El rutinario feliz» y se había dicho a sí mismo: ya es hora de que le dé una lección. Realmente yo creo que fue eso lo que pasó.

Como decía fue el martes pasado, el primer martes después de Pascua, una templada mañana de primavera. Yo estaba subiendo la plataforma de nuestra pequeña estación con el *Times* bajo el brazo y el ensayo en mi bolsillo, cuando me di cuenta de que algo raro pasaba. Sentía aquella curiosa oleada de protesta iniciarse entre mis compañeros de tren. Me paré y miré a mi alrededor.

El desconocido estaba en el centro de la plataforma, con los pies separados y los brazos cruzados, mirando en torno a él como si el andén le perteneciera. Era un hombre grande y grueso y hasta de espaldas daba una poderosa sensación de arrogancia. Definitivamente, no era uno de los nuestros. Llevaba un bastón en vez de paraguas, los zapatos eran castaños en vez de negros, el sombrero gris, ladeado. Había en toda su persona un exceso de lustre. No quise observarle más. Pasé por su lado, mirando hacia otra parte, colaborando a hacer la atmósfera más fría de lo que en realidad ya estaba.

Llegó el tren: imagínense mi horror cuando el intruso me siguió hasta mi propio compartimiento. Nadie lo había hecho desde hacía quince años. Mis colegas siempre han respetado la antigüedad. Uno de los placeres más singulares es estar solo en mi compartimiento, en una y hasta a veces dos y tres estaciones. Pero tenía a este extraño frente a mí, leyendo el *Daily Mail* y encendiendo una horrible pipa.

Bajé mi *Times* y eché una mirada a su rostro. Supongo que tendría la misma edad que yo –de sesenta y dos a sesenta y tres años–, pero tenía esa apostura desagradable, elegante, bronceada, que se ve hoy en día en los anuncios de las camisas de hombres –el cazador de leones, el jugador de polo, el escalador del Everest, el explorador tropical y el competidor de carreras de yates, se concentraban en él–; cejas oscuras, ojos huidizos, y dientes extraordinariamente blancos que sostenían una pipa. Personalmente, desconfío de los hombres elegantes. Los placeres superficiales de esta vida les llegan demasiado fácilmente y parecen los únicos responsables de su propia belleza. No me importa que una mujer sea guapa, eso es diferente, pero un hombre: lo siento, pero me parece ofensivo. En fin, aquí estaba éste, sentado frente a mí en el compartimiento. Lo estaba mirando por encima de mi periódico, cuando nuestras miradas se encontraron.

–¿Le importa que fume en pipa? –preguntó sosteniéndola con los dedos.

Eso fue todo lo que dijo, pero el sonido de su voz hizo un extraordinario efecto en mí, pues incluso di un respingo. Después tuve un estremecimiento y me quedé mirándole antes de poderle contestar:

–En este vagón se puede fumar –dije yo–, así que puede hacer lo que le plazca.

–Pensé que debía preguntar.

Otra vez aquella voz tan familiar. Hablaba con dureza y cortaba las palabras como una ametralladora. ¿Dónde la había oído antes? ¿Y por qué cada palabra me traía algo de mis lejanos recuerdos? ¡Dios mío! Contrólate. ¿Qué tontería era ésa?

El desconocido volvió a su periódico. Yo intenté hacer lo mismo, pero ya estaba desasosegado y no pude concentrarme. En lugar de esto le dirigía furtivas miradas por encima de mi periódico. Era en verdad una cara intolerable, vulgar, casi terriblemente bella, con una especie de resplandor en toda la piel. Pero ¿lo había visto o no lo había visto antes en mi vida? Empecé a pensar que sí lo conocía, porque ahora, cuando le miraba, sentía una especie de molestia que no pude explicar, algo que me recordaba el dolor y la violencia, quizá el miedo.

No hablamos más durante el viaje, pero ya se pueden imaginar que mi rutina se destruyó por completo. Mi día se había arruinado y más que eso, alguno de mis escribientes tuvo que soportar mis duras críticas, especialmente después de comer, cuando también mi digestión se puso en mi contra.

A la mañana siguiente, otra vez estaba allí, de pie frente a la plataforma, con su bastón y su pipa, su bufanda de seda y su cara desagradablemente bella. Pasé por delante de él y vi al señor Grummit, un corredor de Bolsa que había sido mi compañero durante veintiocho años. No puedo decir que haya tenido una conversación con él —somos un grupo bastante reservado en nuestra estación—, pero una crisis como ésta fue capaz de romper el hielo.

—Grummit —susurré—. ¿Quién es ese intruso?

—No sé —dijo Grummit.

—Es muy desagradable.

—Mucho.

—Espero que no venga siempre.

—¡Oh, Dios mío, no! —exclamó Grummit.

Entonces llegó el tren.

Esta vez, afortunadamente, el hombre entró en otro departamento.

Pero a la mañana siguiente le tenía frente a mí de nuevo.

—Bueno —dijo él, sentándose en el asiento de enfrente—, hace un día magnífico.

De nuevo sentí otra amarga sensación en mi memoria, esta vez más fuerte que nunca, más cerca de mi recuerdo, pero todavía sin saber de qué le conocía.

Luego llegó el viernes, el último día de la semana. Recuerdo que acababa de llover cuando me dirigí a la estación, pero era uno de esos aguaceros de abril que sólo duran cinco o seis minutos. Al llegar a la plataforma todos los paraguas estaban cerrados, el sol brillaba y había grandes nubes blancas en el cielo. Sin embargo, me sentía deprimido. El recorrido ya no tenía placer para mí. Sabía que el viajero estaría allí, y efectivamente allí estaba, como si el lugar le perteneciese, moviendo su bastón hacia delante y hacia atrás en el aire.

¡El bastón, eso era! Me detuve como si hubieran disparado.

«¡Es Foxley! —me dije interiormente—. ¡Galloping Foxley, moviendo su bastón!»

Me acerqué para mirarlo mejor. Nunca en mi vida he tenido una sorpresa más grande. Desde luego era Foxley. Bruce Foxley o Galloping Foxley, como solíamos llamarle. Lo había visto por última vez en el colegio, cuando no tenía más de doce o trece años.

En aquel momento apareció el tren, y otra vez él entró en mi compartimiento. Puso el sombrero y el bastón en la red y se sentó, procediendo a encender su pipa. Me miró a través del humo con aquellos ojos pequeños y fríos, y dijo:

—Un día caluroso, ¿verdad? Como de verano.

Ya no había duda alguna con la voz. No había cambiado en absoluto, aunque las cosas que me había acostumbrado a oírle decir eran muy diferentes.

«Muy bien, Perkins —solía decir—, muy bien, idiota. Te voy a pegar otra vez, niño.»

¿Cuánto tiempo hacía de eso? Casi cincuenta años. Sin embargo, era extraordinario lo poco que habían cambiado sus facciones. La misma barbilla arrogante, las aletas de la nariz, aquellos ojos que miraban fijamente, quitándole a uno la tranquilidad; la misma costumbre de enfrentarse con uno empujándolo a un rincón; hasta el pelo era el de entonces, grueso y ligeramente ondulado, con un poco de brillantina como una ensalada bien aderezada. Solía tener una botella de loción para el pelo en el pupitre del estudio. Esa botella tenía el escudo de armas en la etiqueta y el nombre de una tienda de Bond Street; debajo de ello, con letras pequeñas se leía: «Por nombramiento. Peluqueros de Su Majestad el rey Eduardo VII»

Recuerdo esto en particular porque me parecía gracioso que una tienda quisiera presumir de ser el peluquero de alguien prácticamente calvo, aunque ese alguien fuese un monarca.

Ahora estaba recostado en su asiento leyendo el periódico. Era una sensación curiosa sentarse al lado de ese hombre que cincuenta años atrás me había hecho tan desgraciado, como para hacerme pensar en el suicidio. No me había reconocido: no había peligro de ello, por mis bigotes. Me sentía seguro y a salvo para poderlo observar como quisiera.

Rememorando, no hay duda de que sufrí mucho en manos de Bruce Foxley en el primer año de colegio y, cosa extraña, el causante de todo fue mi padre. Yo tenía doce años y medio cuando fui por primera vez a ese estupendo colegio público. Esto sería, veamos, en 1907. Mi padre, con su abrigo habitual y su bufanda de seda, me acompañó a la estación y recuerdo que estábamos de pie en la plataforma entre montones de maletas y baúles y miles de muchachos hablando unos con otros en voz alta, cuando de repente alguien que quería pasar le dio a mi padre un gran empujón y casi le pisó.

Mi padre, hombre cortés y digno, de baja estatura, se volvió con sorprendente velocidad y cogió al culpable por la muñeca.

–¿No os enseñan mejores formas que éstas en la escuela, chico? –dijo.

El muchacho, que le pasaba a mi padre la cabeza, le miró fríamente y con arrogancia, pero no dijo nada.

–Me parece que una disculpa sería lo más adecuado –continuó mi padre.

Pero el chico no hizo más que quedársele mirando con una sonrisa arrogante en los labios y su barbilla cada vez más prominente.

–Me sorprende que seas un muchacho tan mal educado –dijo mi padre– y espero que seas la excepción del colegio; no me gustaría que mi hijo adquiriera esas costumbres.

Al oír esto, el muchacho inclinó la cabeza ligeramente en mi dirección y un par de pequeños y fríos ojos me miraron fijamente. Yo no estaba asustado en aquel momento. No tenía ni idea del poder que ejercían los chicos mayores sobre los pequeños en los colegios privados y recuerdo que le miré con descaro, defendiendo a mi padre, a quien adoraba y respetaba.

Cuando mi padre quiso comenzar a hablar otra vez, el chico le volvió la espalda, cruzó la plataforma y desapareció.

Bruce Foxley nunca olvidó este episodio; y lo realmente desafortunado fue que cuando llegamos al colegio me encontré en el mismo edificio que él. Peor que eso, estaba en su misma sala de estudios. Él cursaba el último año, era el prefecto y por lo tanto tenía permitido oficialmente pegar a los que estaban a sus órdenes, por lo que yo me convertí en su esclavo personal y particular. Yo era su criado, le cocinaba y se lo hacía todo. Mi trabajo consistía en que él nunca tuviese que levantar un dedo a menos que fuera absolutamente necesario. En ninguna sociedad que yo conozca en el mundo, los criados son tratados como lo éramos nosotros por los prefectos del colegio. Cuando hacía frío, tenía que sentarme en el váter (que estaba en un anexo sin calefacción) cada mañana después del desayuno, para calentarlo antes de que entrara Foxley.

Recuerdo que solía vagar por la habitación con su manera elegante y despreocupada. Si encontraba una silla en su camino le daba una patada; luego tenía yo que correr detrás de él para recogerla inmediatamente. Vestía camisas de seda y también llevaba un pañuelo de seda en la manga. Sus zapatos estaban confeccionados por alguien llamado Lobb (también tenían etiqueta real). Eran puntiagudos y tenía que cepillarlos durante cinco minutos cada día, para que brillasen.

Pero los peores recuerdos eran los del vestuario. Todavía me recuerdo a mí mismo, pálida sombra de un muchacho detrás de la puerta de aquel gran cuarto, con mi pijama, las zapatillas y un batán pardo de pelo de camello. Una sola bombilla eléctrica colgaba del techo y alrededor de las paredes las camisetas negras y amarillas de fútbol, con el olor a sudor llenando la habitación, y la voz tan temida que decía:

—Bueno, ¿qué va a ser esta vez? ¿Seis con la bata puesta o cuatro sin ella?

Nunca pude contestar a esa pregunta. Me quedaba mirando los sucios azulejos, muerto de miedo e incapaz de pensar en nada que no fuera ese muchacho más fuerte que iba a empezar a pegarme inmediatamente, con su largo y fino bastón: lenta, hábil y legalmente; recreándose hasta hacerme sangrar. Cinco horas antes había intentado, sin llegar a conseguirlo, encender el fuego del estudio. Me había gastado el dinero de la semana en una caja de fósforos especiales, había puesto un periódico tapando la boca de la chimenea para crear una corriente de aire, me había arrodillado junto al fuego y había soplado hasta hacerme cisco los pulmones: pero el carbón no quería arder.

–Si te retrasas en contestar, tendré que decidir por ti –decía la voz.

Yo quería contestar porque sabía cuál tenía que escoger, es lo primero que se aprende al llegar. Hay que tener siempre la bata puesta y aceptar los golpes extra, de lo contrario es casi seguro que te cortan. Hasta tres con la bata puesta, es mejor que uno sin ella.

–Quítate la bata, ve a la esquina y tócate los dedos de los pies. Te voy a dar cuatro.

Me la quitaba lentamente y la ponía en una percha, encima de los armarios de las botas. Luego iba frío y desnudo en mi pijama de algodón, temblando. A mi alrededor todo se volvía de repente brillante y lejano, como un cuadro mágico, grande, irreal, como flotando sobre las aguas.

–Vamos. ¡Toca los dedos de los pies! ¡Más cerca, más cerca!

Luego iba hacia el otro extremo del vestuario y yo le observaba por entre mis piernas. Desaparecía por la puerta que daba a lo que nosotros llamábamos «el pasaje de las fuentes». Era un pasillo de piedra con fuentes para lavarse y al final estaba el cuarto de baño. Cuando Foxley desaparecía, yo sabía que iba a la otra parte del pasaje de la fuente; siempre lo hacía así. Bueno, en la distancia, pero haciendo eco en las fuentes y los grifos, oía el ruido de sus zapatos en el suelo de piedra cuando corría, y a través de mis piernas le veía atravesar el cuarto de estar y venir hacia mí, con el rostro inclinado hacia delante y el bastón en el aire. En ese momento yo cerraba los ojos esperando el golpe y diciéndome a mí mismo que, pasara lo que pasara, no debía levantarme.

Cualquiera a quien hayan pegado de verdad, asegurará que el verdadero dolor no llega hasta ocho o diez segundos después del golpe.

El golpe en sí es un simple bastonazo en la espalda, que te entumece por completo. Me han dicho que una herida de bala produce la misma sensación. Pero después, ¡Dios mío!, parece como si alguien pusiese un atizador ardiendo en las desnudas nalgas y es completamente imposible ponerse la mano en el sitio dolorido.

Foxley lo sabía y retrocedía lentamente antes del siguiente golpe, para que yo pudiera sentir de lleno el golpe anterior.

Al cuarto golpe, invariablemente, me levantaba sin poderlo remediar. Era la reacción automática de un cuerpo que ya no puede resistir más.

—Te has levantado —decía Foxley—, éste no cuenta. Vamos. ¡Agáchate!

La vez siguiente tenía que agarrarme a los tobillos.

Después me observaba al ir, muy erguido y tocándome la retaguardia, a ponerme la bata. Trataba de mantenerme de espaldas a él para que no pudiera ver mi cara. Cuando yo iba a salir, decía:

—¡Eh, tú, vuelve!

Yo ya estaba en el pasillo, pero me paraba y me volvía hacia la puerta, esperando.

—Ven aquí, vamos, vuelve. ¿No se te ha olvidado nada?

De lo único que me acordaba era del horrible dolor que sentía.

—Me sorprende que seas un chico tan mal educado —decía imitando la voz de mi padre—. ¿No te enseñan mejores modos en el colegio?

—Gracias —murmuraba yo—, gra... cias por pegarme.

Luego subía las escaleras que llevaban al dormitorio. Entonces todo iba mejor porque había pasado un rato y el dolor iba disminuyendo. Mis compañeros me trataban con simpatía, recordando las veces que les había pasado lo mismo.

—A ver, Perkins, enséñame.

—¿Cuántos te ha dado?

—Cinco, ¿verdad? Lo hemos oído desde aquí.

—Vamos, chico, enséñanos las señales.

Me quitaban el pijama y dejaba que aquel grupo de expertos examinara mis heridas.

—Están bastante separadas, ¿verdad? No son del estilo de Foxley.

—Esas dos están muy cerca, casi tocándose. Mira. ¡Éstas son preciosas!

—Esta de aquí abajo es horrible.

—¿Se ha ido hasta el pasaje de la fuente para empezar a correr?

—Te ha dado uno más por haberte levantado, ¿verdad?

—¡Caramba! Ese Foxley la ha tomado contigo.

—Sangra un poco, yo creo que deberías lavártela.

Entonces se abría la puerta y allí estaba Foxley. Todos se dispersaban y pretendían estar lavándose los dientes o rezando sus oraciones, mientras yo quedaba en el centro de la habitación con los pantalones bajados.

—¿Qué pasa aquí? —solía decir Foxley, dando una rápida mirada a toda la habitación—. ¡Tú, Perkins! Súbete los pantalones y métete en la cama.

Y ése era el final de un día.

Durante la semana nunca tenía un momento para mí.

Si Foxley me veía coger una novela o abrir mi álbum de sellos en el estudio, me mandaba enseguida algo que hacer.

Una de sus diversiones favoritas, especialmente cuando llovía, era:

—¡Oh, Perkins! ¿Verdad que quedaría muy bonito un ramo de lirios blancos y salvajes encima de mi mesa?

Los lirios salvajes crecían al lado de Orange Ponds. Orange Ponds estaba a tres kilómetros por la carretera y uno a campo traviesa. Me levantaba de mi silla, me ponía el impermeable y el sombrero de paja, cogía el paraguas y emprendía la marcha. El sombrero de paja se tenía que llevar puesto siempre que se saliera, pero se estropeaba por completo con la lluvia, por lo tanto el paraguas era necesario para proteger el sombrero. Por otra parte, no se puede sostener un paraguas con la cabeza, mientras se trepa de aquí para allá, buscando lirios. Para salvar mi sombrero tenía que ponerlo en tierra, bajo el paraguas, mientras buscaba las flores. De esta forma cogí muchos resfriados.

Pero el día más temido era el domingo. El domingo era el día en que limpiaba el estudio. Recuerdo perfectamente el terror de aquellas mañanas, la limpieza a fondo y luego esperar a que Foxley viniera a inspeccionar.

–¿Has acabado? –preguntaba.

–Creo..., creo que sí.

Entonces iba al cajón de su mesa y sacaba un guante blanco, ajustándose bien los dedos. Yo me quedaba quieto, observándole y temblando, mientras él iba por la habitación, pasando su dedo enguantado por los marcos de los cuadros, por las esquinas, los estantes, los marcos de las ventanas, las pantallas de las lámparas. Yo no separaba la vista de ese dedo, que para mí era un instrumento de muerte. Casi siempre se las arreglaba para encontrar una brizna de polvo que yo había pasado por alto o ni siquiera había visto, y cuando esto ocurría Foxley se volvía lentamente sonriendo con aquella sonrisa que no era tal, y, levantando el blanco dedo para que pudiera ver por mí mismo el polvo que había recogido, decía:

–Bien. Eres muy perezoso, ¿verdad?

Yo no contestaba.

–Creí que lo había limpiado todo.

–Y ¿eres o no eres un chico perezoso?

–Sss... Sí.

–Pero a tu padre no le gustaría que crecieras así, ¿verdad? Tu padre es muy especial con respecto a la educación.

No contestaba.

–Te he preguntado que si tu padre es muy especial con respecto a la educación.

–Quizá sí.

–Por lo tanto te haré un favor si te castigo, ¿verdad?

–No lo sé.

–¿Verdad que sí?

—Sss... Sí.

—Nos encontraremos después de las oraciones en el vestuario.

El resto del día era una continua agonía esperando a que llegara la noche.

¡Dios mío! Con qué claridad venía todo a mi memoria ahora. El domingo era también el día de escribir cartas:

Queridos papá y mamá:

Muchas gracias por vuestra carta. Espero que los dos estéis bien, yo me encuentro perfectamente, excepto que estoy resfriado porque me cogió la lluvia, pero pronto estaré bien. Ayer jugamos contra Shrewsbury y les ganamos por 4-2. Yo miraba y Foxley, que como ya sabéis es el director de nuestra casa, metió uno de los goles. Muchas gracias por el pastel.

Cariñosamente,

WILLIAM

Generalmente iba al lavabo o al cuarto de baño a escribir la carta; cualquier lugar fuera del camino de Foxley era bueno, pero tenía que cronometrar el tiempo. El té era a las cuatro y media y las tostadas de Foxley tenían que estar preparadas. Todos los días tenía que hacerle tostadas a Foxley y como en los días de entre semana no se permitía fuego en el estudio, todos los chicos tenían que tostar el pan para sus prefectos en el pequeño hornillo de la biblioteca, buscando un hueco por donde colarse. En estas condiciones tenía que procurar que las tostadas de Foxley estuvieran: 1.°, crujientes; 2.°, sin quemar, y 3.°, calientes y listas a tiempo. La falta de alguno de estos requisitos era castigada con golpes.

—Oye, tú, ¿*qué* es eso?

—Una tostada.

—¿Es ésa la idea que tú tienes de las tostadas?

—Pues...

—Eres demasiado perezoso para hacerlo bien, ¿verdad?

—Intento hacerlo.

—¿Sabes lo que se le hace a un caballo perezoso, Perkins?

—No.

—¿Eres un caballo?

—No.

—Bueno, de todas maneras eres un burro. ¡Ja, ja, ja...! Estás en la clasificación. Te veré luego.

¡Oh, qué angustia la de aquellos días! Quemar las tostadas de Foxley significaba una paliza, así como olvidar quitar el barro de sus botas de fútbol, no colgar su uniforme de deporte, enrollar su paraguas de diferente forma a como él lo hacía, cerrar la puerta del estudio de golpe cuando Foxley estaba trabajando, ponerle el agua del baño demasiado caliente, no limpiar bien los botones de su uniforme, no dejarle brillantes las suelas de los zapatos, dejar su estudio desordenado a cualquier hora. En realidad, desde el punto de vista de Foxley, yo era una permanente ofensa, digno de una paliza.

Miré por la ventana. ¡Dios mío, estábamos llegando! Debí haber estado soñando mucho tiempo, ni siquiera había abierto el *Times;* Foxley todavía estaba recostado frente a mí leyendo el *Daily Mail* y por entre el humo que emanaba de su pipa, pude ver la mitad de su cara que sobresalía del periódico, sus ojos pequeños y brillantes, la frente arrugada y su pelo ondulado.

Mirarle ahora después de tanto tiempo era una experiencia peculiar y sorprendente. Sabía que ya no era peligroso, pero los viejos recuerdos todavía subsistían y no me sentía muy a gusto en su presencia. Era algo así como estar en una jaula con un tigre manso.

«¿Qué tontería es ésta? —me dije a mí mismo—. No seas tan estúpido. Cielos, si quisieras podrías decirle lo que pensabas de él y no tendría derecho a tocarte ni un dedo.» ¡Era una idea fantástica!

Sólo que... bueno, después de todo no valía la pena. Yo me sentía demasiado viejo para esto y en realidad ya no le odiaba.

Entonces, ¿qué iba a hacer? No iba a quedarme mirando como un idiota.

En aquel momento se me ocurrió otra idea.

Lo que me gustaría hacer, me dije a mí mismo, sería inclinarme hacia él, darle unos golpecitos en la rodilla y decirle quién era. Luego observaría su cara. Después empezaría a hablar de nuestros antiguos días de colegio, hablando lo suficientemente alto para que la gente del vagón lo oyera. Le recordaría, como en broma, algunas de las cosas que me hacía y hasta quizá describiera las palizas en el vestuario, para que se sintiera molesto. No le vendría mal un poco de angustia y bochorno. A mí, en cambio, me vendría muy bien.

De repente, levantó la vista y nos miramos los dos. Era ya la segunda vez que sucedía y vi un relámpago de irritación en sus ojos.

Bien, me dije a mí mismo, adelante, pero sé agradable, sociable y educado. De esta forma serás más efectivo, más embarazoso para él.

Le sonreí y le hice una ligera inclinación de cabeza. Luego, levantando la voz, dije:

–Discúlpeme, me gustaría presentarme.

Me incliné, mirándolo atentamente para no perderme su reacción.

–Me llamo Perkins, William Perkins, estuve en Repton en 1907.

Los que estaban en nuestro vagón se callaron y me di cuenta de que escuchaban y esperaban los próximos acontecimientos.

–Encantado de conocerle –dijo, bajando el periódico hasta su regazo–. Yo me llamo Fortescue, Jocelyn Fortescue. Eton, 1916.

TATUAJE

En el año 1946 el invierno fue muy largo. Aunque estábamos en el mes de abril, un viento helado soplaba por las calles de la ciudad. En el cielo, las nubes cargadas de nieve se movían amenazadoras.

Un hombre llamado Drioli se mezclaba entre la gente del paseo de la rue de Rivoli. Tenía mucho frío, embutido como un erizo en un abrigo negro, sabiéndole sólo los ojos por encima del cuello subido.

Se abrió la puerta de un restaurante y el característico olor de pollo asado le produjo una dolorosa punzada en el estómago. Continuó andando, mirando sin interés las cosas de los escaparates: perfumes, corbatas de seda, camisas, diamantes, porcelanas, muebles antiguos y libros ricamente encuadernados. Después vio una galería de pintura. Siempre le gustaron las galerías de pintura. Ésta tenía un solo lienzo en el escaparate. Se detuvo a mirarlo y se volvió para seguir adelante, pero tornó a pararse y miró de nuevo. De repente se apoderó de él un pequeño desasosiego, un movimiento en su recuerdo, un conjunto de algo que había visto antes en alguna parte. Miró otra vez; era un paisaje, un grupo de árboles tremendamente inclinados hacia una parte, como azotados por el viento, el cielo gris oscuro, de tormenta. En el marco había una pequeña placa que decía: Chaïm Soutine (1894-1943).

Drioli miró el cuadro, pensando vagamente por qué le parecía familiar. Pintura estrambótica, pensó. Extraña y atrevida, pero me gusta... Chaïm Soutine... Soutine...

–¡Dios mío! –gritó de repente–. ¡Mi pequeño calmuco, eso es! ¡Mi pequeño calmuco, uno de sus cuadros en la mejor tienda de París! ¡Imagínate!

El viejo acercó más su rostro a la ventana. Recordaba al muchacho, sí, lo recordaba muy bien, pero ¿cuándo? Eso ya no era tan fácil de recordar. Hacía mucho tiempo. ¿Cuánto? Veinte, no, más: casi treinta años, eso es, fue un año antes de la guerra, la primera guerra, en 1913, y Soutine, el pequeño y feo calmuco, un muchacho adulto que le gustaba mucho y al que casi amaba por ninguna razón que él supiera, excepto la de que pintaba.

Ahora recordaba mejor: la calle, los cubos de basura alineados, su mal olor, y los gatos recorriendo los cubos de uno en uno. Luego, aquellas mujeres gordas sentadas en los portales de la calle. ¿Qué calle? ¿Dónde vivía el chico?

La Cité Falaguière. ¡Eso era! El hombre movió la cabeza varias veces, contento de recordar el nombre. Tenía un estudio con una sola silla, y el sucio jergón que el muchacho usaba para dormir, las fiestas que acababan en borracheras, el vino blanco barato, las terribles peleas, y siempre, siempre, el rostro amargo y adusto de aquel muchacho absorto en su trabajo.

Era extraño, pensaba Drioli, con qué facilidad recordaba estas cosas ahora y cómo los recuerdos se enlazaban tan estrechamente.

Por ejemplo, aquello del tatuaje, fue realmente una tontería, una locura. ¿Cómo empezó? ¡Ah, sí! Un día había hecho un buen negocio y había comprado mucho vino. Se veía a sí mismo entrar en el estudio con un paquete de botellas bajo el brazo. El chico estaba sentado delante del caballete, y la esposa de Drioli, en el centro de la habitación, posaba para él.

–Hoy vamos a celebrar algo –dijo.

–¿Qué hay que celebrar? –preguntó el muchacho sin mirarle–. ¿Has decidido divorciarte de tu esposa para que se case conmigo?

–No –dijo Drioli–, vamos a celebrar que he ganado una gran cantidad de dinero trabajando.

–Y yo no he ganado nada, celebraremos también eso.

–Si tú quieres, de acuerdo.

Drioli estaba junto a la mesa abriendo el paquete. Estaba cansado y tenía ganas de beber vino. Nueve clientes, era estupendo, pero sus ojos no podían mantenerse abiertos. Nunca había tenido tantos, nueve soldados ebrios, y lo mejor era que siete habían pagado al contado. Esto le convertía en una persona rica, pero el trabajo era terrible para los ojos. La fatiga le obligaba a tenerlos casi cerrados. Los tenía terriblemente enrojecidos. Sentía mucho dolor bajo el globo de los ojos. Pero ahora ya estaba libre y era rico como un cerdo y en el paquete había tres botellas, una para su esposa, otra para su amigo y otra para él. Cogió un sacacorchos y fue descorchando las botellas.

El muchacho bajó su pincel.

–¡Dios mío! –dijo–. ¿Cómo voy a trabajar así?

La chica cruzó la habitación para ver el cuadro. Drioli también fue hacia allí, llevando una botella en una mano y un vaso en la otra.

–¡No! –gritó el chico, poniéndose colorado–. ¡Por favor, no!

Cogió el lienzo del caballete y lo puso contra la pared, pero Drioli ya lo había visto.

–Me gusta.

–Es horrible.

–Es maravilloso, como todos los que tú pintas, es fantástico. Me gustan todos.

–Lo único que pasa es que no son nutritivos. No me los puedo comer.

–De cualquier forma, son maravillosos.

Drioli le tendió un vaso de vino blanco.

–Bebe –dijo–, te sentirás mejor.

Nunca había encontrado una persona más desgraciada, con la cara tan triste. Se había fijado en él en un café, unos siete meses antes, bebiendo solo, y como parecía ruso o por lo menos algo asiático, se había sentado a su mesa y entablado conversación.

—¿Es usted ruso?

—Sí.

—¿De dónde?

—De Minsk.

Drioli dio un brinco y le abrazó, diciéndole que él también había nacido en aquella ciudad.

—No fue en Minsk exactamente —había declarado el muchacho—, pero muy cerca.

—¿Dónde?

—Smilovichi, a diecinueve kilómetros.

—¡Smilovichi! —había exclamado Drioli, abrazándole otra vez—, allí fui varias veces cuando era niño.

Luego se sentó otra vez, mirando con cariño el rostro de su compañero.

—¿Sabe una cosa? —le había dicho—, no parece un ruso del oeste, parece un tártaro o un calmuco.

Ahora Drioli miraba otra vez al muchacho mientras bebía su vaso de vino. Sí, tenía la cara de un calmuco: muy ancha, de pómulos salientes y con la nariz aplastada y gruesa. La anchura de las mejillas se acentuaba en las orejas, que sobresalían de la cabeza. Tenía ojos pequeños, el pelo negro y la boca gruesa y adusta de un calmuco; pero lo más sorprendente eran las manos, tan pequeñas y blancas como las de una mujer, de dedos pequeños y delgados.

—Sírvanse más —dijo el chico—, si lo celebramos vamos a hacerlo bien.

Drioli sirvió el vino y se sentó en una silla. El muchacho se sentó en su viejo lecho con la esposa de Drioli. Colocaron las tres botellas en el suelo.

—Esta noche beberemos hasta que no podamos más —dijo Drioli—. Soy inmensamente rico. Creo que voy a salir a comprar más botellas. ¿Cuántas compro?

—Seis más —contestó el chico—: dos para cada uno.

–Bien. Voy a buscarlas.

–Yo te acompañaré.

En el café más próximo compró Drioli seis botellas de vino blanco y las llevaron al estudio. Las colocaron en el suelo en dos filas. Drioli sacó el sacacorchos y descorchó las seis botellas; luego se sentaron y continuaron bebiendo.

–Sólo los muy ricos pueden celebrar las cosas de este modo –dijo Drioli.

–Tienes razón –dijo el chico–. ¿Verdad que sí, Josie?

–Claro.

–¿Cómo te sientes, Josie?

–Muy bien.

–¿Dejarás a Drioli y te casarás conmigo?

–No.

–Un vino excelente –dijo Drioli–, es un privilegio beberlo.

Lenta y metódicamente empezaron a emborracharse. El proceso era rutinario, pero de todas formas había que observar una cierta ceremonia y mantener la gravedad. Había muchas cosas por decir y luego repetir de nuevo, el vino debía ser alabado y la lentitud era muy importante también, para que hubiera tiempo de saborear los tres deliciosos períodos de transición, especialmente (para Drioli) el momento en que empezaba a flotar en el ambiente, como si los pies no le pertenecieran. Éste era el mejor momento de todos, cuando miraba sus pies y estaban tan lejos que dudaba sobre a quién podrían pertenecer y por qué estaban de aquella forma en el suelo.

Después de algún tiempo se levantó a encender la luz. Se sorprendió mucho al ver que los pies le seguían adonde iba, especialmente porque no los sentía tocar el suelo. Tenía la agradable sensación de que caminaba por el aire. Luego empezó a dar vueltas por la habitación, mirando de soslayo los lienzos que había en las paredes.

–Oye –dijo por fin–, tengo una idea.

Fue hacia el jergón y se detuvo.

–Óyeme, pequeño calmuco.

—¿Qué?

—Tengo una idea estupenda. ¿Me escuchas?

—Estoy escuchando a Josie.

—Óyeme, por favor, tú eres mi amigo, mi pequeño y feo calmuco de Minsk y para mí eres tan buen artista que me gustaría tener un cuadro, un cuadro precioso...

—Coge todos los que te gusten, pero no me interrumpas cuando estoy hablando con tu esposa.

—No, no. Oye: yo quiero decir un cuadro que lo tenga siempre conmigo...: un cuadro tuyo.

Dio un paso adelante y golpeó al muchacho en la rodilla.

—Óyeme, por favor.

—Escucha lo que te dice —dijo la chica.

—Se trata de lo siguiente: quiero que pintes un cuadro sobre mi piel, en mi espalda, que tatúes lo que has pintado, para que permanezca siempre.

—Eso es una idea disparatada.

—Te enseñaré a tatuar, es fácil. Un niño puede hacerlo.

—Yo no soy ningún niño.

—Por favor...

—Estás completamente loco. ¿Qué es lo que quieres?

El pintor miró sus ojos, brillantes por el vino.

—En nombre del Cielo. ¿Qué es lo que quieres?

—Tú lo puedes hacer muy fácilmente. ¡Puedes! ¡Puedes!

—¿Quieres decir con tatuaje?

—¡Sí, con tatuaje! Te enseño en dos minutos.

—¡Imposible!

—¿Insinúas que no sé de lo que estoy hablando?

No, el chico no podía decir eso porque si alguien sabía de tatuajes, ese alguien era, desde luego, Drioli. ¿No había cubierto por completo el mes pasado el estómago de un hombre con un magnífico dibujo compuesto de flores? ¿Y aquel cliente de tanto pelo en el pecho al que le había tatuado un oso de forma que el pelo pareciese la piel de la bestia? ¿No había tatuado una chica en el brazo de un hombre de tal forma que cuando flexionaba el músculo la chica se movía con sorprendentes contorsiones?

—Lo único que digo —contestó el chico— es que has bebido y ésta es una idea de borracho.

—Josie podría ser nuestra modelo. Un cuadro de Josie en mi espalda. ¿No se me permite tener un cuadro de Josie en la espalda?

—¿De Josie?

—Sí.

Drioli sabía que la sola mención de su esposa haría que los gruesos labios del chico se entreabriesen y empezasen a temblar.

—No —dijo la chica.

—¡Josie, querida, por favor! Coge una botella y termínala, luego te sentirás más generosa. Nunca en mi vida he tenido una idea mejor.

—¿Qué idea?

—Que me haga un retrato tuyo en la espalda. ¿No me está permitido?

—¿Un retrato mío?

—Desnuda —dijo el chico—, es una excelente idea.

—Desnuda no —protestó ella.

—Es una idea fantástica —dijo Drioli.

—Una locura —arguyó la chica.

—De cualquier forma, es una idea —dijo el chico—, es una idea digna de celebración.

Se bebieron otra botella. Luego el chico dijo:

—No, no quiero utilizar el tatuaje. Sin embargo, pintaré el retrato en tu espalda y lo tendrás hasta que tomes un baño y te laves. Si no tomas el baño en tu vida, lo tendrás siempre, mientras vivas.

—No —dijo Drioli.

—Sí, y el día que decidas bañarte, sabré que ya no valoras mi pintura. Será una prueba de tu admiración por mi arte.

—No me gusta la idea —dijo la chica—, su admiración por tu arte es tan grande que estaría sucio muchos años. Hazlo con tatuaje, pero no desnuda.

—Pues entonces un retrato –dijo Drioli.

—No lo podré hacer.

—Es facilísimo. Te voy a enseñar en dos minutos, ya verás. Voy a buscar los instrumentos, las agujas y las tintas. Tengo tintas de muchos colores, tantos como tú puedas tener en pintura y mucho más vivos...

—Es imposible.

—Tengo muchas tintas, ¿verdad que sí, Josie?

—Sí.

—Ya verás, voy a buscarlas.

Se levantó de su silla y salió de la habitación.

Al cabo de media hora volvió.

—Lo he traído todo –gritó, enseñándole una maletín marrón–, todo lo que necesitas para tatuar está en esta maleta.

La puso sobre la mesa, la abrió y sacó las agujas eléctricas y las botellitas de tinta de color. Llenó la aguja eléctrica, la tomó en su mano y presionó un botón. Hizo un sonido y la aguja empezó a vibrar rápidamente, moviéndose alternativamente de arriba abajo. Se quitó la chaqueta y se subió la manga izquierda.

—Mira, obsérvame y verás lo fácil que es. Haré un dibujo en mi brazo, aquí.

Su antebrazo ya estaba cubierto de marcas azules, pero eligió un claro en la piel para hacer su demostración.

—Primero elijo la tinta; usaré una de azul corriente; e introduzco la punta de la aguja en la tinta..., así..., luego la introduzco suavemente en la superficie de la piel..., de este modo... y con la ayuda del pequeño motor y de la electricidad la aguja salta arriba y abajo pinchando la piel de tal manera que la tinta entra y éste es todo el truco. Fíjate qué fácil es..., mira cómo dibujo un galgo en mi brazo.

El chico parecía intrigado.

—Déjame practicar... en tu brazo.

Empezó a dibujar con una aguja líneas azules en el brazo de Drioli.

—Es muy simple —dijo—, es como dibujar con pluma y tinta. La única diferencia es que es más lento.

—No es nada difícil. ¿Estás preparado? ¿Empezamos?

—Enseguida.

—¡La modelo! —gritó Drioli—. ¡Josie, ven!

Ahora estaba entusiasmado, recorriendo la habitación y arreglándolo todo, preparándose como un niño para un nuevo juego.

—¿Dónde quieres que pose?

—Que se ponga allí, delante de mi tocador. Que se cepille el pelo. La pintaré con el pelo suelto sobre los hombros, cepillándoselo.

—¡Fantástico! Eres un genio.

De mala gana, la chica fue hacia el tocador, llevándose con ella el vaso de vino.

Drioli se quitó la camisa y los pantalones. Se quedó en calzoncillos y zapatos, balanceándose ligeramente. Su pequeño cuerpo era blanco, casi lampiño.

—Bueno —dijo—. Yo soy el lienzo. ¿Dónde me pones?

—Como siempre, en el caballete. No creo que sea tan difícil.

—No seas tonto. Yo soy el lienzo.

—Entonces ponte en el caballete, ése es tu sitio.

—¿Cómo?

—¿Eres o no eres el lienzo?

—Sí. Ya empiezo a sentirme como un lienzo.

—Entonces ponte en el caballete. No creo que sea tan complicado.

—Pero eso no es posible.

—Entonces siéntate en la silla. Hazlo al revés, para que puedas apoyar tu mareada cabeza en el respaldo. Date prisa porque voy a empezar.

—Estoy preparado, cuando quieras.

—Primero —dijo el muchacho—, haré un dibujo normal y si me gusta lo tatuaré.

Con un pincel gordo empezó a pintar en la desnuda piel del hombre.

–¡Ay, ay! –gritó Drioli–. Un horrible ciempiés camina por mi espina dorsal.

–¡Estáte quieto ahora! ¡Quieto!

El muchacho trabajaba con rapidez trazando unas finas líneas azules para no dificultar el tatuaje. De tal forma se concentró al pintar que parecía como si su borrachera hubiera desaparecido por completo. Daba ligeros toques a su dibujo con mano certera y en menos de media hora había terminado.

–Bueno –dijo a la chica–. Ya está.

Ella volvió inmediatamente al jergón, se recostó y quedó completamente dormida.

Drioli no se durmió. Observó cómo cogía el muchacho la aguja y la introducía en la tinta, luego sintió un pinchazo en la piel de la espalda. El dolor, que era desagradable, pero no extremo, le impidió dormir. Siguiendo el recorrido de la aguja y viendo los diferentes colores de tinta que el muchacho iba usando, Drioli se divertía tratando de adivinar lo que pasaba detrás de él. El chico trabajaba con asombrosa intensidad. Estaba completamente absorto en la pequeña máquina y en los efectos que producía.

La máquina zumbaba en la madrugada y el muchacho trabajaba afanosamente. Drioli recordaba que cuando al fin el artista dijo: ¡Ya está!, la luz se filtraba por la ventana y se oía gente por la calle.

–Quiero verlo –dijo Drioli.

El muchacho le tendió un espejo y Drioli ladeó un poco el cuello para mirar.

–¡Santo cielo! –exclamó.

Era algo asombroso. Toda su espalda, desde los hombros hasta el final de la espina dorsal, era una mezcla de colores –dorado, verde, azul, negro y escarlata–. El tatuaje estaba tan concienzudamente hecho que parecía un cuadro. El chico había seguido lo más estrechamente su dibujo haciéndolo a conciencia y era maravilloso el modo en que había usado la espina dorsal y la parte saliente de los hombros para que formaran parte de la composición. Es más, se las había arreglado para añadir al dibujo una extraña espontaneidad. El tatuaje tenía vida; mantenía aquel sentimiento de tortura tan característico de todas las obras de Soutine. No era un retrato, era más bien un aspecto de la vida. El rostro de la modelo se veía vago y perdido, y como fondo unas curiosas pinceladas de verde que le daban un aspecto exótico.

—¡Es fantástico!

—A mí también me gusta.

El muchacho retrocedió unos pasos examinándolo atentamente.

—¿Sabes una cosa? Me parece que es tan bueno que lo voy a firmar.

Y tomando de nuevo una aguja inscribió su nombre con tinta roja en la parte derecha, encima del riñón de Drioli.

El viejo Drioli miraba el cuadro en el escaparate de la exposición. Aquello había sucedido hacía tanto tiempo que le parecía que pertenecía a otra vida.

¿Y el chico? ¿Qué había sido de él? Ahora recordaba que cuando volvió de la guerra —la Primera Guerra Mundial—, lo echó mucho de menos y había preguntado a Josie por él.

—Se ha ido —contestó ella—. No sé dónde, pero oí decir que un marchante lo había mandado a Céret para que pintara más cuadros.

—Quizá vuelva.

—Puede ser. ¡Quién sabe!

Ésa fue la última vez que lo mencionaron. Poco tiempo después se fueron a Le Havre, donde había marineros y por lo tanto el negocio iba mejor. El viejo sonrió al recordar Le Havre. Aquellos fueron unos años muy agradables, entre las dos Guerras; su tienda estaba cerca de los muelles y siempre tenía mucho trabajo. Todos los días tres, cuatro y cinco marineros venían a que les tatuara los brazos. Aquéllos fueron unos años agradables, en verdad.

Luego vino la Segunda Guerra, a Josie la mataron y con la llegada de los alemanes terminó su trabajo. Ya nadie quería tatuajes en los brazos y entonces ya era demasiado viejo para emprender otra clase de trabajo. En su desesperación había vuelto a París con la vana esperanza de que las cosas le irían mejor en una ciudad grande, pero no fue así.

Ahora que la guerra había terminado, no tenía ni los medios ni la energía para empezar de nuevo con su pequeño negocio. No era fácil para un viejo saber lo que tenía que hacer, especialmente si no le gustaba mendigar. Sin embargo, ¿cómo podría subsistir de otro modo?

Bien, pensó, mirando el cuadro otra vez, aquí está mi pequeño calmuco. ¡Qué fácilmente un pequeño objeto puede recordar tantas cosas dormidas en el interior! Hasta hacía breves instantes había olvidado que tenía un tatuaje en su espalda. Hacía mucho tiempo que no se había acordado de él. Acercó más la cara al escaparate y miró la exposición. Había muchos cuadros en las paredes y todos ellos parecían ser obra del mismo artista. Había mucha gente paseando por allí. Se veía claramente que era una exposición extraordinaria.

En un repentino impulso Drioli se decidió, empujó la puerta de la galería y entró.

Era un local alargado, con el suelo cubierto por una alfombra de color rojo oscuro y, ¡Dios mío!, ¡qué bien y qué caliente se estaba allí! Había bastante gente mirando los cuadros, gente digna y respetable, casi todos ellos llevando en su mano el catálogo. Drioli se quedó al lado de la puerta, mirando con nerviosismo a su alrededor, dudando en seguir adelante y mezclarse con aquella gente. Pero antes de que se decidiera, oyó una voz a su lado que decía:

–¿Qué desea usted?

El que le hablaba llevaba un abrigo negro azabache. Era grueso y pequeño y tenía la cara muy blanca. Sus mejillas tenían tanta carne que le caía por ambos lados de la boca como un perro de aguas. Se acercó más a Drioli y le dijo:

–¿Qué desea usted?

Drioli no se movió.

–Por favor –insistió el hombre–, salga de esta exposición.

–¿No puedo mirar los cuadros?

–Le he pedido que se marche.

Drioli no se movió. De repente se sintió terriblemente ultrajado.

–No quiero escándalos –dijo el hombre–, venga por aquí.

Puso su gruesa mano en el hombro de Drioli y empezó a empujarle hacia la puerta.

Aquello le decidió.

–¡Quíteme las manos de encima! –gritó.

Su voz se oyó claramente en la sala y todos los rostros se volvieron para ver a la persona que había armado tal escándalo. Uno de los empleados se recobró prestamente para ayudar en caso necesario y entre los dos hombres llevaron a Drioli hasta la puerta. La gente no se movía observando los acontecimientos. Sus caras parecían decir: «No hay ningún peligro, ya se han hecho cargo de él.»

–¡Yo también! –gritaba Drioli–. ¡Yo también tengo un cuadro suyo! ¡Era mi amigo y yo tengo un cuadro de él que me regaló!

–¡Está loco!

–Un lunático, un lunático rabioso.

–Alguien debería llamar a la policía.

Con un rápido movimiento del cuerpo, Drioli se desasió de los dos hombres y corrió hacia el centro del local, gritando:

–¡Se lo enseñaré! ¡Se lo enseñaré!

Se quitó el abrigo, la chaqueta y la camisa y se volvió con la espalda desnuda hacia la gente.

–¡Aquí! –gritó desesperadamente–. ¿Lo ven? ¡Aquí está!

De repente se callaron, presas de un vergonzoso asombro. Miraban el retrato tatuado. Allí estaba con sus brillantes colores; aunque la espalda del viejo era más estrecha ahora, los salientes de los hombros más pronunciados y el efecto, aunque no era espectacular, le daba a la pintura una curiosa textura arrugada y blanda.

Alguien dijo:

–¡Dios mío, es verdad!

Entonces vino la excitación y el sonido de voces, mientras la gente cercaba al pobre viejo.

–¡Es inconfundible!

—Su primer estilo, ¿verdad?

—¡Es fantástico!

—¡Mire, está firmado!

—Eche los hombros hacia delante, por favor, para que la pintura se ponga tirante.

—Es viejo. ¿Cuándo lo pintó?

—En 1913 –dijo Drioli, sin volverse–, en otoño de 1913.

—¿Quién enseñó a Soutine a tatuar?

—Yo mismo.

—¿Y la mujer?

—Era mi esposa.

El propietario de la sala se abrió paso entre la gente hacia Drioli. Ahora estaba tranquilo, muy serio, con una sonrisa en los labios.

—Señor –dijo–, yo se lo compro.

Drioli observaba cómo se movían las carnes de sus mejillas al mover la mandíbula.

—Digo que se lo compro, señor.

—¿Cómo lo va a comprar? –preguntó Drioli, suavemente.

—Le doy doscientos mil francos por él.

Los ojos del comerciante eran pequeños y oscuros y su mirada astuta.

—¡No lo consienta! –murmuró alguien de los espectadores–. ¡Vale veinte veces más que eso!

Drioli abrió la boca para hablar, pero no le salió ni un sonido, así que la cerró de nuevo. Luego habló lentamente:

—¿Pero cómo voy a venderlo?

Su voz tenía toda la tristeza del mundo.

—¡Sí! –decían algunas voces–. ¿Cómo lo va a vender?, es parte de su cuerpo.

—Oiga –dijo el comerciante acercándosele más–. Le ayudaré, le haré rico. Juntos podremos llegar a un acuerdo sobre este cuadro. ¿Verdad?

Drioli le observó con aprensión en los ojos.

–Pero ¿cómo lo va a comprar, señor? ¿Qué hará cuando lo haya comprado? ¿Dónde lo guardará hoy?, ¿y mañana?

–Ah, ¿dónde lo guardaré? Sí, ¿dónde lo guardaré?, ¿dónde? Veamos...

El comerciante se llevó ambas manos a la frente.

–Parece ser que si me quedo con el cuadro, me quedo también con usted. Esto es una desventaja. En realidad el cuadro no tiene valor hasta que usted no muera. ¿Cuántos años tiene, amigo mío?

–Sesenta y uno.

–Pero no está muy fuerte, ¿verdad?

El comerciante bajó la mano de la frente y miró a Drioli de arriba abajo, como un granjero a un caballo viejo.

–Esto no me gusta nada –dijo Drioli, haciendo ademán de marcharse–; francamente, señor, no me gusta esto.

Echó a andar, pero sólo para caer en brazos de un caballero de elevada estatura que le tomó suavemente de los hombros. Drioli miró en derredor disculpándose. El desconocido le sonrió al tiempo que le daba unos golpecitos en el hombro desnudo con la mano embutida en un guante amarillo canario.

–Escuche, buen hombre –dijo el desconocido, todavía sonriente–. ¿Le gusta nadar y tomar baños de sol?

Drioli le miró un poco asustado.

–¿Le gusta la comida escogida y el vino tinto de los grandes castillos de Burdeos?

El hombre todavía sonreía, enseñando una hilera de blancos y pulidos dientes. Hablaba suavemente, puesta todavía su mano enguantada en el hombro de Drioli.

–¿Le gustan esas cosas?

–Pues..., sí –contestó Drioli, bastante perplejo.

–¿Y la compañía de mujeres bonitas?

–¿Por qué no?

–¿Y un armario lleno de trajes y camisas hechas a medida? Parece que no anda usted demasiado bien de trajes.

Drioli miraba al hombre, esperando el resto de su proposición.

–¿Le han hecho alguna vez zapatos a medida?

–No.

–¿Le gustaría?

–Pues...

–¿Y que alguien le afeitase por las mañanas y le arreglase el pelo? Drioli empezó a bostezar.

–¿Y una atractiva manicura?

Alguien trataba de contener la risa.

–¿Y la campanilla junto a la cama para llamar a la doncella y que le traiga el desayuno? ¿Le gustaría todo eso, amigo mío? ¿No le apetece?

Drioli le miró atentamente.

–Soy el propietario del Hotel Bristol, de Cannes. Le invito a que venga y sea mi invitado el resto de sus días con todo el lujo y confort.

Hizo una pausa para que Drioli tuviera tiempo de saborear ese programa.

–Su único trabajo, que se puede llamar placer, consistirá en que pase su tiempo en la playa entre mis invitados, tomando el sol, nadando, bebiendo cócteles. ¿Qué le parece? ¿Le gusta la idea, señor? ¿No lo comprende? Así todos mis invitados podrán admirar este fascinante retrato de Soutine. Se convertirá usted en un hombre famoso y la gente dirá: «Mira, ése es el que lleva un cuadro de diez millones de francos en la espalda.» ¿Le gusta esta idea, señor? ¿Le gusta?

Drioli miró al hombre, dudando todavía, por si acaso era una broma.

–Es cómico, pero, realmente, ¿habla en serio?

–Claro que sí.

–Oiga –interrumpió el marchante–, aquí está la respuesta a nuestro problema. Yo compro su cuadro tatuado y hago que un buen cirujano le quite la piel de la espalda y entonces usted podrá disfrutar de la gran suma de dinero que yo le daré.

–¿Sin la piel en la espalda?

–¡Oh, no! No me ha comprendido. Este cirujano le pondrá otra piel en lugar de la del cuadro, eso es fácil.

–¿Se puede hacer?

–Sí. No pasa nada.

–¡Imposible! –dijo el caballero de los guantes amarillo canario–, es demasiado viejo para esa operación, le mataría.

–¿Me mataría?

–Naturalmente, usted no sobreviviría y sólo la pintura se salvaría.

–¡En el nombre de Dios! –gritó Drioli, mirando espantado a la gente que le observaba.

En el silencio que siguió, otra voz de hombre se dejó oír entre el grupo:

–Quizá si alguien le ofreciera a este hombre mucho dinero consentiría en que le mataran. ¿Quién sabe?

Algunos soltaron una risita. El marchante golpeó la alfombra con los pies, incómodo.

La mano con el guante amarillo canario empezó a golpear de nuevo a Drioli en el hombro.

–Bueno –le dijo el caballero con una amplia sonrisa–. Usted y yo iremos a comer juntos y hablaremos mientras comemos. ¿Qué tal? ¿Tiene usted apetito?

Drioli le observó temblando. No le gustaban los modos de aquel hombre que se inclinaba hacia él al hablarle, como una serpiente.

–Pato asado y Chambertin –fue enumerando el hombre–. Y quizá un suflé de castañas, ligero y espumoso.

Puso un acento extraño en sus palabras, como aplastándolas con la lengua.

–¿Cómo le gusta el pato? –continuó el caballero–. ¿Le gusta muy asado y crujiente por fuera, o bien...?

–Iré –dijo repentinamente Drioli.

Ya había recogido su camisa y se la estaba poniendo por la cabeza.

–Espéreme, señor, voy con usted.

En un momento había desaparecido de la exposición con su nuevo patrón.

Al cabo de pocas semanas, un cuadro de Soutine, un busto de mujer, pintado de una extraña forma, bien enmarcado y barnizado, se puso a la venta en Buenos Aires. Esto, unido al hecho de que en Cannes no existe ningún hotel llamado Bristol, hace pensar un poco y nos hace desear ardientemente que en cualquier lugar en que se encuentre ese pobre viejo, tenga en estos momentos una bonita manicura que le arregle las uñas y una doncella que le traiga el desayuno a la cama, todas las mañanas.

LADY TURTON

Cuando, ocho años atrás, murió el viejo sir William Turton y su hijo Basil heredó el periódico *The Turton Press* (además del título), recuerdo que empezaron a hacerse apuestas en Fleet Street sobre cuánto tiempo pasaría antes de que una joven persuadiera al pobre individuo de que ella debía cuidarse de él. Es decir, de él y de su dinero.

El nuevo sir Basil Turton tenía unos cuarenta años y era soltero. Hombre afable y de carácter sencillo, hasta entonces no había demostrado interés por nada que no fueran sus colecciones de pinturas modernas y esculturas. Ninguna mujer le había trastornado, ningún escándalo ni habladuría habían mancillado jamás su nombre. Pero ahora que se había convertido en el propietario de un importante periódico y una gran revista, era preciso que dejara la calma y tranquilidad de la casa de campo de su padre y se estableciera en Londres.

Naturalmente, los buitres empezaron a acecharle y estoy seguro de que no sólo Fleet Street sino la ciudad entera empezó a movilizarse en torno a él. Fue un movimiento lento, deliberado y mortal, y por lo tanto no parecían tanto unos buitres como un puñado de cangrejos tratando de alcanzar un trozo de comida bajo el agua.

Pero, para sorpresa de todos, el hombre demostró ser notablemente evasivo y la lucha continuó hasta la primavera y el principio del verano de aquel año. Yo no conocía a sir Basil personalmente, ni

111

tenía ninguna razón para sentir simpatía hacia él, pero no podía evitar el ponerme repentinamente de parte de los de mi sexo y me alegraba cada vez que lograba salir de alguna trampa.

Luego, hacia el principio de agosto, y aparentemente en respuesta a una secreta señal femenina, las chicas declararon entre sí una suerte de tregua mientras se iban al extranjero y descansaban, con el fin de reagruparse y hacer nuevos planes para el siguiente invierno. Esto fue un error, porque en aquel preciso momento apareció una brillante criatura llamada Natalia o algo así, de quien nadie había oído hablar anteriormente, que llegó del continente europeo, tomó a sir Basil firmemente por la muñeca y lo llevó como un torbellino al Registro Civil de Caxton Hall y se casó con él antes de que nadie, y menos el novio, se diera cuenta de lo que había pasado.

Ya podrán imaginarse que las señoras de Londres estaban indignadas y, naturalmente, se dedicaron a levantar una gran cantidad de cotilleos alrededor de lady Turton: la asquerosa cazadora, la llamaban. Pero no hay necesidad de detenerse en ello. En realidad, para el propósito de mi historia podemos saltarnos los seis años siguientes, lo cual nos trae al presente; exactamente hoy hace una semana, cuando tuve el honor de conocer a Su Señoría por primera vez. Entonces, como ya podrán suponer, no sólo dirigía *The Turton Press* sino que, como resultado de ello, se había convertido en una fuerza política muy importante en el país. Ya entiendo que otras mujeres hayan sido capaces de hacer lo mismo, pero lo excepcional de este caso era el hecho de que ella fuera extranjera y el que nadie pareciese saber con precisión de qué país procedía: Yugoslavia, Bulgaria o Rusia.

El jueves pasado fui a una cena en casa de un amigo de Londres y mientras charlábamos en el salón antes de la cena, bebiendo martinis y hablando sobre la bomba atómica y sobre el señor Bevan, la doncella abrió la puerta para anunciar al último invitado.

–Lady Turton.

Nadie dejó de hablar, hubiera sido de mala educación, ni se volvieron las cabezas. Solamente nuestras miradas se dirigieron a la puerta, esperando su entrada.

Ella entró aprisa, alta y esbelta, con un traje rojo escarlata que brillaba admirablemente; jovial, tendiendo la mano a su anfitriona. Francamente, debo confesar que era una belleza.

–¡Buenas noches, Milfred!

–¡Mi querida lady Turton, me alegro de que haya venido!

Creo que entonces fue cuando dejamos de hablar. Nos volvimos para mirarla, esperando pacientemente ser presentados, como si fuera una reina o una famosa estrella de cine. Sólo que esta vez era más guapa que cualquiera de ellas. Su pelo era negro y, en contraste, tenía uno de esos rostros pálidos, ovalados e inocentes de las flamencas del siglo XV, casi como una Madonna de Memling o Van Eyck; por lo menos ésta fue mi primera impresión. Más tarde, cuando llegó el momento de estrecharnos las manos, me di cuenta de que, excepto en el perfil y el color, estaba muy lejos de parecerse a una madonna, muy lejos de eso.

Las aletas de la nariz, por ejemplo, eran muy raras, bastante abiertas, relucientes y excesivamente arqueadas. Esto le daba a la nariz un terrible aspecto, que tenía cierto parecido a la de un potro salvaje.

Y los ojos, al mirarlos de cerca, no eran grandes y redondos, como los que los pintores atribuían a las madonnas, sino alargados y medio cerrados; casi sonrientes, medio adustos y bastante vulgares; así que de una manera o de otra le daban un aire delicadamente disipado, es más, no miraba directamente. Su mirada se acercaba a uno lentamente y como de costado, de tal forma que ponía nervioso. Intenté ver su color, creo que era gris pálido, pero no estoy seguro.

Después fue llevada a la otra parte de la habitación para ser presentada a otras personas. Yo me quedé mirándola. Ella se sentía consciente del éxito y del modo en que aquellos londinenses hablaban de ella.

«Aquí estoy yo –parecía decir–, hace pocos años que llegué a este país, pero ya soy más rica y poderosa que cualquiera de vosotros.»

Caminaba triunfalmente.

113

Pocos minutos más tarde pasamos a cenar y, con gran sorpresa, me encontré sentado a la derecha de Su Señoría. Supongo que nuestra anfitriona había hecho esto como una deferencia hacia mí, pensando que me proporcionaría tema para la columna social que escribo cada día en el periódico de la tarde. Me senté, dispuesto a participar en una comida interesante, pero la famosa lady no reparó siquiera en mi presencia; estuvo todo el tiempo hablando con el hombre de su izquierda, su anfitrión, hasta que al fin, cuando estaba acabando de tomar el helado, se volvió repentinamente, cogió mi tarjeta y leyó mi nombre. Luego, con aquella curiosa mirada suya, como de través, me miró a la cara. Yo le sonreí y le hice un pequeño saludo. Ella no me sonrió, pero empezó a dispararme preguntas, bastante personales: trabajo, edad, familia, cosas así, mientras yo contestaba lo mejor que podía.

Durante esta inquisición se enteró, entre otras cosas, de que yo era un amante de la pintura y la escultura.

—Puede venir alguna vez a nuestra casa de campo y verá la colección de mi esposo.

Lo dijo casualmente, como una simple norma de educación; pero deben comprender que en mi trabajo no puedo permitirme el lujo de perder una oportunidad como ésta.

—¡Qué amable, lady Turton! Me encantaría. ¿Cuándo puedo ir?

Levantó la cabeza y dudó unos instantes. Luego se encogió de hombros y dijo:

—No importa, cualquier día.

—¿Qué tal el próximo fin de semana? ¿Le parece bien?

Sus ojos semicerrados descansaron un momento en los míos y luego se separaron.

—Supogo que sí, si lo desea, no me importa.

Así fue como el sábado siguiente por la tarde me encontré conduciendo mi coche por la carretera de Wooton, con mi maleta en el coche. Ustedes seguramente pensarán que forcé un tanto mi invitación, pero de otra forma no la hubiera conseguido.

Aparte del aspecto profesional, personalmente me apetecía ver la casa. Como ya saben, Wooton es una de las casas más importantes del primitivo Renacimiento inglés. Al igual que sus hermanas, Longleat, Wodlaton y Montacute, fue construida en la última mitad del siglo XVI, cuando por primera vez la casa de un señor importante pudo ser decorada como mansión confortable, no como un castillo, y cuando un grupo de arquitectos, como John Thorpe y los Smithson, empezaron a construir casas maravillosas por todo el país. Está al sur de Oxford, cerca de una pequeña ciudad llamada Princes Risbrought, no muy lejos de Londres.

Al entrar por las puertas enrejadas, el cielo se cubría en lo alto y la tarde invernal empezaba a caer.

Conduje lentamente por el largo sendero, intentando captar los alrededores tanto como fuera posible, sobre todo el famoso jardín, del cual había oído hablar tanto. Debo confesar que era una vista impresionante. Por todas partes había masas de tejos, cortados en diferentes formas, muy cómicas todas ellas: gallinas, palomas, botellas, botas, sillones, castillos, hueveras, linternas, viejas con meticulosas enaguas, grandes columnas, algunas coronadas por una pelota, otras por tejas y hongos. En la creciente oscuridad, el verde se había convertido en negro, de tal forma que cada figura, cada árbol, tomaba una forma escultural, oscura y suave. En un momento dado vi una pradera en forma de tablero de ajedrez gigante, en el que cada ficha era un tejo maravillosamente recortado. Detuve el coche para dar un paseo y cada figura era dos veces más alta que yo. Comprobé que el juego –rey, reina, peón, alfil, caballo y torre– estaba completo y listo para iniciar la partida.

En la curva siguiente, vi la gran casa gris; frente a ella un espacioso porche rodeado de una balaustrada con pequeños pabellones en sus esquinas. Sobre los pilares de la balaustrada había obeliscos de piedra; la influencia italiana en la mente Tudor; y un tramo de escalones de metro y medio de ancho, que llevaban a la casa.

Al entrar en la explanada, vi con súbito desagrado que en el centro del surtidor había una gran estatua de Epstein. Era preciosa, desde luego, pero no estaba en consonancia con los alrededores. Al subir la escalera de la puerta central, volví la vista y vi que en todas las pequeñas praderas y terracitas había estatuas modernas y curiosas esculturas de todas clases. En la distancia creí reconocer el estilo de Gaudier Breska, Brancusi, Saint-Gaudens, Henry Moore, y Epstein de nuevo.

La puerta me fue franqueada por un joven criado que me condujo a mi habitación, situada en el primer piso.

—Su Señoría —explicó— está descansando, así como los otros invitados; pero bajarán al salón dentro de una hora, vestidos para la cena.

En mi oficio es preciso ir muchos fines de semana a grandes casas. Yo paso alrededor de cincuenta sábados y domingos al año en casa de otras personas, y en consecuencia soy muy sensible a las atmósferas poco agradables. Puedo decir si son agradables o no en el momento en que entro por la puerta, y ésta era de las que no me gustaban. El lugar señalaba tormenta, en el aire flotaba una atmósfera de conflictos o algo parecido. Lo presentía incluso mientras gozaba de un delicioso baño. No pude evitar el empezar a desear que nada malo ocurriera antes del lunes.

Lo primero, aunque fue más una sorpresa que una cosa desagradable, ocurrió diez minutos más tarde.

Yo estaba sentado en la cama poniéndome los calcetines cuando la puerta se abrió y un hombrecillo entró en la habitación. Era el mayordomo, explicó, y su nombre era Jelks. Me dijo que esperaba que estuviera cómodo y si tenía todo lo que necesitaba.

Yo le respondí afirmativamente.

Dijo que haría todo lo posible para que tuviera un fin de semana agradable. Le di las gracias y esperé a que se marchara. El dudó un momento y luego, con voz entrecortada, me pidió permiso para mencionar un asunto algo delicado. Yo le dije que hablara.

Para ser franco, era acerca de las propinas. El asunto de las propinas le hacía sentirse muy desgraciado.

¡Oh! ¿Y por qué era eso?

Bueno, si realmente quería saberlo, no le gustaba la idea de que

116

sus invitados se creyeran en la obligación de darle propina al dejar la casa. Era un procedimiento indigno para el que daba y para el que recibía. Además, él se daba cuenta de la angustia que a veces se creaba en las mentes de los invitados como yo –y que perdonase la libertad– que podrían verse obligados por culpa de los convencionalismos a dar más de lo que ellos podían gastar.

Hizo una pausa. Sus cautelosos ojos me observaban. Yo le murmuré que no tenía por qué preocuparse en lo que a mí se refería.

Por el contrario, dijo, esperaba sinceramente que no le daría ninguna propina al terminar el fin de semana.

–Bueno –dije yo–, no discutamos acerca de ello: cuando llegue el momento ya veremos lo que hacemos.

–¡Por favor, señor, insisto!

Acordamos lo que él quería.

Me dio las gracias y se aproximó un par de pasos hacia mí. Luego inclinó la cabeza hacia un lado, cruzó las manos delante de él como un cura y encogió los hombros en gesto de disculpa. Sus ojos pequeños y duros todavía me miraban. Yo esperé, con un calcetín puesto y el otro en las manos, tratando de adivinar lo que querría ahora.

Lo que quería pedir –dijo bajito, tan bajito ahora que su voz era como la música de un concierto, oída desde lejos– era que en vez de propina le diera el treinta y tres coma tres por ciento de mis ganancias en las cartas, en todo el fin de semana. Si perdía no tendría que pagar nada.

Lo dijo todo tan suave, tranquila y rápidamente, que ni tan siquiera me sorprendió.

–¿Se juega mucho a las cartas, Jelks?

–Sí, señor, mucho.

–¿No cree que el treinta y tres coma tres es demasiado?

–No lo creo, señor.

–Le daré un diez por ciento.

–No, señor, eso no.

Examinaba las uñas de mi mano izquierda y arqueaba las cejas.

–Bien, entonces el quince. ¿De acuerdo?

–Treinta y tres coma tres, señor. Es muy razonable. Después de todo, señor, yo no sé siquiera si es usted un buen jugador o sea que lo que estoy haciendo es, y no quiero ser personal, apostar por un caballo que nunca he visto correr.

Sin duda ustedes pensarán que nunca debí empezar a regatear con el mayordomo y quizá tengan razón, pero soy una persona muy liberal y siempre trato de ser afable con la clase baja. Aparte de esto, cuanto más pensaba en ello, más me convencía a mí mismo de que era una oferta que ningún deportista podía rehusar.

–De acuerdo, Jelks, como quiera.

–Gracias, señor.

Se dirigió hacia la puerta andando despacio, pero cuando tenía la mano puesta en el pomo se volvió:

–¿Le puedo dar un consejo, señor?

–¿Qué es?

–Simplemente decirle que Su Señoría tiende a pujar muy alto.

Bueno, esto era demasiado. Estaba tan asustado que dejé caer el calcetín. Después de todo, una cosa es tener un pequeño arreglo deportivo con el mayordomo acerca de las propinas; pero cuando trata de conchabarse contigo para sacarle dinero a la anfitriona ha llegado el momento de pararle los pies.

–Bueno, Jelks, ya está bien.

–No se ofenda, señor, lo que quiero decir es que puede jugar contra Su Señoría. Ella siempre juega con el comandante Haddock.

–¿Con el comandante Haddock? ¿Jack Haddock?

–Sí, señor.

Observé un tono de burla en los labios de Jelks al hablar de ese hombre, y todavía era peor con lady Turton. Cada vez que decía «Su Señoría» los labios se le curvaban como si estuviera chupando un limón, y había una inflexión en su voz sutilmente jocosa.

–Ahora me debe perdonar, señor. *Su Señoría* bajará a las siete en punto, así como el comandante *Haddock* y los otros.

Salió silenciosamente igual que había entrado, dejando una sensación de gran tranquilidad en el cuarto.

Un poco después de las siete, bajé al salón principial. Lady Turton se levantó a saludarme tan bella como siempre.

–No estaba muy segura de que viniera –dijo con voz curiosamente saltarina–. ¿Cuál es su nombre, por favor?

–Me temo que le tomé la palabra, lady Turton; espero que no la haya retirado.

–No, claro que no –dijo–. Hay cuarenta y siete dormitorios en la casa. Éste es mi marido.

Un hombre pequeño salió por detrás de ella y dijo:

–Me alegro de que haya podido venir.

Tenía una sonrisa agradable y al darme la mano sentí el roce de la amistad en los dedos.

–Y ésta es Carmen La Rosa –continuó Lady Turton.

Era una mujer que parecía como si tuviera algo que ver con los caballos. Se inclinó hacia mí y, aunque mi mano estaba a medio camino para estrechar la suya, ella no me la tendió, forzándome a hacer un falso movimiento con esa mano en dirección a la nariz.

–¿Está resfriado? Lo siento.

No me gustó miss Carmen La Rosa.

–Y éste es Jack Haddock.

Yo conocía a ese hombre ligeramente. Era director de compañías (a saber qué significará eso) y un miembro muy conocido en sociedad. Su nombre había salido varias veces en mis columnas, pero nunca me había gustado y ello era debido principalmente a que detesto a la gente que lleva los títulos militares en su vida privada, especialmente comandantes y coroneles. Con el traje de etiqueta y su cara muy de hombre, sus cejas negras y dientes grandes y blancos, parecía tan guapo que resultaba casi indecente. Tenía una manera muy estudiada de levantar el labio superior cuando sonreía enseñando los dientes. Me tendió la mano.

–Espero que diga cosas buenas de nosotros en su columna.

—Lo tendrá que hacer —dijo lady Turton—, porque si no yo diré cosas feas de él, en mi primera página.

Yo me reí, pero lady Turton, el comandante Haddock y Carmen La Rosa se volvieron de espaldas y se sentaron de nuevo en el sofá. Jelks me dio una bebida y sir Basil me llevó a la otra parte de la habitación para conversar un rato con él.

A cada momento lady Turton llamaba a su esposo para pedirle algo; otro martini, un cigarrillo, un cenicero, un pañuelo, y cuando él se iba a levantar de la silla se le anticipaba Jelks, solícito y atento a todos los detalles.

Era evidente que Jelks adoraba a su dueño y era fácil de ver que odiaba a su esposa. Cada vez que él hacía algo por ella, el mayordomo se erguía y en su rostro asomaba un gesto de desprecio.

En la cena, la anfitriona sentó a sus dos amigos a su lado. Este arreglo nos dejaba a sir Basil y a mí en la otra parte de la mesa, donde pudimos continuar nuestra agradable conversación acerca de pintura y escultura.

Naturalmente, ahora veía claro que el comandante estaba enamorado de Su Señoría, y también, aunque odio tener que decirlo, La Rosa quería cazar el mismo pájaro.

Todas estas locuras parecían deleitar a la anfitriona, pero no al marido. Me daba cuenta de que él estaba pendiente de ellos todo el tiempo, mientras hablábamos; a menudo su mente se alejaba de la conversación y se cortaba a la mitad de una frase, mientras sus ojos se dirigían a la otra parte de la mesa, deteniéndose patéticamente en aquella adorable cabeza de pelo negro y las pestañas curiosamente aleteantes. Parecía haberse dado cuenta de cómo coqueteaba ella, cómo dejaba su mano descuidada en el brazo del comandante mientras hablaban y cómo la otra mujer, la que debía tener algo que ver con los caballos, decía a cada momento:

—¡Natalia! ¡Oye, Natalia, escúchame!

—Mañana me tiene que enseñar las esculturas que hay en el jardín —propuse yo.

–Naturalmente –dijo él–, lo haré con mucho gusto.

Miró otra vez a su esposa, sus ojos tenían una mirada suplicante y triste. Era un hombre tan bueno y tan pasivo, que aun en esos momentos no había rastro de ira en él, ni veía peligro de una explosión.

Después de cenar fuimos a jugar a las cartas. Yo tenía por compañera a miss Carmen La Rosa contra el comandante Haddock y lady Turton. Sir Basil se sentó silenciosamente en el sofá con un libro en las manos.

No hubo nada digno de mención en el juego: fue rutinario y monótono, pero sobre todo Jelks se puso muy pesado. Se pasó toda la noche deambulando por allí, vaciándonos ceniceros, trayéndonos bebidas y mirando nuestras cartas. Se notaba que era corto de vista y dudo que pudiera ver nuestros juegos porque, por si no lo saben, les diré que aquí en Inglaterra nunca se ha permitido a los mayordomos llevar gafas ni, ya puestos a prohibir, bigote. Es una regla inalterable y muy acertada también, aunque no estoy muy seguro del porqué de esta prohibición. Supongo que el bigote les haría parecer unos caballeros y las gafas resultaban cosa de americanos, en cuyo caso me gustaría saber qué pasa con nosotros. De todas formas, Jelks estuvo muy pesado toda la noche y también lady Turton, a la cual llamaban constantemente por asuntos de la prensa.

A las once en punto levantó los ojos de sus cartas y dijo:

–Basil, ya es hora de que te vayas a la cama.

–Sí, querida, ya voy.

Cerró el libro y estuvo un momento mirando el juego.

–¿Cómo va eso? –preguntó.

Nadie se dignó contestarle, así que yo le dije:

–Muy bien, es una bonita partida.

–Me alegro. Jelks les cuidará y les dará lo que deseen.

–Jelks también puede irse a la cama –dijo ella.

A mi lado oía respirar por la nariz al comandante Haddock y el sonido de las cartas al caer, una por una, en la mesa, y los pasos de Jelks sobre la alfombra.

121

—¿No quiere que me quede, señora?

—No. Váyase a la cama, y tú también, Basil.

—Sí, querida, buenas noches. Buenas noches a todos.

Jelks le abrió la puerta y salió lentamente, seguido de su mayordomo.

Tan pronto terminó la siguiente jugada, dije que yo también quería irme a la cama.

—Muy bien —dijo lady Turton—, buenas noches.

Fui a mi habitación, cerré la puerta con pestillo, tomé mi pildora y me acosté.

A la mañana siguiente, domingo, me levanté y vestí hacia las diez y luego bajé a desayunar. Sir Basil estaba allí frente a mí. Jelks le servía riñones asados, con jamón y tomate frito. Se alegró de verme y me sugirió que en cuanto hubiera terminado de desayunar, daríamos un largo paseo por los alrededores. Yo mostré mi agrado por esta sugerencia.

Media hora más tarde salimos. Me sentí muy reconfortado de alejarme de aquella casa y salir al aire libre. Era uno de esos días buenos que aparecen a veces a mitad del invierno, después de una noche de lluvia copiosa, con un sol resplandeciente y ni un soplo de viento. Los árboles desnudos estaban muy bellos a la luz del sol. Todavía caían gotas de las ramas y todo en derredor. Las manchas de humedad titilaban con resplandores de diamantes. El cielo estaba tachonado de nubecillas.

—¡Qué día tan maravilloso!

—Sí, es fantástico.

Ya no volvimos a hablar durante el paseo; no era necesario; pero me llevó por todas partes y lo vi todo: el ajedrez gigante y el resto de aquellas maravillas. Las casitas del jardín, los estanques, las fuentes, los laberintos de los niños, los bosquecillos, las viñas y los árboles nectarianos; y naturalmente, las esculturas. La mayoría de los escultores europeos contemporáneos estaban allí, en bronce, granito, piedra caliza y madera; y aunque era muy bonito verlos erguirse al sol, a mí me parecía que estaban fuera de lugar en una mansión tan clásica.

–¿Descansamos aquí un poquito? –dijo sir Basil, después de haber andado más de una hora.

Nos sentamos en un banco, junto al estanque de lirios de agua, lleno de carpas. Encendimos sendos cigarrillos. Estábamos algo separados de la casa, en un montículo que se levantaba sobre los alrededores, y desde allí veíamos los jardines que se extendían, debajo de nosotros, como un dibujo de los viejos libros de arquitectura jardinera; con setos, praderas, terrazas y fuentes formando un bonito y original dibujo de cuadros y círculos.

–Mi padre compró esta casa antes de nacer yo –dijo sir Basil–, he vivido aquí toda mi vida y me la conozco palmo a palmo. Cada día me gusta más.

–Debe de ser maravillosa en verano.

–Sí lo es. Debería venir a verla en mayo o junio. ¿Me promete que vendrá?

–Sí, claro –dije yo–. Me encantaría venir.

Mientras hablaba estaba observando la figura de una mujer vestida de rojo, moviéndose por entre las flores en la distancia. La veía por encima de una gran extensión de césped, con su peculiar modo de andar. Al llegar a la pradera torció hacia la izquierda, pasó por debajo de unos tejos y llegó a una pradera más pequeña que era circular y tenía en su centro una escultura.

–El jardín es más moderno que la casa –dijo sir Basil–; fue plantado en el siglo XVIII por un francés llamado Beaumont, el mismo que hizo Levens, en Westmoreland. Tuvo doscientos cincuenta hombres trabajando aquí, durante un año seguido.

La mujer del vestido rojo se había reunido ahora con un hombre. Estaban cara a cara, a un metro de distancia, justo en el centro del jardín de aquella pequeña pradera, aparentemente conversando. El hombre tenía un objeto negro en su mano.

–Si le interesa, le enseñaré las cuentas que Beaumont le presentaba al viejo duque, mientras estaban haciendo las obras.

–Me gustaría mucho verlas. Deben de ser interesantes.

—Pagaba a sus trabajadores cada día y trabajaban diez horas.

En la claridad del día, no era difícil seguir los movimientos y gestos de las figuras de la pradera. Ahora se habían vuelto hacia la escultura y la señalaban como burlándose de ella, probablemente riéndose de su forma. Vi que se trataba de una escultura de Henry Moore hecha de madera, un fino objeto de singular belleza que tenía dos o tres orificios y un número de extraños miembros salientes.

—Cuando Beaumont plantó los tejos para el ajedrez gigante y todas las otras cosas, sabía que no lucirían hasta dentro de cien años. Nosotros no tenemos esa paciencia para plantar ahora, ¿verdad?

—No, ciertamente que no.

El objeto que el hombre tenía en la mano resultó ser una cámara fotográfica y ahora se había retirado dos pasos y estaba tomando fotografías a la mujer, al lado del Henry Moore. Ella iba adoptando diferentes poses, en todas ellas, por lo que yo distinguía, pretendiendo ser graciosa. Una vez puso sus brazos alrededor de uno de los miembros salientes y se abrazó a él, otra vez se subió y se sentó a caballo sobre él, llevando unas riendas imaginarias en sus manos. Los tejos ocultaban a las dos personas de la casa y del resto del jardín, excepto en la pequeña colina donde nosotros estábamos sentados. Ellos estaban seguros de que nadie los veía y, aunque hubiesen mirado hacia nosotros, estando de cara al sol dudo que vieran a dos figuras sentadas en el estanque.

—Me gustan esos tejos —habló sir Basil—: su color hace muy bonito en un jardín, porque los ojos pueden descansar en ellos, y en verano rompen la monotonía de la brillantez, con sus frutos colorados y sus pequeñas florecillas. ¿Se ha fijado en los diferentes tonos de verde que hay en los árboles?

—Es realmente muy bonito.

El hombre parecía estar explicando algo a la mujer, apuntando con el dedo a Henry Moore. Me daba cuenta, por la forma de mover las cabezas, que estaban riendo otra vez. El hombre continuó señalando con el dedo. Entonces la mujer se fue por detrás de la escultura de madera, se inclinó y metió la cabeza en uno de los agujeros. El conjunto tenía el tamaño, yo diría, de un caballo joven, y desde aquí se podían ver las dos partes, a la izquierda el cuerpo de la mujer y a la derecha su cabeza saliendo del agujero. Era como uno de esos juegos de playa en los que se pone la cabeza en el agujero de un panel para ser fotografiado como una señora gorda. En aquellos momentos el hombre le estaba haciendo una foto.

–Hay otra cosa sobre los tejos –continuó sir Basil–. Al principio del verano, cuando brotan los capullos...

Dejó de hablar repentinamente. Su cuerpo se irguió.

–Sí –dije yo–. ¿Cuando los capullos brotan...?

El hombre ya había tomado la foto, pero la mujer todavía tenía la cabeza en los agujeros. Le vi poner las manos y la máquina en la espalda y avanzar hacia ella. Se inclinó hasta tocar su rostro y le dio, supongo, algunos besos o algo parecido. En el silencio que siguió imaginé oír una risa femenina donde ellos estaban.

–¿Volvemos a casa? –pregunté.

–¿A casa?

–Sí. ¿Volvemos a tomar algo antes de comer?

–¿Una bebida? Sí, tomaremos algo.

Pero no se movió. Se sentó muy quieto, lejos de mí, mirando a las dos figuras con intensidad. Yo también las miraba, no podía separar los ojos, tenía que mirarlas. Era como ver un ballet en miniatura. Conocía a los artistas y la música, pero no el final de la historia, ni la coreografía, ni lo que iba a pasar. Estaba fascinado y no podía hacer otra cosa.

–Gaudier Breska –dije yo–. ¿Dónde cree usted que hubiera llegado si no hubiera muerto tan joven?

–¿Quién?

–Gaudier Breska.

–Sí –habló distraídamente–, desde luego...

Ahora notaba que algo raro estaba pasando. La mujer tenía todavía la cabeza en el agujero, pero estaba empezando a remover su cuer-

125

po de un lado a otro de una forma extremadamente peculiar. El hombre, a un paso de ella, la miraba sin hacer ningún movimiento. Por unos momentos se quedó quieto; luego puso la máquina en el suelo y se dirigió a la mujer, tomando la cabeza entre sus manos; de repente se convirtieron de figuras de ballet en marionetas; pequeñas figuritas de madera haciendo movimientos bruscos e irreales en un lejano escenario.

Permanecimos sentados sin decir una sola palabra. Observábamos cómo la delgada marioneta masculina manipulaba la cabeza de la mujer. Lo hacía suavemente, de esto no había duda alguna, suave y lentamente, dando un paso atrás de vez en cuando para pensar un modo mejor de sacarle la cabeza de allí, o bien moviéndose hacia un lado para ver desde otro ángulo la posición de ésta. En cuanto la dejaba sola, la mujer volvía a retorcerse de la misma manera que se mueve un perro cuando se le pone la cadena por vez primera.

–No puede salir –dijo sir Basil.

El hombre se dirigió a la otra parte de la escultura donde estaba el cuerpo de la mujer, levantó las manos y empezó a manipular con el cuello. De repente, desesperado, le dio dos o tres tirones por el cuello. Esta vez el sonido de la voz de ella se dejó oír con ira y dolor, y llegó hasta nosotros nítidamente a través de la luz del día.

Por el rabillo del ojo vi a sir Basil mover la cabeza repetidas veces.

–Una vez metí la mano en un jarrón de dulces y no la pude sacar –dijo.

El hombre había retrocedido unos metros. Tenía la manos en las caderas y la cabeza levantada. Se le notaba furioso y desesperado al mismo tiempo. La mujer, en su poco confortable posición, parecía hablarle, o más bien gritarle y, aunque no podía moverse mucho, las piernas las tenía libres y las movía continuamente.

–Rompí el jarrón con un martillo y le dije a mi madre que se me había caído del estante sin darme cuenta.

Ahora parecía más calmado, aunque su voz tenía un curioso tono.

–Creo que deberíamos ir, por si acaso podemos ayudarles en algo.

–Creo que sí.

Pero no se movió. Sacó un cigarrillo y lo encendió, poniendo luego el fósforo gastado en la caja de nuevo. Nos levantamos y bajamos lentamente la cuesta de la pequeña colina.

–¡Oh, perdone! ¿Quiere uno?

–Sí, gracias.

Hizo una pequeña ceremonia para darme el cigarrillo y encendérmelo él mismo, poniendo otra vez el fósforo gastado dentro de la caja.

Nuestra llegada fue una sorpresa para ellos.

–¿Qué pasa aquí? –preguntó sir Basil.

Hablaba suavemente, con una peligrosa suavidad que estoy seguro su esposa no había oído nunca anteriormente.

–Ha metido la cabeza en el agujero y ahora no puede sacarla de ahí –dijo el comandante Haddock–. Fue para sacarle una foto.

–¿Para qué una foto?

–¡Basil! –gritó lady Turton–. ¡No digas tonterías y haz algo!

No se podía mover mucho, pero podía hablar.

–Es evidente que tendremos que romper este pedazo de madera –dijo el comandante.

En su bigote gris había un tinte rojo, y esto, con un poco más de color en sus mejillas, le hacía extremadamente ridículo.

–¿Romper el Henry Moore?

–Mi querido amigo, no hay otra forma de liberar a la señora. Dios sabe cómo se las ha compuesto para meterse, pero lo cierto es que ahora no puede sacar la cabeza. Las orejas lo impiden.

–¡Oh, Dios mío! –exclamó sir Basil–. ¡Qué pena! ¡Mi precioso Henry Moore!

En aquel momento lady Turton empezó a hablarle a su marido de una forma muy desagradable, que no se sabe hasta cuándo hubiera durado si no hubiera salido Jelks repentinamente de las sombras. Apareció silenciosamente por la pradera y se colocó a cierta distancia de sir Basil como esperando instrucciones. Su traje negro resultaba ridículo en la soleada mañana. Todo en él resultaba anticuado, como si fuera un animalito que hubiera vivido toda su vida en un agujero bajo tierra.

–¿Puedo hacer algo, sir Basil?

Mantuvo su voz normal, pero su cara reflejaba destellos misteriosos al ver el estado de lady Turton.

–Sí, Jelks. Vuelve y tráeme una sierra o algo para que pueda cortar la madera.

–¿Llamo a alguno de los hombres, sir Basil? William es un buen carpintero.

–No, lo haré yo mismo, date prisa.

Mientras esperaban a Jelks, yo me separé de allí porque no quería oír las cosas que lady Turton decía a su marido. Volví en el momento en que regresaba el mayordomo, seguido de la otra mujer, Carmen La Rosa, quien se acercó rápidamente a la anfitriona.

–¡Natalia! ¡Mi querida Natalia! ¿Qué te han hecho?

–¡Oh, cállate! –contestó la otra–. ¡Quítate de enmedio!

Sir Basil se colocó muy cerca de la cabeza de su mujer, esperando a Jelks. Este avanzaba despacio, llevando una sierra en la mano y un hacha en la otra y se paró delante de él. Le enseñó ambas herramientas para que escogiera y hubo un momento, sólo un segundo o dos, de silencio y de espera. Por casualidad miré a Jelks en ese momento. Vi que la mano que llevaba el hacha sobresalía dos centímetros más en dirección a sir Basil. Fue un movimiento tan imperceptible que nadie se dio cuenta. Adelantó la mano, lenta y secretamente, con una oferta acompañada quizá de un pequeñísimo enarcamiento de cejas.

No estoy seguro de que sir Basil lo viera, pero dudó unos instantes y, de nuevo, la mano que llevaba el hacha se extendió hacia delante. Era exactamente igual que ese truco de las cartas, en que un hombre te dice «coge la que quieras» y siempre se coge la que él quiere.

Sir Basil cogió el hacha. Le vi acercarse a ella en actitud casi sonámbula y luego aceptarla de Jelks. Pero en el momento en que la asió entre sus manos, pareció darse cuenta de lo que se quería de él y volvió a la vida.

Para mí, después de aquello, fue como ese terrible instante en que se ve a un niño cruzando la calle en el momento en que viene un coche y lo único que se puede hacer es cerrar los ojos y esperar a que el ruido nos diga lo que ha sucedido. El momento de la espera se convierte en un lúcido período de tiempo lleno de lunares amarillos y negros, que bailan en un campo oscuro y aunque se abran los ojos y se encuentre con que nadie está herido, ni muerto, no existe ninguna diferencia, porque en nuestra imaginación sucedió así.

Yo vi este accidente, con todos sus detalles, y no abrí los ojos hasta que oí la voz de sir Basil llamando con ligera insistencia al mayordomo.

–Jelks –llamó. Al mirar le vi, tranquilo como siempre, sosteniendo aún el hacha con las manos. La cabeza de lady Turton estaba allí también, todavía metida en el agujero, pero su rostro tenía un color gris ceniza y su boca se abría y se cerraba, emitiendo sonidos inarticulados.

–Escucha, Jelks –dijo sir Basil–. ¿En qué estabas pensando? Esto es demasiado peligroso. Dame la sierra.

Al cambiar los instrumentos, vi por primera vez colorearse las mejillas de ella y, encima, en torno a los ojos, las arrugas que se producen cuando uno sonríe.

NUNC DIMITTIS

Es casi medianoche y veo que si no empiezo a escribir esta historia ahora, nunca lo haré. Toda la tarde he estado aquí sentado, forzándome a mí mismo a empezar, pero cuanto más pensaba en ello,
más avergonzado y disgustado me sentía por todo el asunto.

Mi idea –y creo que era buena– era intentar descubrir, por un
proceso de confesión y análisis, una razón, o por lo menos una justi-
ficación, a mi deshonroso comportamiento hacia Janet de Pelagia. En
esencia, lo que yo quería era dirigirme a un oyente imaginario y com-
prensivo, alguien afable y justo a quien pudiera contar sin avergon-
zarme todos los detalles de este desafortunado episodio. Espero que
no me resulte demasiado difícil.

Si he de ser franco conmigo mismo, supongo que deberé admitir
que lo más molesto no es el sentido de mi propia vergüenza, ni siquiera haber herido los sentimientos de la pobre Janet, sino la seguridad de que soy un loco y de que todos mis amigos, si todavía puedo
llamar así a aquella gente tan agradable y cariñosa que venía tan a
menudo a casa, me consideran un hombre vicioso y vengativo. Sí, eso
hiere. Si les digo que mis amigos eran toda mi vida, entonces quizá
empiecen a comprenderme.

¿Sí? Lo dudo, a menos que pierda unos instantes contándoles so-
meramente la clase de persona que soy.

Bueno, veamos. Ahora que lo pienso, supongo que yo pertenezco a un tipo raro pero muy definido, el clásico hombre de mediana edad, rico, con cultura, adorado (he escogido la palabra cuidadosamente) por sus numerosos amigos debido a su encanto, su dinero, su aire de universidad, su generosidad, y espero sinceramente que por él mismo también. Este tipo sólo lo encontrarán en las grandes capitales: Londres, París, Nueva York... de eso estoy seguro. El dinero que tiene fue ganado por su difunto padre, cuyo recuerdo no estima demasiado. No es culpa suya, porque hay algo en su naturaleza que le atrae secretamente a despreciar a la gente que nunca ha tenido el ingenio de aprender la diferencia que existe entre Rockingham y Spode, Waterford y Venetian, Sheraton y Chippendale, Monet y Manet y hasta Pommard y Montrachet.

Es, por lo tanto, un *connaisseur* que posee, sobre todas las cosas, un gusto exquisito. Sus cuadros de Constable, Bonington, Lautrec, Veuillard, Matthewe y Smith son tan maravillosos como puedan ser los de un museo. Precisamente por ser tan bellos y fabulosos crean una atmósfera misteriosa alrededor de él en la casa, algo que atormenta, que quita la respiración y aterroriza, sobre todo al pensar que tiene el poder y el derecho, si le apetece, de dar un puñetazo y hacer trizas un soberbio Denham, un Mont Saint-Victoire, un Arles Cornfield o un retrato de Cézanne. De las paredes que cuelgan estos cuadros se desprende un brillo de esplendor, una sutil emanación de grandeza, en la cual él vive, se mueve y se manifiesta, con una despreocupación equilibrada y realmente encantadora.

Invariablemente soltero, nunca parece verse complicado con las mujeres que le rodean y le aman tiernamente. Es posible, y esto seguramente no lo habrán notado ustedes, que exista una frustración, un descontento, un arrepentimiento en su interior; hasta un poco de aberración.

No creo necesario decir nada más. He sido muy franco. Ustedes deben conocerme ya lo suficiente como para juzgarme.

¿Puedo esperarlo...? Creo que sí, lo comprenderán cuado oigan mi relato. Quizá decidan que mucha culpa de lo que sucedió no es mía, sino de una dama llamada Gladys Ponsonby. Después de todo, ella fue la que comenzó. Si yo no hubiera acompañado aquella noche a Gladys Ponsonby, hace unos seis meses, y ella no me hubiera hablado tan libertinamente acerca de algunas personas y algunas cosas, este trágico asunto nunca hubiera tenido lugar.

Si no recuerdo mal, fue en diciembre último; había estado cenando con los Ashenden en su magnífica casa, que da a la parte sur de Regent's Park. Había bastante gente pero, aparte de mí mismo, Gladys Ponsonby era la única persona que había venido sola. Así que a la hora de marcharse me ofrecí a dejarla sana y salva en su casa. Ella aceptó y nos fuimos juntos en mi coche pero, desgraciadamente, al llegar a su casa insistió en que entrara y que tomara una copa «para el camino», como ella misma dijo. No quise parecer pedante, así que le dije al chófer que esperara y la llevé hasta su casa.

Gladys Ponsonby es una persona extremadamente bajita, no más de un metro cincuenta de estatura o quizá un poco menos: una de esas personas que, si se ponen a mi lado, me transmiten la algo cómica y vertiginosa sensación de verlas desde lo alto de una silla. Es viuda, un poco más joven que yo, debe de tener unos cincuenta y tres o cincuenta y cuatro años; es posible que hace treinta años fuera guapa, pero ahora su rostro está lleno de arrugas y no hay ningún rasgo que llame la atención. Los ojos, la nariz, la barbilla, la boca, están sepultados entre las arrugas de su pequeño rostro y no se distinguen fácilmente. Excepto, quizá, la boca, que me recuerda a un salmón.

En la salita, al darme el coñac, me di cuenta de que su mano temblaba un poco. Está cansada, me dije a mí mismo, así que no debo quedarme mucho tiempo. Nos sentamos juntos en el sofá y durante algún tiempo estuvimos hablando sobre la fiesta de los Ashenden y la gente que allí había. Finalmente, me levanté para marcharme.

—Siéntate, Lionel —dijo ella—, toma otro coñac.

—No, gracias, ya me marcho.

—Siéntate y no seas pesado. Yo voy a tomar otro y lo menos que puedes hacer es hacerme compañía mientras bebo.

Observé a esta pequeña mujer mientras iba hacia el bar, ligeramente vacilante y sosteniendo el vaso con ambas manos al frente, como si estuviera ofreciéndoselo a alguien. Al verla andar de esa forma, tan increíblemente pequeña y gruesa, me dio la ridícula sensación de que no tenía piernas por debajo de las rodillas.

—Lionel, ¿de qué te ríes?

Se había vuelto a mirarme y al escanciar la bebida cayeron algunas gotas al suelo.

—De nada, querida. Nada en absoluto.

—Bueno, pues deja de hacerlo y dime qué te parece mi nuevo retrato.

Me señaló un gran lienzo que estaba colgado encima de la chimenea y que yo había querido evitar mirar desde que entramos en la habitación. Era una cosa horrible. Pintado, según mis conocimientos, por un hombre que estaba de moda en Londres; un pintor muy mediocre llamado John Royden. Era un cuadro de cuerpo entero de Gladys, lady Ponsonby, pintado con una pericia especial que la hacía parecer alta y esbelta.

—Encantador —dije.

—¿Verdad que sí? Me alegro mucho de que te guste.

—Es precioso.

—Yo considero a John Royden un genio. ¿Tú no opinas así, Lionel?

—Bueno, eso es ir demasiado lejos.

—¿Quieres decir que es un poco pronto para asegurarlo?

—Exactamente.

—Escúchame, Lionel, supongo que esto no te sorprenderá. John Royden está tan solicitado que no hace un solo retrato por menos de mil guineas.

—¿De verás?

– ¡Oh, sí! Y todo el mundo hace cola, así como suena, hay que hacer cola para conseguir que te pinte.

–¡Muy interesante!

–Bien, ahora toma, por ejemplo, a ese Cézanne o como se llame. Estoy segura de que no ganó ese dinero en toda su vida.

–Nunca.

–¿Y dices que era un genio?

–Pues..., sí.

–Entonces Royden también lo es –dijo, sentándose otra vez en el sofá–, el dinero lo prueba.

Nos quedamos silenciosos mientras ella saboreaba su coñac. La mano le temblaba extraordinariamente y el vaso se movía cada vez que lo acercaba a los labios. Sabía que yo la observaba y sin volver la cabeza me miró de reojo.

–Te doy un penique por tus pensamientos.

Si hay una frase en el mundo que no pueda soportar es ésta. Me da hasta dolor físico en el pecho y empiezo a toser.

–Vamos, Lionel, un penique por ellos.

Moví la cabeza incapaz de contestar. De repente se volvió y puso el vaso en una mesita situada a su izquierda. La forma en que lo hizo pareció sugerir, no sé por qué, que se sentía desairada y que estaba limpiando la cubierta para lanzarse al abordaje. Aguardé desasosegado el movimiento siguiente. No había nada que decir. Me centré en mi puro con fruición, mirando intensamente las cenizas y lanzando el humo con lentitud hacia el techo. Ella no se movió. Estaba empezando a ver en aquella mujer algo que no me gustaba mucho, algo que me impulsaba a levantarme rápidamente y marcharme. Al mirarme de nuevo, me sonrió tímidamente con sus ojos hundidos, pero la boca, ¡oh, como la de un salmón!, estaba completamente rígida.

–Lionel, creo que te voy a confesar un secreto.

–¡Oh, Gladys!, lo siento pero tengo que irme.

–No te asustes, Lionel. No voy a decirte nada que te afecte a ti. Pareces asustado.

—Yo no guardo muy bien los secretos.

—He estado pensando en que eres un gran experto en pintura y esto te interesará.

Se sentó, quedándose completamente quieta, excepto los dedos que se movían todo el rato. Se retorcían perfectamente sobre sí mismos, como un grupo de blancas y pequeñas serpientes que jugueteaban en su regazo.

—¿No quieres oír mi secreto, Lionel?

—No es eso, es que es un poco tarde...

—Es probablemente el secreto mejor guardado de Londres. Un secreto de mujer. Supongo que lo conocen aproximadamente, veamos, unas treinta o cuarenta mujeres solamente. Ni un hombre, excepto él, claro está, John Royden.

No quería darle ánimos, así que no dije nada.

—En primer lugar me tienes que *prometer* que no lo dirás a nadie.

—¡Dios mío!

—¿Me lo *prometes*, Lionel?

—De acuerdo. Te lo prometo.

—Perfecto. Bueno, escucha.

Se inclinó para alcanzar el vaso de coñac y se sentó en el otro extremo del sofá.

—Supongo que ya sabrás que John Royden sólo pinta mujeres.

—No lo sabía.

—Y siempre son retratos completos, bien sea de pie o sentadas, como el mío. Míralo bien, Lionel. ¿Ves qué maravillosamente bien está pintado el vestido?

—Pues...

—Ve allí y míralo bien, por favor.

Me levanté sin muchas ganas y me dirigí hacia allí para examinar el retrato. Para mi sorpresa me di cuenta de que había aplicado tanta pintura al vestido que éste, en realidad, sobresalía del cuadro. Era un truco, bastante efectivo, pero ni difícil de hacer ni demasiado original.

–¿Ves? –dijo–. La pintura del vestido es más gruesa, ¿verdad?

–Sí, tienes razón.

–Pero hay algo más que eso, Lionel. Creo que lo mejor será que te describa lo que pasó la primera vez que fui a posar.

«¡Oh, qué pesada es esta mujer! ¿Cómo me escaparé?»

–Fue hace un año. Recuerdo lo ilusionada que yo estaba por ir al estudio de un gran pintor. Me puse un vestido que había comprado recientemente a Norman Hartnell y un sombrerito encarnado y me marché. El señor Royden me abrió la puerta y naturalmente enseguida quedé fascinada por él. Lucía una barba puntiaguda y sus ojos eran azules. Llevaba puesta una chaqueta negra de terciopelo. El estudio era enorme, con sofás y sillas de terciopelo rojo, le encanta el terciopelo, cortinas de terciopelo y hasta una alfombra de la misma tela en el suelo. Me senté, me dio una bebida y fue directo al grano. Me dijo que él pintaba de un modo diferente a los demás pintores. En su opinión, sólo había una manera de alcanzar la perfección para pintar un cuerpo de mujer y no debía asombrarme de oír cuál era.

»–No creo que me asombre, señor Royden –le dije.

»–Estoy seguro de que no –contestó él.

»Tenía los dientes blancos y perfectos y brillaban cuando sonreía.

»–Verá: es como sigue. Examine cualquier cuadro de mujer, no importa de quién; verá que aunque el traje esté bien pintado, produce un efecto de artificialidad, de vulgaridad, como si el traje envolviera un pedazo de madera. ¿Sabe por qué?

»–No, señor Royden, no lo sé.

»–Porque los mismos pintores no sabían en realidad lo que había debajo.

Gladys Ponsonby hizo una pausa para beber un sorbo de su vaso.

–Pareces muy asustado, Lionel. No hay nada de malo en esto. Cállate y déjame terminar. Entonces el señor Royden dijo:

»–Esta es la razón por la cual insisto en pintar primero el desnudo.

»–¡Cielo santo! –exclamé yo.

»—Si tiene algo que oponer, no me importa hacerle alguna concesión, lady Ponsonby —dijo—, pero prefiero de la otra forma.

»—No sé qué debo hacer, señor Royden.

»—Cuando la haya pintado así —continuó él—, tendremos que esperar algunas semanas a que se seque la pintura, después la pintaré con la ropa interior puesta y cuando esté seca de nuevo, la pintaré con el vestido. ¿Ve?, es muy fácil.

—¡Ese hombre es un farsante! —grité yo.

—¡No, Lionel, no, estás equivocado! ¡Si lo hubieras oído hablar! ¡Tan encantador, tan auténtico y sincero! Cualquiera podría ver que sentía lo que decía.

—Te digo, Gladys, que ese hombre es un farsante.

—No seas tonto, Lionel. Bueno, de todas formas, déjame acabar. Lo primero que le dije fue que mi marido, que entonces todavía vivía, nunca me lo consentiría.

»—Su marido nunca lo sabrá —contestó él—. ¿Por qué importunarle? Nadie sabe mi secreto, excepto las mujeres a quienes he pintado.

»Y como yo siguiera protestando, recuerdo que él dijo:

»—Mi querida lady Ponsonby, no hay nada inmoral en esto. El arte es sólo inmoral cuando lo practican los aficionados. Es lo mismo que la medicina. Usted no se negaría a desvestirse delante de su doctor, ¿verdad?

»Yo le dije que sí, si no hubiera ido a visitarlo por un dolor de oídos. Esto le hizo reír, pero continuó dándome buenas razones y debo confesar que fue tan convincente que al cabo de un rato cedí y así acabó la cosa. Bueno, ahora, mi querido Lionel, ya sabes el secreto.

Se levantó y fue a llenarse una nueva copa de coñac.

—Gladys, ¿todo eso es verdad?

—¡Claro que es verdad!

—¿Quieres decir que ésa es la forma en que pinta a todas sus modelos?

—Sí, y lo que tiene gracia es que los maridos nunca saben nada. Todo lo que ven es un retrato de sus esposas completamente vestidas.

Naturalmente no hay nada malo en que las pinten desnudas, los artistas lo hacen habitualmente, pero nuestros tontos maridos, si se enteran, siempre tienen algo que objetar a esas cosas.

—¡Caramba!, ese tipo ha tenido vista.

—Yo creo que es un genio.

—Estoy seguro de que cogió la idea de Goya.

—¡Tonterías, Lionel!

—¡Claro que sí! Pero, escúchame, Gladys, quiero que me digas algo: ¿tú sabías por casualidad esta peculiar técnica de las pinturas de Royden antes de visitarle?

Cuando le hice la pregunta estaba vertiendo el coñac en el vaso. Dudó unos momentos y volvió la cabeza para mirarme, con una sonrisa a flor de labio.

—¡Maldito seas, Lionel! —dijo, mirándome—. ¡Eres demasiado inteligente! ¡Siempre me lo descubres todo!

—Lo sabías, ¿verdad?

—¡Claro! Hermione Girdlestone me lo dijo.

—¡Lo que me imaginaba!

—No hay nada malo en ello.

—Nada —dije yo—, absolutamente nada.

Ahora lo veía todo claro. Este Royden era, en verdad, un aprovechado, que practicaba de maravilla un truco psicológico. El hombre sabía muy bien que había un gran número de mujeres ricas e indolentes que se levantaban al mediodía y se pasaban el resto de la jornada tratando de calmar su aburrimiento con el bridge, la canasta y las compras, hasta que llegaba la hora del cóctel. Lo único que ansiaban era algo nuevo, fuera de lo normal y, cuanto más caro, mejor. Naturalmente, la noticia de una nueva diversión como ésta se extendió en sus círculos como la viruela. Veía en mi imaginación a la regordeta Hermione Girdlestone inclinándose en la mesa de la canasta y hablándoles de ello:

«Mis queridas amigas, es realmente fascinador... No os puedo decir lo intrigante que resulta, mucho más divertido que ir al médico...»

139

—No se lo dirás a nadie, Lionel, ¿verdad? Me lo has prometido.

—No, claro que no, pero ahora debo marcharme, Gladys, en serio.

—¡No seas tonto! Estoy empezando a divertirme. Quédate por lo menos hasta que termine esta bebida.

Me senté pacientemente en el sofá mientras ella continuaba bebiendo su interminable vaso de coñac. Ella me miraba por el rabillo del ojo, de esa forma tan especial suya. Estaba seguro de que me iba a contar otro cotilleo o escándalo. Sus ojos tenían la curiosa mirada de las serpientes y un extraño pliegue en la boca; en el aire flotaba –o quizá fuera yo quien lo imaginaba– una sensación de peligro.

Luego, de repente, tan de repente que yo di un brinco, dijo:

—Lionel, ¿qué hay entre tú y Janet de Pelagia?

—Oye, Gladys, por favor...

—¡Lionel, te has puesto colorado!

—¡Tonterías!

—¡No me digas que el solterón ha caído al fin!

—¡Gladys, esto es absurdo!

Hice ademán de marcharme, pero me puso la mano en la rodilla y me detuvo.

—¿No sabes, Lionel, que ya no hay secretos?

—Janet es una chica estupenda.

—Ya no se la puede llamar chica.

Gladys Ponsonby hizo una pausa, mirando su vaso de coñac, que sostenía con ambas manos.

—Claro, estoy de acuerdo contigo, Lionel; es una persona maravillosa en todos los sentidos. Excepto –habló muy despacio–, excepto que dice algunas cosas un poco raras de vez en cuando.

—¿Qué cosas?

—Cosas. Cosas de la gente..., de ti.

—¿Qué ha dicho de mí?

—Nada, Lionel, no tiene importancia.

—¿Qué dijo de mí?

—No vale la pena repetirlo, de veras. Es sólo que me extrañó, porque no era el momento de decirlo.

—Gladys, ¿qué dijo?

Mientras esperaba su contestación, sentía el sudor extenderse por todo mi cuerpo.

—Bueno, veamos. Claro que, seguramente, estaría bromeando, si no, no te lo hubiera dicho nunca: dijo que eras muy pesado.

—¿Que era pesado?

—Sí.

Gladys Ponsonby se acabó el coñac de un trago y se sentó muy erguida.

—Si quieres saber la verdad, dijo que eras insoportable. Y luego...

—¿Qué más dijo?

—Mira Lionel, no te excites, sólo te lo digo por tu propio bien.

—Entonces, dímelo enseguida.

—Esta tarde he estado jugando a la canasta con Janet y le he preguntado que si estaba libre para cenar conmigo mañana. Ella me ha contestado que no podía.

—Continúa.

—Bueno, lo que ha dicho exactamente es: «Ceno con el pesado de Lionel Lampson.»

—¿Janet ha dicho eso?

—Sí, querido Lionel.

—¿Qué más?

—Bueno, ya está bien, no creo que deba decirte el resto.

—¡Acaba, por favor!

—Pero Lionel, ¡no me grites de esa manera! Claro que te lo diré si insistes. Además, no me consideraría una verdadera amiga si no lo hiciera. ¿No crees que el verdadero signo de la amistad se demuestra cuando dos personas, como nosotros, por ejemplo...?

—¡Gladys, por favor, date prisa!

—¡Santo cielo! Dame tiempo para pensar. Veamos... Según yo recuerdo, lo que ha dicho exactamente es esto...

141

Gladys Ponsonby, sentada en el sofá sin que los pies le llegaran al suelo y mirando a la pared, empezó a imitar la voz que yo conocía tan bien:

—«Es una lata, querida, porque con Lionel siempre se puede decir lo que va a pasar exactamente desde el principio hasta el final. Iremos a cenar a la parrilla del Savoy, ¡siempre al Savoy!, y durante dos horas tendré que escuchar a ese viejo... divagar sobre porcelanas y cuadros, siempre los mismos temas. Luego, en el taxi que nos devuelva a casa, me cogerá la mano y se acercará más a mí y yo sentiré su aliento de cigarro puro y coñac. El me susurrará que le gustaría ser veinte años más joven. Yo le diré: ¿puedes abrir la ventana, por favor? Al llegar a casa le diré que haga esperar al taxi, pero él fingirá no haber oído y le despedirá después de haberle pagado rápidamente. Luego, en la puerta, mientras busco mi llave, me mirará con ojos de perrito triste. Yo meteré la llave lentamente en la puerta, luego le daré la vuelta, y entonces, muy aprisa, antes de que tenga tiempo de moverse, le diré buenas noches, me meteré dentro y cerraré la puerta tras de mí...»

»¡Pero, Lionel! ¿Qué te pasa? Pareces enfermo...

Después de esto, gracias a Dios, debí de sufrir una suerte de desmayo. Prácticamente, ya no recuerdo nada de aquella terrible noche excepto una vaga y perturbadora sospecha de que al recobrar la consciencia me hundí del todo y permití a Gladys que me reconfortara de diferentes formas. Más tarde, creo que salí de su casa y me fui a la mía; pero no recuerdo casi nada hasta que desperté en mi cama, a la mañana siguiente.

Me desperté débil y maltrecho. Me quedé con los ojos cerrados tratando de poner en orden los acontecimientos de la noche anterior; la sala de estar de Gladys Ponsonby: Gladys en el sofá, bebiendo coñac, su cara arrugada, la boca como la de un salmón y las cosas que había dicho... ¿Qué era lo que había dicho? ¡Ah, sí, de mí! ¡Dios mío, es verdad!, ¡de Janet y de mí! Aquellos comentarios ultrajantes e increíbles. ¿Los habría dicho Janet de verdad?

Recuerdo con qué espantosa rapidez creció mi odio hacia Janet de Pelagia. Sucedió en pocos minutos. Fue un odio repentino y violento que se despertó en mí, llenándome de tal forma que creí ir a estallar; traté de quitármelo de la imaginación, pero perduraba en mí como la fiebre, y al momento ya estaba buscando un buen método de desquite como cualquier gángster.

Una extraña manera de comportarse para un hombre como yo, dirán ustedes, a lo que yo contestaría que no, si se consideran las circunstancias. A mi juicio, esto era lo que podía llevar a un hombre al asesinato.

Desde luego, si no hubiera sido por el pensamiento sádico que me incitó a buscar una forma más sutil de castigar a mi víctima, podría haber sido un asesino. Pero decidí que simplemente matarla era demasiado bueno para esa mujer y demasiado crudo para mi gusto, así que empecé a buscar una alternativa superior.

Normalmente no soy persona que planee las cosas de antemano. Lo considero odioso y no lo he hecho nunca, pero la furia y el odio pueden concentrarse en la mente de un hombre hasta un grado extraordinario. En un momento preparé un plan tan maquiavélico que la idea me sedujo por completo. Cuando tuve los detalles aclarados y las dificultades resueltas, mi humor vengativo se trocó en otro de extremo júbilo. Recuerdo que empecé a balancearme en la cama, con las manos en las rodillas. El paso siguiente fue buscar en el listín un número de teléfono. Cuando lo encontré, cogí el teléfono y marqué el número.

–¿Óigame? ¿Es el señor Royden? ¿John Royden?

–Al habla.

Bueno, no fue fácil persuadir al hombre de que viniera a verme un momento. Yo no le conocía pero, naturalmente, él conocía mi nombre, como importante coleccionista de cuadros y una persona influyente en la sociedad. Era un buen anzuelo para pescarlo.

–Creo, señor Lampson, que estaré libre dentro de un par de horas. ¿Le parece bien?

Le dije que estaba de acuerdo, le di mi dirección y colgué.

Salté de la cama. Era asombroso lo ligero que me sentía para ser un hombre que un momento antes sufría la agonía de la desesperación y miraba al crimen y al suicidio como una posible solución. Ahora estaba silbando un aria de Puccini en el baño. A cada momento me frotaba las manos con intenciones diabólicas y una vez que, al estar haciendo gimnasia, me caí al suelo, reí muy a gusto, como un estudiante.

A la hora convenida, se presentó el señor Royden.

Me levanté para saludarle. Era un hombre pequeño, con una barbita de chivo. Llevaba una chaqueta negra de terciopelo, corbata marrón, suéter rojo y zapatos negros de ante.

Le tendí la mano.

—Me alegro de que haya venido tan pronto, señor Royden.

—Ha sido un placer, señor.

Los labios del hombre, como casi todos los labios de los barbudos, parecían húmedos y desnudos, indecentes, brillando entre la barba. Después de decirle cuánto admiraba su arte, fui al grano.

—Señor Royden, quiero hacerle una proposición, algo muy personal.

—¿Qué es ello, señor Lampson?

Estaba sentado frente a mí e inclinó la cabeza a un lado rápidamente, como un pájaro.

—Naturalmente, sé que puedo confiar en su discreción en todo cuanto le diga.

—Completamente, señor Lampson.

—Muy bien. Mi proposición es ésta: hay cierta señora en la ciudad cuyo retrato me gustaría que usted pintara. Tengo mucho interés en poseer una buena pintura de ella, pero hay algunas complicaciones. Por ejemplo, tengo mis razones para no desear que ella sepa que soy yo quien le paga el retrato.

—Quiere decir...

—Exactamente, señor Royden, eso es lo que quiero decir. Como hombre de mundo, supongo que lo comprenderá.

Sonrió de una forma poco agradable y movió la cabeza afirmativamente.

–¿No es posible –dije yo– que un hombre sea..., cómo diría yo..., esté interesado por una señora y tenga sus razones para que ella no lo sepa todavía?

–Más que posible, señor Lampson.

–A veces el hombre debe tener mucha precaución, esperando pacientemente el momento oportuno para revelarse.

–Exactamente, señor Lampson.

–Hay más formas de atrapar a un pájaro, aparte de cazarlo en el bosque.

–Así es, señor Lampson.

–Poniéndole sal en la cola, por ejemplo.

–¡Ja, ja, ja...!

–Bien, señor Royden, veo que comprende. ¿Conoce, por casualidad, a una señora llamada Janet de Pelagia?

–¿Janet de Pelagia? A ver... sí. Por lo menos he oído hablar de ella. No puedo decir que la conozca.

–Es una pena, esto lo hace un poco más difícil. ¿Cree usted que podría intentar conocerla, quizá en una fiesta o algo así?

–No es difícil, señor Lampson.

–Estupendo, porque lo que yo sugiero es que llegue hasta ella y le diga que es el modelo que ha estado buscando durante años. La cara, la figura, los ojos, todo. Usted sabe cómo se hacen esas cosas. Luego pregúntele si le gustaría posar para usted sin pagar nada. Dígale que le gustaría hacer un cuadro suyo para la Exposición de la Academia del próximo año. Estoy seguro de que estará encantada de poderle ayudar y también muy halagada. Usted la pintará. Después exhibirá el cuadro en la exposición. Nadie, excepto usted, tiene necesidad de saber que yo he comprado el cuadro.

Los pequeños y redondos ojos del señor John Royden me miraban cautelosamente y su cabeza se inclinaba otra vez hacia un lado. Estaba sentado en el borde de la silla, y en esa posición, con su suéter encarnado, me recordaba a un petirrojo en una ramita, oyendo un ruido sospechoso.

—No hay nada malo en ello —expliqué—, llamémosle, si quiere, una pequeña e inofensiva estratagema, perpetrada por un..., bueno, un viejo romántico.

—Lo sé, señor Lampson, lo sé.

Parecía dudar un poco todavía, así que yo añadí:

—Estoy dispuesto a pagarle el doble de lo normal.

Esto le convenció.

—Bien, señor Lampson, debo decirle que estas cosas no entran en mi trabajo, pero de todas formas, sería un hombre despiadado si rehusara un..., ¿cómo lo llamaríamos?, un trabajo tan romántico.

—Quiero un retrato de cuerpo entero, por favor, señor Royden. Un gran lienzo, veamos, dos veces el tamaño de aquel Manet que está colgado en la pared.

—¿Uno cincuenta por uno setenta y cinco?

—Sí, y quiero que esté de pie, en su actitud más esbelta.

—Comprendo, señor Lampson. Será para mí un placer pintar a una señora tan encantadora.

«Espero que sí», me dije a mí mismo. Luego añadí en voz alta:

—Lo dejo todo en sus manos, y, por favor, no olvide que es un secreto entre nosotros dos.

Cuando se marchó, intenté sentarme y respirar profundamente veinte veces. Tenía ganas de saltar y gritar de alegría como un idiota. Nunca me había sentido tan excitado. ¡Mi plan marchaba! Lo más difícil ya había pasado. Ahora tenía que esperar mucho tiempo. Por su modo de pintar, me imaginaba que tardaría varios meses en acabar el cuadro. Tendría que ser paciente.

Entonces decidí que lo mejor sería marcharme al extranjero mientras tanto. A la mañana siguiente, después de mandar una nota a Janet, con quien tenía una cita aquella noche, me fui a Italia.

Allí lo pasé muy bien, como siempre, aunque mi excitación iba en aumento, esperando el gran momento.

Volví cuatro meses más tarde, en julio, el día siguiente de la apertura de la Real Academia y vi que mi plan se había realizado en mi ausencia. El cuadro de Janet de Pelagia figuraba en la exposición y obtuvo los comentarios más favorables de crítica y público. Yo me abstuve de ir a verlo, pero Royden me dijo por teléfono que ya había habido varias personas que habían querido comprarlo aunque se les dijo que no estaba a la venta. Cuando acabó la exposición, Royden me mandó el cuadro a casa y recibió el dinero.

Lo llevé inmediatamente a mi cuarto de trabajo y lo examiné concienzudamente. El hombre la había pintado de pie con un traje de noche negro y al fondo había un sofá encarnado. Su mano izquierda descansaba en el respaldo de una pesada silla, también roja, y una gran lámpara de cristal colgaba del techo.

«¡Dios mío! –pensé–. ¡Qué cosa tan horrible!»

El retrato no estaba mal del todo. Había captado la expresión de la mujer, la cabeza un poco inclinada, los grandes ojos azules, la boca con una ligera sonrisa en la comisura de los labios. Naturalmente, la había mejorado. No había una sola arruga en su rostro, ni un gramo de grasa bajo su barbilla. Me incliné más para examinar su vestido. Sí, ahí la pintura era más gruesa, mucho más. Después de eso, incapaz de esperar un minuto más, me quité la chaqueta, preparado para empezar a trabajar.

Quiero mencionar aquí que soy un experto en restaurar pinturas. La restauración es, en sí misma, un proceso simple, siempre que se tenga cuidado y paciencia. Los profesionales que hacen un secreto de su negocio y obligan a pagar precios desorbitantes no tienen nada que ganar conmigo. En lo que a mis pinturas se refiere, siempre hago el trabajo yo mismo.

Saqué la trementina, y añadí unas gotas de alcohol. Luego puse un poco de algodón en rama, lo estrujé, y muy suavemente, con movimientos circulares, empecé a pasarlo por la negra pintura del vestido. Deseé ardientemente que Royden hubiera esperado a que se secara cada una de las pinturas antes de poner las otras encima; si no, las dos pinturas se mezclarían y lo que tenía en mi mente sería imposible. Pronto lo sabría. Estaba trabajando en una parte del vestido negro correspondiente al estómago de la señora y tomé mucho tiempo para igualar mi mezcla, añadiendo una o dos gotas de alcohol y volviendo a probar, hasta que finalmente fue lo suficientemente fuerte para hacer saltar el pigmento.

Durante casi una hora trabajé en ese pequeño recuadro negro, yendo cada vez más despacio, según iba saltando la pintura. Luego apareció un trocito de rosa que se fue extendiendo hasta que todo el recuadro fue de color rosa. Rápidamente lo neutralicé con trementina pura.

Hasta ahora todo iba bien. Estaba seguro de que se podía quitar la pintura negra sin estropear la que había debajo. Si tenía paciencia y pericia, lo llegaría a quitar todo. También había descubierto la mezcla que se tenía que usar y hasta qué extremo podía frotar la pintura; ahora todo iría mucho más rápido.

Debo decir que resultaba una cosa muy divertida. Primero trabajé a partir de la pintura hacia abajo y cuando borré el vuelo inferior del vestido, poco a poco, con el algodón, una extraña prenda rosa salió a relucir. No tenía ni idea de cómo se llamaba, pero era un aparato enorme, hecho de algo que parecía material elástico y su fin era, aparentemente, contener y comprimir las grasas de la mujer para corregirle la figura, para dar una falsa impresión de delgadez. Al proseguir hacia abajo, llegué a un raro grupo de sujetadores, también de color rosa, que estaban unidos al armazón elástico y que caían unos diez o doce centímetros, para engancharse a las medias.

Todo este conjunto me pareció una cosa fantástica. Di un paso atrás para verlo mejor; me dio la impresión de haber sido burlado, porque ¿no había estado yo admirando durante los últimos meses la figura de sílfide de esta señora? Me había engañado, de eso no había duda. Pero ¿habrá más mujeres que causen la misma decepción?, pensé yo. Sabía, desde luego, que, en los tiempos de las fajas y corsés, era corriente que las mujeres se apretaran tanto. Sin embargo, por alguna razón, tenía la impresión de que hoy en día lo único que tenían que hacer era dieta.

Cuando terminé la parte inferior del vestido, inmediatamente me dediqué a la parte superior, empezando desde la cintura de la señora hacia arriba. En la cintura, había una porción de carne desnuda; luego, bajo el pecho y rodeándolo, llegué a una prenda hecha de una gruesa tela negra, bordeada de encaje. Esto era el sostén, lo sabía bien, otro formidable arreglo de tirantes negros hábil y científicamente colocados, como los cables que sostienen un puente colgante.

«¡Dios mío! Nunca se sabe todo», pensé.

Por fin el trabajo quedó terminado. Di un paso atrás para echar una mirada al cuadro.

Realmente era una vista hermosa. Esa mujer, Janet de Pelagia, casi de tamaño natural, en ropa interior, parecía estar en un salón, con una lámpara encima de su cabeza y una silla a su lado. Ella misma, y esto para mí era lo más horrible, parecía despreocupada, con sus grandes y plácidos ojos azules y sonriendo ligeramente con su preciosa boca. También noté con disgusto que tenía las piernas muy torcidas, como un caballo. Se lo digo francamente, todo esto empezó a intranquilizarme. Sentí como si no tuviera derecho a estar en la habitación y desde luego mucho menos a mirar el cuadro. Salí y cerré la puerta tras de mí, pues me pareció que era lo más decente que podía hacer.

Ahora, ¡el paso decisivo!

No piensen que porque no lo haya mencionado desde hace tiempo, se había apagado mi sed de venganza durante los últimos meses: por el contrario, había crecido. Estaba impaciente por saber lo que iba a pasar después de haber organizado toda mi trama. Aquella noche, por ejemplo, ni siquiera me fui a la cama, tan nervioso me encontraba.

No podía esperar a mandar las invitaciones: estuve toda la noche preparándolas y poniendo las direcciones en los sobres. Había veintidós en total y yo quería que cada una de ellas fuera una nota personal:

«Doy una pequeña cena el viernes por la noche, día veintidós, a las ocho. Espero que venga. Tengo muchas ganas de verle de nuevo...»

La primera, y en la que más cuidé mis frases, fue para Janet de Pelagia. En ella le decía que había sentido no verla en tanto tiempo...; había estado en el extranjero..., ya era hora de que nos reuniéramos otra vez, etc., etc. La siguiente fue para Gladys Ponsonby, luego a Hermione Girdlestone, otra a la princesa Bicheno, la señora Cudbird, sir Huber Kaul, la señora Galbally, Peter Euan-Thomas, James Pisker, sir Eustace Piegrome, Peter van Santen, Elizabeth Moynihan, lord Mulherrin, Bertran Sturt, Philip Cornelius, Jack Hill, lady Akeman, la señora Icely, Humphrey King-Howard, Johnny O'Coffey, la señora Uvary y la condesa de Waxworth.

Era una lista cuidadosamente seleccionada que contenía los hombres más distinguidos y las mujeres de más influencia y brillantez de la mejor sociedad.

Me daba cuenta de que una cena en mi casa era considerada como una ocasión excepcional; a todo el mundo le gustaba venir.

Ahora, mientras iba escribiendo las invitaciones, me imaginaba el placer de las señoras, teléfono en mano, la mañana que recibieran la invitación, voces chillonas hablando con voces más chillonas todavía... «Lionel da una fiesta... ¿A ti también te ha invitado? ¡Querida, qué ilusión! La comida es siempre estupenda... y él es un hombre tan encantador, ¿verdad? Aunque... si...»

¿Sería esto lo que dirían? De repente se me ocurrió que no sería de esta forma. Quizá de esta otra: «... Estoy de acuerdo, querida, pero ¿no crees que es un poco pesado...? ¿Qué decías? ¿Aburrido? Terriblemente, querida, has dado en el clavo... ¿Oíste lo que dijo Janet de Pelagia de él...? Sí, creo que lo oíste. Gracioso, ¿verdad? ¡Pobre Janet! No comprendo cómo lo ha aguantado tanto tiempo...»

Mandé las invitaciones y al cabo de dos días, con excepción de la señora Cudbird y sir Hubert Kaul que estaban fuera, todos habían aceptado venir.

A las ocho y media de la noche del veintidós, el salón estaba lleno de gente. Estaban repartidos por la sala, admirando los cuadros, bebiendo martinis, hablando en voz alta. Las damas olían a perfume, los hombres cuidadosamente vestidos de etiqueta. Janet de Pelagia llevaba el mismo vestido negro del retrato y cada vez que la miraba, una visión me venía a la mente y la veía en ropa interior con el sostén negro, la faja elástica rosa, las ligas y las piernas torcidas.

Me moví de un grupo a otro, hablando amigablemente con todos. Detrás de mí oía a la señora Galbally contando a sir Eustace Piegrome y a James Pisker que el hombre que estaba sentado en la mesa de al lado, en el Claridge, la noche anterior, tenía pintura de labios en su bigote blanco. «Lo tenía completamente pegado –decía– y tendría unos noventa años...» En la otra parte, lady Girdlestone estaba diciéndole a alguien dónde se podían conseguir trufas cocinadas «al coñac»; también vi a la señora Icely susurrando algo a lord Mulherrin, mientras su esposo movía la cabeza dubitativamente de un lado a otro.

Se anunció la cena y todos salimos

–¡Cielos! –exclamaron todos al entrar en el comedor–. ¡Qué oscuro y siniestro!

–¡No veo nada!

–¡Qué candelabros tan bonitos!

–¡Qué romántico, Lionel!

Había seis candelabros muy finos a dos pies uno del otro, a lo largo de la mesa. Las lucecillas daban una luz interesante en la mesa, pero el resto del comedor permanecía a oscuras. Era divertido y aparte del hecho de que favorecía mis propósitos fue un cambio agradable. Los invitados se sentaron en sus puestos y la comida empezó.

Todos parecían disfrutar de aquella nueva luz y fue una noche perfecta, aunque la oscuridad les hizo hablar mucho más alto que de ordinario. La voz de Janet de Pelagia me pareció particularmente estridente. Estaba sentada junto a lord Mulherrin y le oía contar lo mucho que se había aburrido en Cap Ferrat la semana anterior.

«Nada más que franceses en todas partes –insistía–, sólo franceses en todas partes...»

Yo iba observando las velas. Eran tan finas que no suponía que pasara mucho tiempo antes de que se quemaran por completo. Estaba terriblemente nervioso, lo confieso, pero al mismo tiempo muy excitado, casi borracho. Cada vez que oía la voz de Janet o la veía a través de las luces de los candelabros, sentía en mí el fuego de la excitación.

Estaban comiéndose las fresas cuando al fin decidí que había llegado la hora. Respiré profundamente y dije en voz alta:

–Tendremos que encender las luces, la luz de las velas se está terminando.

–María –llamé–, ¿quiere encender las luces, por favor?

Tras mis palabras se hizo un momento de silencio. Oí a la doncella ir hacia la puerta, el sonido del interruptor al dar la luz y la habitación dejó de estar en tinieblas. Todos cerraron los ojos y al volverlos a abrir se miraron unos a otros.

En este punto, me levanté de mi silla y salí de la habitación sin hacer ruido, pero al hacerlo vi algo que nunca olvidaré mientras viva. Fue Janet, con ambas manos en el aire, de repente estática, rígida, sin poder continuar la conversación con alguien al otro lado de la mesa. Sorprendida, abrió un poco la boca, con la expresión de la persona a quien acaban de dispararle un tiro en el corazón.

Fuera, en el *hall*, me detuve y oí el principio de la confusión, los gritos de las damas y las exclamaciones sorprendidas y enfadadas de los hombres. Pronto hubo un gran jaleo; todo el mundo hablaba y gritaba al mismo tiempo. Luego, y éste fue el mejor momento para mí, oí la voz de lord Mulherrin gritando por encima de todos:

–¡Vengan aquí enseguida con un vaso de agua, por favor!

Ya en la calle, el chófer me ayudó a subir al coche y pronto estuvimos fuera de Londres, por Great North Road hacia mi otra casa, que estaba a ciento cincuenta kilómetros de la ciudad.

Durante los días siguientes me estuve regocijando de mi hazaña; estaba como en un sueño de éxtasis, medio ahogado en mi propia complacencia y con un placer tan grande, que continuamente notaba pinchazos en la parte baja de mis piernas.

Al cabo de tres o cuatro días, Gladys Ponsonby me telefoneó. Fue entonces cuando desperté de mi sueño y me di cuenta de que no era un héroe, sino un fracasado. Me informó con voz helada por el disimulo que todos estaban contra mí, mis viejos amigos decían cosas horribles y juraban que nunca volverían a hablarme.

Excepto ella, me dijo, todos menos ella. ¿No sería estupendo, me preguntó, que viniera a mi casa y estuviera unos días conmigo para animarme?

Me temo que en aquellos momentos estaba demasiado trastornado para contestar educadamente. Colgué el teléfono y me puse a llorar.

Hoy al mediodía ha llegado la bomba final. Ha venido por correo, y casi no puedo decirlo de pura vergüenza, en forma de la carta más dulce y más tierna que nadie pueda escribir, salvo la pobre Janet de Pelagia. Me perdonaba por completo, escribía, por todo lo que había hecho. Sabía que era una broma y no debía hacer caso de las cosas tan horrendas que decían de mí. Me amaba igual que antes y siempre me amaría hasta la muerte.

¡Qué estúpido me he sentido al leer esto! Se ha acrecentado mi vergüenza y todavía más al comprobar que junto a la carta me había mandado un pequeño regalo en prueba de su afecto, una lata de mi bocado favorito: caviar fresco.

En ninguna circunstancia puedo rehusar comer caviar bueno. Es, realmente, mi mayor debilidad. Así, aunque no tenía ningún apetito esta noche, debo confesar que a la hora de la cena he tomado varias cucharadas de esta pasta, en un esfuerzo por consolarme a mí mismo en mi desgracia. Es muy posible que haya comido demasiado porque no me he sentido muy bien en las últimas horas. Quizá debería tomarme un poco de bicarbonato y soda. Luego, cuando me encuentre mejor, terminaré de escribir...

¿Saben una cosa? Cada vez que pienso en ello, me pongo enfermo.

LA PATRONA

Billy Weaver había salido de Londres en el cansino tren de la tarde, con cambio en Swindon, y a su llegada a Bath, a eso de las nueve de la noche, la luna comenzaba a emerger de un cielo claro y estrellado, por encima de las casas que daban frente a la estación. La atmósfera, sin embargo, era mortalmente fría, y el viento, como una plana cuchilla de hielo aplicada a las mejillas del viajero.

–Perdone –dijo Billy–, ¿sabe de algún hotel barato y que no quede lejos?

–Pruebe en La Campana y el Dragón –le respondió el mozo al tiempo que indicaba hacia el otro extremo de la calle–. Quizá allí. Está a unos cuatrocientos metros en esa dirección.

Billy le dio las gracias, volvió a cargar la maleta y se dispuso a cubrir los cuatrocientos metros que le separaban de La Campana y el Dragón. Nunca había estado en Bath ni conocía a nadie allí; pero el señor Greenslade, de la central de Londres, le había asegurado que era una ciudad espléndida. «Búsquese alojamiento –dijo–, y, en cuanto se haya instalado, preséntese al director de la sucursal.»

Billy contaba diecisiete años. Llevaba un sobretodo nuevo, color azul marino, un sombrero flexible nuevo, color marrón, y un traje también marrón y nuevo, y se sentía la mar de bien. Caminaba a paso vivo calle abajo. En los últimos tiempos trataba de hacerlo todo con

155

viveza. La viveza, había resuelto, era, por excelencia, característica común a cuantos hombres de negocios conocían el éxito. Los jefazos de la casa matriz se mostraban en todo momento dueños de una absoluta, fantástica viveza. Eran asombrosos.

No había tiendas en la anchurosa calle por donde avanzaba, sólo una hilera de altas casas a ambos lados, idénticas todas ellas. Dotadas de pórticos y columnas, y de escalinatas de cuatro o cinco peldaños que daban acceso a la puerta principal, era evidente que en otros tiempos habían sido residencias de mucho postín. Ahora sin embargo, observó Billy pese a la oscuridad, la pintura de puertas y ventanas se estaba descascarillando y las hermosas fachadas blancas tenían manchas y resquebrajaduras debidas a la incuria.

De pronto, en una ventana de unos bajos brillantemente iluminados por una farola distante menos de seis metros, Billy percibió un rótulo impreso que, apoyado en el cristal de uno de los cuarterones altos, rezaba: ALOJAMIENTO Y DESAYUNO. Justo debajo del cartel había un hermoso y alto jarrón con amentos de sauce.

Billy se detuvo. Se acercó un poco. Cortinas verdes (una especie de tejido como aterciopelado) pendían a ambos lados de la ventana. Junto a ellas, los amentos de sauce quedaban maravillosos. Aproximándose ahora hasta los mismos cristales, Billy echó una ojeada al interior. Lo primero que distinguió fue el alegre fuego que ardía en la chimenea. En la alfombra, delante del hogar, un bonito y pequeño basset dormía ovillado, el hocico prieto contra el vientre. La estancia, en cuanto le permitía apreciar la penumbra, estaba llena de muebles de agradable aspecto: un piano de media cola, un amplio sofá y varios macizos butacones. En una esquina, en su jaula, advirtió un loro grande. En lugares como aquél, la presencia de animales era siempre un buen indicio, se dijo Billy; y le pareció que la casa, en conjunto, debía de resultar un alojamiento harto aceptable. Y a buen seguro más cómodo que La Campana y el Dragón.

Una taberna, por otra parte, resultaría más simpática que una pensión: por la noche habría cerveza y juego de dardos y cantidad de gente con quien conversar; y además era probable que el hospedaje fuese allí mucho más barato. En otra ocasión había parado un par de noches en una taberna, y le gustó. En casas de huéspedes, en cambio, no se había alojado nunca, y, para ser del todo sincero, le asustaban una pizca. Su propio título le evocaba imágenes de aguanosos guisos de repollo, patronas rapaces y, en el cuarto de estar, un fuerte olor a arenques ahumados.

Tras unos minutos de vacilación, expuesto al frío, Billy resolvió llegarse a La Campana y el Dragón y echarle un vistazo antes de decidirse. Se dispuso a marchar.

Y, en ese instante, le ocurrió una cosa extraña: a punto ya de retroceder y volverle la espalda a la ventana, súbitamente y de forma en extremo singular vio atraída su atención por el rotulito que allí había. ALOJAMIENTO Y DESAYUNO, proclamaba. ALOJAMIENTO Y DESAYUNO, ALOJAMIENTO Y DESAYUNO, ALOJAMIENTO Y DESAYUNO. Las tres palabras eran como otros tantos grandes ojos negros que, mirándole de hito en hito tras el cristal, le sujetaran, le obligasen, le impusieran permanecer donde estaba, no alejarse de aquella casa; y, cuando quiso darse cuenta, ya se había apartado de la ventana y, subiendo los escalones que le daban acceso, se encaminaba hacia la puerta principal y alcanzaba el timbre.

Pulsó el llamador, cuya campanilla oyó sonar lejana, en algún cuarto trasero; y enseguida –tuvo que ser *enseguida,* pues ni siquiera le había dado tiempo a retirar el dedo apoyado en el botón–, la puerta se abrió de golpe y en el vano apareció una mujer.

En condiciones ordinarias, uno llama al timbre y dispone al menos de medio minuto antes de que la puerta se abra. Pero de aquella señora se hubiera dicho que era un muñeco de resorte comprimido en una caja de sorpresas: él apretaba el botón del timbre y... ¡hela allí! La brusca aparición hizo respingar a Billy.

La mujer, de unos cuarenta y cinco años, le saludó apenas verle, con una afable sonrisa acogedora.

–Entre, por favor –le dijo en tono agradable según se hacía a un lado y abría de par en par la puerta.

Y, de forma automática, Billy se encontró trasponiendo el umbral. El impulso, o, para ser más precisos, el deseo de seguirla al interior de aquella casa, era poderosísimo.

—He visto el anuncio que tiene en la ventana —dijo conteniéndose.

—Sí, ya lo sé.

—Andaba en busca de una habitación.

—Lo tiene todo preparado, joven —dijo ella.

Tenía la cara redonda y rosada, y los ojos, azules, eran de expresión muy amable.

—Me dirigía a La Campana y el Dragón —explicó Billy—, pero, casualmente, me llamó la atención el cartel que tiene en la ventana.

—Mi querido muchacho —repuso ella—, ¿por qué no entra y se quita de ese frío?

—¿Cuánto cobra usted?

—Cinco chelines y seis peniques por noche, incluido el desayuno.

Era prodigiosamente barato: menos de la mitad de lo que estaba dispuesto a pagar.

—Si lo encuentra caro —continuó ella—, quizá pudiera ajustárselo un poco. ¿Desea un huevo con el desayuno? Los huevos están caros en este momento. Sin huevo, le saldría seis peniques más barato.

—Cinco chelines y seis peniques está muy bien —contestó Billy—. Me gustaría alojarme aquí.

—Estaba segura de ello. Entre, entre usted.

Parecía tremendamente amable: ni más ni menos como la madre de un condiscípulo, nuestro mejor amigo, al acogerle a uno en su casa cuando llega para pasar las vacaciones de Navidad. Billy se quitó el sombrero y traspuso el umbral.

—Cuélguelo ahí —dijo ella—, y permítame que le ayude a quitarse el abrigo.

No había otros sombreros ni abrigos en el recibidor; tampoco paraguas ni bastones: nada.

—Tenemos toda la casa para nosotros dos —comentó ella con una sonrisa, la cabeza vuelta, mientras le precedía por las escaleras hacia el piso superior–. Muy rara vez tengo el placer de recibir huéspedes en mi pequeño nido, ¿sabe?

Está un poco chalada, la pobre, se dijo Billy; pero, a cinco chelines y seis peniques por noche, ¿qué puede importarle eso a nadie?

–Yo hubiera pensado que estaría usted lo que se dice asediada de demandas –apuntó cortés.

–Oh, y lo estoy, querido, lo estoy; desde luego que lo estoy. Pero la verdad es que tiendo a ser un poquitín selectiva y exigente..., no sé si me explico.

–Oh, sí.

–De todas formas, siempre estoy a punto. En esta casa está todo a punto, noche y día, ante la remota posibilidad de que se me presente algún joven caballero aceptable. Y resulta un placer tan grande, realmente tan inmenso, cuando, de tarde en tarde, abro la puerta y me encuentro con la persona *verdaderamente* adecuada.

Se encontraba a mitad de la escalera, y allí se detuvo, apoyando la mano en la barandilla, para volverse y ofrecerle la sonrisa de sus pálidos labios.

–Como usted –concluyó al tiempo que sus ojos azules recorrían lentamente el cuerpo de Billy de la cabeza a los pies y, luego, en dirección inversa.

Al alcanzar el primer descansillo, agregó:

–Esta planta es la mía.

Y tras subir otro piso:

–Y ésta es enteramente suya –proclamó–. Su cuarto es éste. Espero que le guste.

Y le condujo al interior de una reducida pero seductora habitación delantera cuya luz encendió al entrar.

–El sol de la mañana da de pleno en la ventana, señor Perkins. Porque se llama usted Perkins, ¿no es así?

–No, me llamo Weaver.

–Weaver. Un apellido muy bonito. He puesto una botella de agua caliente, para quitarle la humedad de las sábanas, señor Weaver. Encontrar una botella de agua caliente entre las limpias sábanas de una cama desconocida es tan placentero, ¿no le parece? Y, si siente frío, puede encender el gas de la chimenea cuando le apetezca.

–Muchas gracias –respondió Billy–. Muchísimas gracias.

Advirtió que la colcha había sido retirada y que el embozo aparecía pulcramente doblado a un lado: todo listo para acoger a quien ocupara el lecho.

–Celebro infinito que haya aparecido –dijo ella, mirándole con intensidad el rostro–. Comenzaba a preocuparme.

–Descuide –respondió Billy, muy animado–. No tiene por qué preocuparse por mí.

Y, colocada la maleta encima de la silla, empezó a abrirla.

–¿Y la cena, querido joven? ¿Ha podido cenar algo por el camino?

–No tengo nada de hambre, muchas gracias –contestó él–. Lo que voy a hacer, creo, es acostarme lo antes posible, pues mañana he de madrugar un poco; debo presentarme en la oficina.

–Pues conforme. Le dejaré solo, para que pueda deshacer su equipaje. De todas formas, ¿tendría la bondad, antes de retirarse, de pasar un instante por el cuarto de estar, en la planta, y firmar el registro? Es una formalidad que rige para todos, pues así lo establecen las leyes del país, y no es cosa de que contravengamos ninguna ley en esta fase del trato, ¿no le parece?

Y, tras agitar la mano a modo de breve saludo, salió presurosa de la habitación y cerró la puerta.

Pues bien, el hecho de que su patrona diese la impresión de estar un poco chiflada no le preocupaba a Billy en lo más mínimo. Comoquiera que se mirase, no sólo era inofensiva –ese extremo estaba fuera de duda–, sino que se trataba, bien a las claras, de un alma generosa y amable. Era posible, conjeturó Billy, que hubiese perdido un hijo en la guerra, o algo parecido, y que no hubiera llegado a recuperarse del golpe.

De manera que, pasados unos minutos, después de deshacer la maleta y lavarse las manos, trotó escaleras abajo y, llegado a la planta, entró en la sala de estar. No se encontraba allí la patrona, pero el fuego ardía en la chimenea y el pequeño basset continuaba durmiendo frente al hogar. La estancia estaba magníficamente caldeada y acogedora. Soy un tipo con suerte, se dijo frotándose las manos. Esto está requetebién.

Como encontrara el registro encima del piano y abierto, sacó la pluma y anotó su nombre y dirección. La página sólo tenía dos inscripciones anteriores, y, como siempre hacemos en tales casos, se puso a leerlas. La primera era de un tal Christopher Mulholland, de Cardiff. La otra, de Gregory W. Temple, de Bristol.

Qué curioso, pensó de pronto. Christopher Mulholland. Ese nombre me suena.

Y bien, ¿dónde diablos habría oído aquel apellido un tanto insólito?

¿Correspondería a un condiscípulo? No. ¿Se llamaría así alguno de los muchos pretendientes de su hermana, o, tal vez, un amigo de su padre? No, no, ni lo uno ni lo otro. Echó una nueva ojeada al libro.

Christopher Mulholland   *231 Cathedral Road, Cardiff*
Gregory W. Temple   *27 Sycamore Drive, Bristol*

A decir verdad, y ahora que se detenía a pensarlo, no estaba muy seguro de que el segundo nombre no le sonase casi tanto como el primero.

–Gregory Temple –dijo en voz alta mientras exploraba en su memoria–. Christopher Mulholland...

–Encantadores muchachos –apuntó una voz a su espalda.

Al volverse vio a su patrona, que entraba en la sala como flotando, cargada con una gran bandeja de plata para el té. La sostenía muy en alto, como si fueran las riendas de un caballo retozón.

–No sé de qué, pero esos nombres me suenan –dijo Billy.

–¿De veras? Qué interesante.

161

—Estoy casi convencido de haberlos oído ya en alguna parte. ¿No es extraño? Quizá los leyese en el periódico. No serían famosos por algo, ¿verdad? Quiero decir, famosos jugadores de críquet o de fútbol, o algo por el estilo...

—¿Famosos? —repitió ella al dejar la bandeja en la mesita que daba frente al hogar—. Oh, no, no creo que fueran famosos. Pero, de eso sí puedo darle fe, ambos eran extraordinariamente guapos: altos, jóvenes, apuestos..., justo como usted, querido joven.

Una vez más, Billy ojeó el registro.

—Pero oiga —dijo al reparar en las fechas—, esta última anotación tiene más de dos años.

—¿En serio?

—Desde luego. Y Christopher Mulholland le precede en casi un año. Hace, pues, más de *tres años* de eso.

—Santo cielo —exclamó ella meneando la cabeza y con un pequeño suspiro melifluo—. Nunca lo hubiera pensado. Cómo vuela el tiempo, ¿verdad, señor Wilkins?

—Weaver —corrigió Billy—. Me llamo W-e-a-v-e-r.

—¡Oh, por supuesto! —gritó al tiempo que se sentaba en el sofá—. Qué tonta soy. Mil perdones. Las cosas, señor Weaver, me entran por un oído y me salen por el otro. Así soy yo.

—¿Sabe qué hay de verdaderamente extraordinario en todo esto? —replicó Billy.

—No, mi querido joven, no lo sé.

—Pues verá usted... estos dos apellidos, Mulholland y Temple, no sólo me da la impresión de recordarlos separadamente, por así decirlo, sino que, por el motivo que sea, y de forma muy singular, parecen, al mismo tiempo, como relacionados entre sí. Como si ambos fuesen famosos por un mismo motivo, no sé si me explico... como... bueno... como Dempsey y Tunney, por ejemplo, o Churchill y Roosevelt.

—Qué divertido —respondió ella—; pero acérquese, querido, siéntese aquí a mi lado en el sofá, y tome una buena taza de té y una galleta de jengibre antes de irse a la cama.

—No debería molestarse, de veras –dijo Billy–. No había necesidad de preparar tantas cosas.

Lo dijo plantado en pie junto al piano, observándola conforme manipulaba ella las tazas y los platillos. Reparó en sus manos, que eran pequeñas, blancas, ágiles, de uñas esmaltadas de rojo.

—Estoy casi seguro de que ha sido en los periódicos donde he visto esos nombres –insistió el muchacho–. Lo recordaré en cualquier momento. Estoy seguro.

No hay mayor tormento que esa sensación de un recuerdo que nos roza la memoria sin penetrar en ella. Billy no se avenía a desistir.

—Un momento –dijo–, espere un momento... Mulholland... Christopher Mulholland... ¿No se llamaba así aquel colegial de Eton, que recorría a pie el oeste del país, cuando, de pron...?

—¿Leche? –preguntó ella–. ¿Azúcar también?

—Sí, gracias. Cuando, de pronto...

—¿Un colegial de Eton? –repitió la patrona–. Oh, no, imposible, querido; no puede tratarse, en forma alguna, del mismo señor Mulholland: el mío, cuando vino a mí, no era ciertamente un colegial de Eton sino un universitario de Cambridge. Y ahora, venga aquí, siéntese a mi lado y entre en calor frente a este fuego espléndido. Vamos. Su té le está esperando.

Y, con unas palmaditas en el asiento que quedaba libre a su lado, sonrió a Billy a la espera de que se acercase. El muchacho cruzó lentamente la estancia y se sentó en el borde del sofá. Ella le puso delante la taza de té, en la mesita.

—Bueno, pues aquí estamos –dijo ella–. Qué agradable, qué acogedor resulta esto, ¿verdad?

Billy dio un primer sorbo a su té. Ella hizo otro tanto. Por espacio, quizá, de medio minuto, ambos guardaron silencio. Billy, sin embargo, se daba cuenta de que ella le miraba. Parcialmente vuelta hacia él, sus ojos, así lo percibía, le observaban por encima de la taza, fijos en su rostro. De vez en cuando el muchacho sentía hálitos de un peculiar perfume que parecía emanar directamente de ella.

163

De forma algo desagradable, le recordaba..., bueno, no hubiera sabido decir a qué le recordaba. ¿Las castañas confitadas? ¿El cuero por estrenar? ¿O sería, acaso, los pasillos de los hospitales?

—El señor Mulholland —comentó ella por fin— era un extraordinario bebedor de té. En la vida he conocido a nadie que bebiera tanto té como el adorable, encantador señor Mulholland.

—Imagino que marcharía hace no mucho —dijo Billy, que continuaba devanándose los sesos en relación con ambos apellidos.

Ahora tenía ya la absoluta certeza de haberlos leído en la prensa, en los titulares.

—¿Marchar, dice? —contestó ella arqueando las cejas—. Pero querido joven, el señor Mulholland jamás hizo tal cosa. Sigue aquí. Como el señor Temple. Están los dos en el tercer piso, juntos.

Billy depositó con cuidado la taza en la mesa y miró de hito en hito a su patrona. Ella le sonrió, avanzó una de sus blancas manos y le dio unas confortables palmaditas en la rodilla.

—¿Qué edad tiene usted, mi querido muchacho? —quiso saber.

—Diecisiete años.

—¡Diecisiete años! —exclamó la patrona—. ¡Oh, la edad ideal! La misma que tenía el señor Mulholland. Aunque él, diría yo, era un poquitín más bajo; lo que es más, lo aseguraría; y no acababa de tener tan blancos los dientes. Sus dientes son una preciosidad, señor Weaver, ¿lo sabía usted?

—No están tan sanos como parecen —respondió Billy—. Tienen montones de empastes detrás.

—El señor Temple era, desde luego, algo mayor —continuó ella, pasando por alto la observación—. La verdad es que tenía veintiocho años. Pero, de no habérmelo dicho él, yo nunca lo hubiera imaginado. Jamás en la vida. No tenía una mácula en el cuerpo.

—¿Una qué?

—Que su piel era lo mismito que la de un bebé.

Siguió un silencio. Billy recuperó la taza, sorbió de nuevo y volvió a depositarla cuidadosamente en el plato. Esperó a que su patrona interviniera de nuevo; pero ella daba la impresión de haberse sumido en otro de aquellos silencios suyos. Billy se quedó mirando con fijeza hacia el rincón opuesto, los dientes clavados en el labio inferior.

—Ese loro —dijo finalmente—, ¿sabe que me engañó por completo, cuando lo vi desde la calle? Hubiera jurado que estaba vivo.

—Ay, ya no.

—La disección es habilísima —añadió él—. No se le ve nada muerto. ¿Quién la hizo?

—La hice yo.

—¿Usted?

—Claro está. Y ya se habrá fijado, también, en mi pequeño Basil —dijo, señalando con la cabeza al basset tan plácidamente ovillado ante el hogar.

Vueltos hacia él los ojos, Billy se percató, de repente, de que el perro había permanecido todo el rato tan inmóvil y silencioso como el loro. Extendió una mano y le palpó suavemente lo alto del lomo. Lo encontró duro y frío, y, al peinarle el pelo con los dedos, vio que la piel, de un negro ceniciento, estaba seca y perfectamente conservada.

—Por todos los santos —exclamó—, esto es de todo punto fascinante. —Olvidando al perro, observó con profunda admiración a la mujer menudita que ocupaba el sofá a su lado y añadió—: Un trabajo como éste debe de resultarle dificilísimo.

—En absoluto —replicó ella—. Diseco personalmente a todas mis mascotas cuando pasan a mejor vida. ¿Le apetece otra taza de té?

—No, gracias —respondió Billy.

Tenía la infusión un cierto sabor a almendras amargas y no le atraía demasiado.

—Ha firmado usted el registro, ¿verdad?

—Sí, claro.

—Buena cosa. Lo digo porque, si más adelante llego a olvidar cómo se llamaba usted, siempre me queda la solución de bajar y consultarlo. Lo sigo haciendo, casi a diario, en cuanto al señor Mulholland y el señor... el señor...

—Temple —apuntó Billy—. Gregory Temple. Perdone la pregunta, pero ¿acaso no ha tenido, en estos últimos dos o tres años, más huéspedes que ellos?

Con la taza de té en una mano y sostenida en alto, la cabeza ligeramente ladeada a la izquierda, la patrona le miró de soslayo y, con otra de aquellas amables sonrisitas, dijo:

—No, querido. Sólo usted.

WILLIAM Y MARY

William Pearl no dejó mucho dinero al morir, y su testamento era sencillo. Con la excepción de unas pocas donaciones destinadas a parientes, legaba todos sus bienes a su esposa.

El procurador y la señora Pearl revisaron juntos el documento en el despacho de aquél, y, concluido el asunto, la viuda se levantó dispuesta a marchar. En ese instante, el procurador sacó de una carpeta situada encima de su escritorio un sobre sellado que entregó a su cliente.

–Tengo instrucciones de entregarle esto –dijo–. Nos lo hizo llegar su esposo poco antes de su fallecimiento.

En su respeto hacia la viuda, el procurador, descolorido y almidonado, le hablaba con la mirada gacha y la cabeza ladeada.

–Parece que se trata de un asunto personal, señora Pearl –continuó–. Sin duda preferirá llevárselo y leerlo en la intimidad de su hogar.

La señora Pearl tomó el sobre y salió a la calle. Ya en la acera, se paró para palpar el objeto. ¿Una carta de despedida de William? Sí, era lo más probable. Una carta solemne. Porque de seguro lo sería: solemne y afectada. Era incapaz, el pobre, de proceder de otra forma. En su vida había hecho nada ajeno a la solemnidad.

Mi querida Mary: Confío en que no permitirás que mi partida de este mundo te afecte en exceso, sino que perseverarás en la observancia de los preceptos que tan bien te guiaron en nuestra mutua asociación. Sé diligente y digna en todo. Sé ahorrativa con el dinero. Cuídate muy bien de no..., etcétera, etcétera.

La típica carta de William.

¿O podría ser que, cediendo en el último momento, le hubiese escrito algo hermoso? Quizá fuese aquello un bonito y tierno mensaje, una especie de carta de amor, una esquela afectuosa y amable, de agradecimiento por haberle dado treinta años de su vida, haberle planchado un millón de camisas, dispuesto un millón de comidas y hecho un millón de camas; algo que pudiera leer y releer, una vez por día cuando menos, y guardar por siempre, junto con los broches, en el joyero, encima del tocador.

Próxima la hora de la muerte, la gente tiene reacciones imprevisibles, se dijo la señora Pearl. Y, con el sobre bajo el brazo, salió presurosa hacia su casa.

Entró por la puerta principal, se encaminó derechamente al cuarto de estar y, sentada en el sofá sin quitarse sombrero ni abrigo, rasgó el sobre y extrajo su contenido. Consistía éste, advirtió, en quince o veinte blancas cuartillas rayadas, dobladas por la mitad y unidas en su esquina superior izquierda por un sujetapapeles, todas ellas repletas de aquella escritura menuda, pulcra, inclinada hacia delante que tan bien conocía; pero, al ver su extensión, la metódica y pulida disposición de lo escrito y el hecho de que la primera página ni siquiera empezara en el agradable tono que corresponde a una carta, comenzó a concebir sospechas.

Apartó la mirada, encendió un cigarrillo, le dio una calada y lo dejó en el cenicero.

Si esto trata de lo que empiezo a barruntar que trata, no quiero leerlo, se dijo.

¿Puede uno negarse a leer la carta de un muerto?

Sí.

En fin...

Echó una ojeada a la vacía butaca de William, situada al otro lado de la chimenea: un gran sillón tapizado de cuero marrón, cuyo asiento guardaba la concavidad que William le había hecho con las nalgas a través de los años y su respaldo, en la parte superior, la oscura mancha ovalada que adquirió donde apoyaba la cabeza. En ese butacón solía sentarse a leer mientras ella, instalada enfrente, en el sofá, le cosía botones, o le zurcía calcetines, o le ponía parches en los codos de alguna chaqueta dando lugar a que, de vez en cuando, un par de ojos se alzasen de la lectura vigilantes y se fijaran en ella, pero con una extraña falta de expresión, como si calcularan algo. Nunca le habían gustado aquellos ojos: fríos, de un azul de hielo, pequeños, un sí es no juntos y con dos trazos verticales, de censura, separándolos. Ojos que la habían vigilado durante toda su vida. Tanto, que incluso ahora, tras una semana de soledad en la casa, le embargaba a veces la turbadora sensación de que continuaban allí, siguiendo sus movimientos, mirándola con fijeza desde el vano de las puertas, desde las sillas vacías, y, por la noche, desde las ventanas.

Con lento ademán alcanzó el bolso, sacó las gafas y se las puso. Luego, el fajo de cuartillas en alto, a fin de beneficiarse de la última luz que la tarde vertía por la ventana situada a su espalda, empezó a leer:

«Estos pliegos, mi querida Mary, son exclusivamente para ti y te serán entregados poco después de que te deje.

»No te alarme toda esta escritura, que no es sino un intento por mi parte de explicarte con exactitud lo que Landy se propone hacer conmigo, por qué me he avenido a ello y en qué consisten sus teorías y cifra sus esperanzas. Son cosas que, siendo tú mi esposa, tienes derecho a saber. Lo que es más: es preciso que sepas. Estos últimos días he puesto gran empeño en hablarte de Landy, pero tú te has negado en redondo a escucharme. Es ésa, como ya te he señalado, una actitud muy tonta y que, por otra parte, no deja de parecerme egoísta. Dimana sobre todo de la ignorancia, y estoy convencido por completo de que, a poco que conozcas los hechos, mudarás inmediatamente de parecer. De ahí mi confianza en que, cuando yo no esté ya contigo y tu pensamiento se encuentre menos turbado, accederás a prestarme más atención en estas páginas. Puedo jurarte que, leído mi relato, tu sentimiento de antipatía se desvanecerá y se verá sustituido por el entusiasmo. Me atrevo incluso a pensar que te enorgullecerás un poco de mi iniciativa.

»Conforme avanzas en la lectura, debes perdonarme, te lo ruego, la frialdad del estilo, pues no conozco otra forma de transmitirte con claridad mi mensaje. Según se acerca mi hora, ya lo comprenderás, es natural que me embargue todo el sentimentalismo del mundo. Con cada día que pasa me vuelvo más pródigamente anheloso, sobre todo al anochecer, y, como no me vigile de cerca, estas páginas se verán inundadas por mis emociones.

»Me asalta, por ejemplo, el deseo de escribir algo sobre ti, sobre lo muy buena que has sido como esposa durante estos años, y me he prometido que si el tiempo me alcanza, y también las fuerzas, lo haré a continuación.

»También ansío referirme a este Oxford de mi alma, donde he vivido y enseñado estos últimos diecisiete años; decir algo a propósito del esplendor de este lugar y explicar un poco, si puedo, lo que para mí ha significado trabajar en él. Las cosas y los lugares que tanto he querido afluyen, todos, hacia mí en esta habitación sombría. Brillantes y hermosos como siempre, hoy, por alguna razón, los veo con una claridad inusitada. El senderillo que rodea el lago en los jardines del Worcester College, donde solía pasear Lovelace. La portalada de Pembroke. La vista que desde la Magdalen Tower ofrece la ciudad hacia el oeste. El magnífico pórtico de la Christchurch. El pequeño jardín de rocalla en St. John, donde he contado más de una docena de variedades de campánula, entre ellas la rara y delicada C. Waldsteiniana. Pero ¡ya ves!: apenas comenzar, caigo ya en la trampa.

Así pues, permíteme empezar sin más demoras; y tú, querida mía, lee despacio y olvidando todo sentimiento de pesar o censura, por lo demás susceptibles de entorpecer tu comprensión. Has de prometerme que leerás esto con detenimiento, adoptando, antes de empezar, un talante sereno y paciente.

«Porque ya conoces los pormenores de la enfermedad que me abatió tan de pronto mediada mi vida adulta, huelga malgastar tiempo en ellos, como no sea para reconocer de inmediato cuán loco fui en no haber recurrido antes al médico. El cáncer es uno de los pocos males que todavía no pueden curar estos modernos fármacos. La cirugía puede extirparlo, a condición de que no se haya extendido excesivamente; pero, en mi caso, no sólo lo descuidé demasiado, sino que la cosa ésta tuvo la desfachatez de atacarme el páncreas descartando, con ello, tanto la posibilidad de intervenirlo como de sobrevivir.

»Ahí quedaba yo, pues, con unas esperanzas de vida entre uno y seis meses, hora a hora más melancólico, hasta que, de manera totalmente inesperada, aparece Landy.

»Eso ocurrió hace seis semanas, un martes por la mañana, muy temprano, mucho antes de tu hora de visita, y, en cuanto le vi entrar, me di cuenta de que una especie de locura flotaba en el aire. A diferencia de mis otros visitantes, no se deslizó sigilosamente, de puntillas, entre avergonzado y violento, sin saber qué decir, sino que, fuerte y risueño, penetró en la habitación, se plantó junto a la cama, se me quedó mirando, espejeándole los ojos un brillo salvaje, y exclamó:

»–¡William, muchacho, esto es perfecto! ¡Eres, justo, la persona que andaba buscando!

»Quizá convenga señalar aquí que, si bien John Landy no ha visitado nunca nuestra casa y tú le has visto pocas veces o ninguna, yo, en cambio, he mantenido con él relaciones amistosas durante al menos nueve años. Aunque en principio no soy, claro está, sino profesor de filosofía, ya sabes que en los últimos tiempos he tocado también, y no poco, la psicología. Mis intereses y los de Landy, pues, han lle-

gado a entremezclarse en cierto modo. Es un magnífico neurociruja-
no, uno de los mejores, y en fechas recientes ha tenido la bondad de
permitirme estudiar los resultados de algunos de sus trabajos, en particular las lobotomías prefrontales y sus distintos efectos sobre diversos tipos de psicópatas. Esto te hará ver que en el momento de su
irrupción, la mañana de aquel martes, distábamos de ser extraños el
uno para el otro.

»—Veamos —dijo, al tiempo que se acercaba una silla a la cama—,
dentro de unas semanas, pocas, habrás muerto. ¿Me equivoco?

»Viniendo de Landy, la pregunta no me pareció demasiado ruda.
Según se mire, resultaba estimulante una visita con arrestos suficien-
tes para abordar la cuestión tabú.

»—Expirarás aquí, en esta misma habitación, y luego te llevarán
para incinerarte.

»—Para enterrarme —corregí.

»—Lo que todavía es peor. Y luego, ¿qué? ¿Crees que irás al cielo?

»—Lo dudo, aunque sería reconfortante pensarlo.

»—Entonces, ¿al infierno?

»—En verdad no veo por qué habrían de enviarme ahí.

»—Nunca se sabe, mi querido William.

»—¿A qué viene todo esto? —indagué.

»—Verás —comenzó, y me di cuenta de que me observaba con atención—, personalmente no creo que, después de muerto, vuelvas a tener noticias de ti mismo; a menos... —ahí hizo una pausa, sonrió y se
inclinó hacia mí—, a menos, claro está, que tu buen sentido te haga
ponerte en mis manos. Tengo una proposición que hacerte; ¿quieres
escucharla?

A juzgar por la manera en que me estudiaba con la mirada, por
la fijeza de ésta, por su curiosa avidez, se hubiese dicho que era yo
un pedazo de carne de primerísima calidad que él hubiera comprado y que ahora, expuesta en el mostrador, aguardara a que se la en-
volvieran.

»—Lo digo en serio, William. ¿Quieres considerar una proposición?

172

»–No sé de qué me estás hablando.

»–Escúchame, pues, y te lo diré. ¿Quieres?

»–Adelante, si ése es tu gusto. No creo que con oírte vaya a perder nada.

»–Lo que puedes, por el contrario, es ganar, y mucho... sobre todo, *después de muerto.*

»Estoy seguro de que contaba con que, al oír eso, pegara un salto; pero, por alguna razón, lo estaba esperando. Me quedé perfectamente inmóvil, atento a su rostro y a aquella sonrisa suya, blanca y lenta, que siempre le dejaba al descubierto, enroscados en torno al canino superior izquierdo, los ganchos de oro de la prótesis.

»–Se trata de algo, William, en lo que he trabajado en silencio por espacio de varios años. Algunos de los del hospital me han echado una mano, Morrison en especial, y hemos llevado a término, con bastante éxito, una serie de pruebas con animales de laboratorio. He llegado a un punto en que estoy dispuesto a probar con un hombre. Es una gran idea, y, aunque a primera vista pueda parecer un tanto rebuscada, en lo quirúrgico nada impide que resulte más o menos viable.

«Adelantando el cuerpo puso ambas manos sobre el borde de la cama. Landy tiene una cara agradable, de perfiles angulosos, exenta por completo de esa expresión característica de los médicos. Ya sabes a qué me refiero: esa mirada que la mayoría de ellos exhiben y que, lamiéndole a uno como el reflejo de un lívido anuncio luminoso, parece decir: *Sólo yo puedo salvarle.* Los ojos de John Landy, en cambio, lucían amplios y llenos de brillo, las pupilas centelleantes de entusiasmo.

»–Hace ya mucho tiempo –continuó–, vi un cortometraje médico que nos habían traído de Rusia. Un tanto truculento, pero interesante, mostraba una cabeza de perro que, separada del cuerpo, recibía no obstante, a través de venas y arterias, su flujo normal de sangre, suministrada por un corazón artificial. Lo notable del caso es esto: aquella cabeza de perro, plantada allí, sola, en mitad de una especie

173

de bandeja, estaba *viva*. El cerebro funcionaba, como demostraron una serie de pruebas. Por ejemplo, si aplicaban comida a los labios del perro, la lengua salía y la retiraba de un lametón; y, si alguien cruzaba la sala, los ojos seguían su movimiento.

»"La conclusión lógica que cabía sacar de ello era que, para continuar vivos, cerebro y cabeza no necesitan estar unidos al resto del cuerpo... a condición, claro está, de que se mantenga un suministro de sangre debidamente oxigenada.

»"Ahora bien, lo que a mí se me ocurrió a la vista de esa filmación fue extraer del cráneo un cerebro humano y mantenerlo vivo y funcionando como unidad autónoma, y esto durante tiempo ilimitado tras la muerte de la persona. Ese cerebro podría ser, por ejemplo, el tuyo, una vez fallecido tú.

»—No me gusta eso —dije.

»—No me interrumpas, William. Déjame acabar. A juzgar por los resultados de los sucesivos experimentos, el cerebro es un órgano curiosamente autónomo que fabrica su propio fluido cerebroespinal. Las prodigiosas funciones de pensamiento y memoria que se desarrollan en su interior no se ven comprometidas, a todas luces, por la ausencia de los miembros, el tronco o incluso el cráneo, siempre y cuando, repito, se le bombee en condiciones idóneas sangre oxigenada y del tipo adecuado.

»"Mi querido William, piensa, siquiera por un momento, en tu cerebro. Está en perfectas condiciones. Colmado por toda una vida de estudio. Convertirlo en lo que es te ha llevado muchos años de trabajo. Y, justo cuando empezaba a rendir algunas ideas originales, de primera magnitud, se ve obligado a morir, junto con el resto de tu cuerpo, por la simple razón de que el tontaina de tu páncreas está comido por un cáncer.

»—No, gracias —le dije—. No es preciso que sigas. Es una idea repugnante y, aun en el supuesto de que pudieras llevarla a efecto, cosa que dudo, resulta de todo punto insensata. ¿De qué podría servir mantener vivo mi cerebro si no me queda la posibilidad de ver ni de hablar ni de oír ni de sentir? En lo que a mí respecta, no puedo concebir nada más desagradable.

»—Creo que sí podrías comunicarte con nosotros —replicó Landy—. E incluso es posible que consiguiéramos darte cierto grado de visión. Pero vayamos por partes. Esos aspectos los abordaré más tarde. El hecho, entretanto, es que, suceda lo que suceda, vas a morir en breve, y que mi proyecto no contempla tocarte ni un cabello hasta después de muerto. Venga ya, William. Ningún auténtico filósofo se opondría a ceder su cadáver a la causa científica.

»—Ese planteamiento no acaba de ser exacto —objeté—. A mi modo de ver, subsisten dudas en cuanto a si estaría vivo o no después de pasar por tus manos.

»—Bueno —respondió con un esbozo de sonrisa—, creo que en eso estás en lo cierto; pero también pienso que no debieras desestimar tan a la ligera mi proposición sin conocerla mejor.

»—Ya te he dicho que no quiero oír más.

»—Toma un cigarrillo —dijo al tiempo que me tendía la pitillera.

»—Ya sabes que no fumo.

»Él sí tomó un pitillo, que encendió con un minúsculo mechero de plata, no mayor que una pieza de un chelín.

»—Un obsequio de la gente que me fabrica el instrumental —comentó—. Ingenioso, ¿verdad?

»Lo examiné y se lo devolví.

»—¿Puedo continuar?

»—Preferiría que no lo hicieras.

»—Serénate y escúchame. Creo que lo encontrarás muy interesante.

»Junto a la cama tenía una fuente de uvas azules. Me la acomodé sobre el pecho y comencé a comer.

»—Sería preciso que yo estuviera presente en el momento de la muerte —prosiguió Landy—, para actuar sin pérdida de tiempo y ver de mantener vivo el cerebro.

»—Dejándolo en la cabeza, quieres decir.

»—Por de pronto, sí. No me quedaría otro camino.

»—Y luego, ¿dónde lo pondrías?

»—Si insistes en saberlo, en una especie de cubeta.

»—¿Lo dices en serio?

»—Claro que lo digo en serio.

»—Está bien. Continúa.

»—Te supongo al corriente de que, cuando el corazón se para y el cerebro se ve privado de sangre renovada y oxigenada, sus tejidos mueren con gran rapidez. De cuatro a seis minutos es cuanto se necesita para que sucumba todo él. A veces, a los tres minutos ya se presentan ciertas lesiones. Es decir que, en evitación de eso, habría de iniciar rápidamente el trabajo. Pero, con ayuda de la máquina, todo ello resultaría muy sencillo.

»— ¿Qué máquina?

»—El corazón artificial. Tenemos aquí una bonita adaptación del que discurrieron originalmente Alexis Carrel y Lindbergh. Oxigena la sangre, la mantiene a la temperatura conveniente, la bombea a la presión adecuada y hace toda una serie de otras cosas necesarias. Y en realidad no es nada complicado.

»—Dime qué harías al presentarse la muerte –le atajé–. ¿Cuál sería tu primer paso?

»—¿Sabes algo acerca de los dispositivos venoso y vascular del cerebro?

»—No.

»—Pues presta atención. No es difícil. La aportación de sangre que recibe el cerebro parte de dos fuentes principales, las arterias carótidas internas y las vertebrales. Hay dos de cada una de ellas, lo cual nos da cuatro arterias. ¿Lo has comprendido?

»—Sí.

»—Y el sistema de retorno es todavía más simple. La sangre es evacuada por dos grandes venas, las yugulares internas. De manera que nos encontramos con cuatro arterias que ascienden, por el cuello claro está, y dos venas que descienden. Y que, naturalmente, se despliegan en otros conductos alrededor del cerebro; pero éstos no nos conciernen. No los vamos a tocar para nada.

»—Conforme —dije—. Imaginemos que acabo de morir. ¿Qué haces tú en ese momento?

»—Abrirte inmediatamente el cuello y localizar las cuatro arterias, carótidas y vertebrales. A continuación las calaría, es decir que hincaría en cada una de ellas una gran aguja hueca. Las cuatro agujas quedarían conectadas con el corazón artificial mediante tubos. Entonces, y trabajando rápidamente, seccionaría ambas venas yugulares, derecha e izquierda, y las conectaría al corazón mecánico, a fin de completar el circuito. Pongo en marcha entonces la máquina, ya abastecida de sangre del tipo adecuado, y listo: tu cerebro vería restablecida la circulación.

»—Quedaría como ese perro ruso.

»—No lo creo. Por de pronto, al morir perderías ciertamente la conciencia, y dudo mucho que la recuperases en un largo período de tiempo... o nunca. Pero, consciente o no, quedarías en una situación bastante interesante, ¿no te parece? Un cuerpo frío y muerto y un cerebro vivo.

»Landy hizo una pausa, para saborear esa deliciosa perspectiva. Estaba tan extasiado y poseído por aquella idea, que a todas luces no hubiera podido admitir que no compartiese sus sentimientos.

»—Llegados a ese punto, podríamos proceder con más calma —dijo—. Y créeme que la necesitaríamos. Nuestro primer cuidado sería conducirte al quirófano, acompañado, desde luego, por la máquina, que no debe interrumpir el bombeo en ningún momento. El siguiente problema...

»—De acuerdo, con eso basta —le interrumpí—. No necesito conocer los pormenores.

»—Oh, claro que sí —replicó—. Es importante que sepas con exactitud lo que va a ocurrirte de principio a fin. Es que después, ¿sabes?, cuando recuperes el conocimiento, para ti será mucho más satisfactorio saber dónde te encuentras y cómo llegaste ahí. Son extremos que debes conocer, siquiera para tu paz de espíritu. ¿Estás de acuerdo?

»Continué inmóvil, atento a él.

»—De modo que el siguiente problema estaría en retirar de tu cadáver el cerebro intacto e ileso. El cuerpo no nos sirve para nada. A decir verdad, ya ha iniciado su descomposición. El cráneo y la cara son, también, inútiles. Uno y otra son estorbos y no los quiero por medio. A mí sólo me interesa el cerebro, el hermoso y limpio cerebro, vivo y perfecto. Así es que, cuando te tenga encima de la mesa, tomaré una sierra, una pequeña sierra oscilante, y con ella me pondré a retirar toda tu bóveda craneal. Como en ese instante seguirás inconsciente, no tendré que preocuparme por la anestesia.

»—¡Y un pepino! —protesté.

»—No sentirías nada, William, te lo prometo. No olvides que llevarás muerto varios minutos.

»—Sin anestesia, a mí nadie me asierra la tapa de la cabeza —porfié.

»Landy se encogió de hombros.

»—Para mí —dijo—, eso no cambia nada. Si insistes, te administraré un poco de procaína. Y, si te ha de hacer más feliz, estoy dispuesto a impregnarte de ella todo el cuero cabelludo y hasta la totalidad de la cabeza, de cuello para arriba.

»—Muchísimas gracias —dije.

»—¿Sabes? —continuó él—, a veces ocurren cosas extraordinarias. La semana pasada, sin ir más lejos, me trajeron a un individuo en estado de inconsciencia a quien abrí la cabeza sin recurrir a ningún anestésico y le extirpé un pequeño coágulo de sangre. Todavía estaba trabajando en el interior del cráneo, cuando se despertó y se puso a hablar.

»"¿Dónde estoy?", preguntó.

»"En el hospital."

»"Vaya, dijo, qué cosas."

»"Dígame, le pregunté, lo que le estoy haciendo, ¿le incomoda?"

»"No, en absoluto, respondió. ¿Qué está haciendo?"

»"Retirarle un coágulo de sangre que tiene en el cerebro."

»"¿Eso hace?"

»"Quieto, por favor. No se mueva. Ya casi he terminado."

»"De manera que es el cabrón del coágulo el que me ha estado dando todas esas jaquecas", comentó él.

»Landy se detuvo y evocó el lance con una sonrisa.

»—Eso es, palabra por palabra, lo que dijo —continuó—, lo cual no impide que al día siguiente no recordara para nada el episodio. Curiosa cosa, el cerebro.

»—Yo me quedo con la procaína —apunté.

»—Como prefieras, William. Y, volviendo a lo que decía, provisto de una pequeña sierra oscilante desprendería con gran cuidado todo el calvarium, o sea la bóveda craneal. Eso dejaría al descubierto la mitad superior del cerebro, o, mejor dicho, de la más exterior de las membranas que lo envuelven. No sé si lo sabes, pero existen tres membranas independientes alrededor del cerebro propiamente dicho: la exterior, llamada duramáter o duramadre; la intermedia, llamada aracnoides; y la interna, conocida por piamáter o piamadre. El profano tiende a pensar que el cerebro es una cosa desnuda que tenemos en la cabeza flotando de aquí para allá en un fluido. Pero no es así: se encuentra pulcramente envuelto en esas tres fuertes membranas, y el fluido cerebroespinal mana de hecho en el pequeño espacio comprendido entre las dos membranas internas, y que recibe el nombre de espacio subaracnoideo. Como ya te he dicho, ese fluido es fabricado por el cerebro y se evacúa por osmosis hacia el sistema venoso.

»"Esas tres membranas, ¿no te parecen adorables sus nombres: la duramadre, el aracnoides y la piamadre?, yo las dejaría intactas. Esto por muchas razones, una de ellas, y de no poco peso, el hecho de que en el interior de la duramadre circulan los conductos venosos que utiliza la sangre en su paso desde el cerebro hacia la yugular.

»"O sea que —continuó— ya tenemos fuera la bóveda craneal y a la vista la parte superior del cerebro, envuelta en su membrana externa. El siguiente paso es el verdaderamente enrevesado: desprender todo el paquete de manera que pueda ser levantado y extraído limpiamente, los extremos de las cuatro arterias de aflujo y las dos venas colgando por debajo, a fin de conectarlos a la máquina. Se trata de una maniobra enormemente larga y complicada en la que intervienen la destrucción de buenas porciones de hueso, la sección de muchos nervios y el corte y empalme de numerosos vasos sanguíneos. La única forma de llevarla a cabo con alguna esperanza de éxito es utilizar un osteotomo y desmenuzarte el resto del cráneo en dirección descendente, como quien monda una naranja, hasta que los laterales y la parte inferior de la membrana cerebral queden enteramente expuestos. Los problemas que ello comporta son en extremo técnicos, de manera que no entraré en ellos; no obstante, estoy casi cierto de que el trabajo puede ser realizado. Es mera cuestión de paciencia y de destreza quirúrgica. Y no olvides que dispondría de tiempo, todo el que necesite, ya que el corazón artificial, situado junto a la mesa de operaciones, estaría bombeando continuamente a fin de mantener vivo el cerebro.

«"Imaginemos, pues, que he conseguido descortezarte el cráneo y retirar todo lo que rodea los laterales del cerebro. Éste queda ahora unido al cuerpo sólo en su base, principalmente por la columna vertebral, las dos grandes venas y las cuatro arterias que le suministran sangre. Así pues, ¿qué hacemos a continuación?

»"Te seccionaría la columna justo por encima de la primera vértebra cervical, poniendo el mayor cuidado en no dañar las dos arterias vertebrales situadas en esa zona. Debes recordar, sin embargo, que la duramadre, o membrana exterior, se encuentra abierta en ese punto a fin de alojar la columna, de manera que me vería obligado a ocluir esa abertura cosiendo entre sí los bordes de la duramadre. Eso no presentaría ningún problema.

»"Hecho eso, ya estaría listo para emprender la operación final. A un lado de la mesa tendría una cubeta de modelo especial, llena de lo que llamamos Solución de Ringer: un fluido especial que en neurocirugía utilizamos para la irrigación. Después de desprender por completo el cerebro mediante la sección de las arterias de alimentación y las venas, lo cogería, sin más, con las manos y lo trasladaría a la cubeta. Ése sería el segundo y último momento, en todo el proceso, en que se viese interrumpido el flujo sanguíneo; pero, una vez en la cubeta, conectar los extremos de arterias y venas al corazón artificial sería cosa de un segundo.

»"De manera que –concluyó Landy–, ahí estamos, con tu cerebro en la cubeta y todavía vivo, y no hay razón para que no continúe así durante mucho tiempo, largos años tal vez, siempre y cuando sangre y máquina estén atendidas.

»–Pero... *¿funcionaría?* –pregunté.

»–Mi querido William, ¿cómo quieres que lo sepa? Ni siquiera puedo garantizarte que recuperes la conciencia.

»–¿Y supuesto que así fuera?

»–¡Ésta sí que es buena! Pues... ¡maravilloso!

»–¿De veras? –dije, debo confesarlo, no sin recelo.

»–¡Claro que sí! Estar allí, con todas tus propiedades intelectivas, así como la memoria, funcionando a la perfección...

»–Y sin poder ver ni sentir ni oler ni oír ni hablar –apostillé.

»–¡Ah! –exclamó–. ¡Ya sabía yo que olvidaba algo! No te he hablado para nada del ojo. Atiende. Voy a tratar de dejar intacto uno de tus nervios ópticos, y también el ojo propiamente dicho. El nervio óptico es una cosilla del grosor, más o menos, de un termómetro clínico, y de unos cinco centímetros de longitud, tendida entre el cerebro y el ojo. Su belleza está en que no se trata en forma alguna de un nervio, sino que es una prolongación del propio cerebro, y la duramadre, o membrana cerebral, se extiende a todo su largo y está unida al globo del ojo. La parte trasera de éste se encuentra, pues, en muy estrecho contacto con el cerebro, y el fluido cerebroespinal lo irriga directamente.

»"Todo esto se acomoda muy bien a mi propósito y autoriza a pensar que podría conservarte con éxito uno de los ojos. Para alojarlo he construido ya una fundita de plástico que sustituye a la cuenca, y cuando el cerebro esté en la cubeta, sumido en la Solución de Ringer, el globo del ojo y su funda flotarán en la superficie del líquido.

»–Mirando al techo –apunté.

181

»–Sí, eso creo. Temo que no quedarán músculos para hacerlo girar. Pero no dejaría de ser divertido estar allí, tan quietecito y cómodo, observando el mundo desde tu cubeta.

»–Hilarante –dije–. ¿Y si me dejases también una oreja?

»–Esta primera vez preferiría no meterme con la oreja.

»–Yo quiero una oreja –insistí–. La exijo.

»–No.

»–Quiero escuchar a Bach.

»–No te haces idea de las dificultades que plantearía –respondió Landy en tono amable–. El aparato auditivo, el caracol, como se le conoce, es un mecanismo mucho más delicado que el ojo. Lo que es más: se encuentra encajonado en hueso. Lo mismo cabe decir de parte del nervio auditivo que lo une al cerebro. Imposible desmontarlo todo sin que sufra daño.

»–¿Y no podrías dejarlo metido en el hueso y llevar éste a la cubeta?

»–No –dijo con firmeza–. La cosa resulta ya muy complicada sin eso. Y, de todas formas, si el ojo funciona, lo del oído no tiene demasiada importancia. Siempre nos queda aquello de mostrarte mensajes y que los leas. De veras: debes dejar que yo decida lo que es posible y lo que no lo es.

»–Todavía no he dicho que esté de acuerdo.

»–Ya lo sé, William, ya lo sé.

»–No estoy seguro de que la idea me guste mucho.

»–¿Prefieres morir entera y absolutamente?

»–A lo mejor. Todavía no lo sé. Tampoco podría hablar, ¿verdad?

»–Claro que no.

»–Entonces ¿cómo podría comunicarme contigo? ¿Cómo sabrías que estoy consciente?

»–Nos sería fácil determinar si has o no cobrado conciencia –respondió Landy–. Un electroencefalógrafo normal nos lo confirmaría. Te aplicaríamos sus electrodos directamente a los lóbulos frontales del cerebro, en la misma cubeta.

182

»—¿Y lo sabríais de forma concluyente?

»—Oh, sin lugar a dudas. Eso está al alcance de cualquier hospital.

»—Yo, sin embargo, no podría comunicarme con vosotros.

»—A decir verdad, lo creo factible. Vive en Londres un sujeto llamado Wertheimer que está realizando trabajos interesantes sobre el tema de la comunicación mental y con quien ya he establecido contacto. A buen seguro sabrás que el cerebro intelectivo emite descargas químicas y eléctricas, y que esas descargas se difunden en forma de ondas, un poco a la manera de las ondas de radio...

»—Sí, algo sé sobre ello.

»—Pues bien, Wertheimer ha construido un aparato en cierto modo parecido al encefalógrafo, sólo que mucho más sensible, y él mantiene que, dentro de ciertas limitaciones, puede ayudarle a interpretar lo que un cerebro piensa. El aparato produce una especie de grafía que, al parecer, puede traducirse en forma de palabras o de pensamientos. ¿Quieres que le pida a Wertheimer que venga a verte?

»—No —respondí.

»Landy ya daba por hecho que me iba a prestar a aquel asunto, y no veía yo con buenos ojos su actitud.

»—Vete ahora y déjame solo —le pedí—. Tratar de apremiarme no te servirá de nada.

»Se puso en pie inmediatamente y cruzó hacia la puerta.

»—Una pregunta —dije.

»Se detuvo, con la mano apoyada en el picaporte.

»—Tú dirás, William.

»—Solamente esto: ¿crees de corazón que cuando mi cerebro esté en esa cubeta, mi mente será capaz de funcionar justo como lo hace ahora? ¿Consideras que podré pensar y razonar como en este momento? Y el poder de la memoria, ¿subsistirá?

»—No veo razón que lo impida —me respondió—. Se trata del mismo cerebro: un cerebro vivo, sin lesiones y, en rigor, completamente intacto. Ni siquiera se habrá abierto la duramadre. El único cambio sustancial, claro está, radica en el hecho de que habremos seccionado hasta el último de los nervios que a él conducen, salvo el óptico, lo cual significa que tu pensamiento ya no estaría influido por los sentidos. Vivirías en un mundo de extraordinaria pureza y alejamiento, sin nada que te turbase, ni aun el dolor, que no tendrías manera de experimentar dada la ausencia de nervios con que sentirlo. Sería, en cierto modo, un estado casi ideal: ni inquietudes ni temores ni dolor ni hambre ni sed. Ni siquiera deseos. Nada más que tus recuerdos y tus pensamientos; y, si el ojo restante acertase a funcionar, también podrías leer libros. A mí, en conjunto, se me antoja bastante agradable.

»–Sí, ¿verdad?

»–Desde luego, William, desde luego. En particular, para un catedrático de filosofía. Sería una vivencia formidable. Tendrías ocasión de meditar sobre el mundo y sus cosas con una abstracción y una serenidad como no lo ha conseguido hasta ahora hombre alguno. Y, así las cosas, ¡qué no podría ocurrírsete! ¡Qué grandes pensamientos y soluciones, qué grandiosas ideas, capaces de revolucionar nuestra forma de vida! ¡Trata de imaginar, si puedes, el grado de concentración que podrías conseguir!

»–Y de frustración –señalé.

»–Tonterías. Frustración, ninguna. No es posible sentir frustración cuando no existe deseo, y no podrías experimentar deseo de ninguna clase. Al menos, deseo físico.

»–Pero ciertamente sería capaz de recordar mi anterior existencia en este mundo, y quizás anhelase volver a él.

»–¡Cómo!, ¿a este pandemónium? ¿Abandonar tu confortable cubeta para volver a esta casa de locos?

»–Una última pregunta –dije–. ¿Cuánto tiempo crees que podrías mantenerlo vivo?

»–¿El cerebro? Quién sabe... Probablemente muchos, muchísimos años. Las condiciones serían ideales. La mayor parte de los factores que causan deterioro estarían ausentes, gracias al corazón artificial. La presión sanguínea se mantendría constante en todo momento, cosa imposible en la vida real. La temperatura también sería constante. Y la composición química de la sangre, poco menos que perfecta: ni impurezas, ni virus ni bacterias; nada. Aunque conjeturar es, por supuesto, necio, creo que en circunstancias semejantes un cerebro podría vivir doscientos o trescientos años. Y ahora, adiós –concluyó–. Pasaré a verte mañana.

»Y se marchó presuroso, dejándome, como bien imaginarás, en un estado de considerable turbación.

»Mi reacción inmediata, desaparecido Landy, fue de retroceso frente a todo aquel asunto. Por alguna razón, distaba de ser atractivo. Había algo básicamente repulsivo en la idea de que yo, mi yo, en plenitud de sus facultades mentales, fuese a verse reducido a una pequeña burbuja viscosa sumida en un charco de agua. Era monstruoso, aberrante, profano. Otra de las cosas que me inquietaban era el sentimiento de impotencia que sin duda me asaltaría una vez me tuviera Landy en la cubeta. Hecho eso, no habría posibilidad de echarse atrás, ni modo alguno de protestar o explicarse. Me vería comprometido durante todo el tiempo que consiguieran mantenerme vivo.

»¿Y qué sucedería, por ejemplo, si no pudiera soportarlo? ¿Si aquello resultase atrozmente doloroso? ¿Si me pusiera histérico?

»No tendría piernas para huir. Ni voz con que gritar. Nada. No me quedaría otro recurso que sonreír de mala gana y aguantarlo durante los próximos dos siglos.

»Pero tampoco habría boca con que componer la sonrisa.

»En ese momento se me ocurrió esta curiosa idea: ¿no es cierto que quienes han sufrido la amputación de una pierna padecen a menudo la ilusión de que la tienen todavía? ¿No le dicen a la enfermera que los dedos de un pie que ya no existe le están picando de mala manera, etcétera, etcétera? Me dio la impresión de haber oído algo al respecto en fechas muy recientes.

»Muy bien. Basándonos en igual premisa, ¿no podría ocurrir que mi cerebro, allí, solo, en la cubeta, pudiera sufrir una alucinación semejante en lo que respecta a mi cuerpo? En cuyo caso, todos mis achaques y dolores habituales podrían acosarme sin que me restara ni aun la posibilidad de tomar una aspirina, para aliviarlos. Tan pronto podría imaginarme una pierna lacerada por el más atroz de los calambres, como sentir una violenta indigestión o, minutos más tarde, experimentar la sensación, ya me conoces, de que mi pobre vejiga está tan llena, que, como no la vaciase pronto, correría peligro de estallar.

»Dios nos libre.

»Me pasé largo rato engolfado en esos horrendos pensamientos. Hasta que, de manera harto repentina, a eso de mediodía, empecé a cambiar de talante. Menos inquieto ante el aspecto desagradable del asunto, me encontré en condiciones de examinar las propuestas de Landy bajo enfoques más sensatos. Bien mirado, me pregunté, ¿no había algo un tanto confortante en la idea de que mi cerebro no tuviera que morir y desaparecer necesariamente en el plazo de unas pocas semanas? A buen seguro que lo había. No dejo de sentirme orgulloso de mi cerebro, órgano sensible, lúcido y fecundo. Receptáculo de un prodigioso acerbo de informaciones, todavía es capaz de producir teorías imaginativas y originales. Según están los cerebros, y aunque me esté feo decirlo, el mío resulta condenadamente bueno. Mi cuerpo, en cambio, mi pobre y viejo cuerpo, el que Landy quiere tirar a la basura..., bueno, tú misma, mi querida Mary, habrás de convenir conmigo en que ya no guarda nada que valga la pena preservar.

»Tendido boca arriba, comiendo un grano de uva –delicioso, por cierto–, y conforme me sacaba de la boca y dejaba en el filo de la bandeja las tres pequeñas semillas que contenía, me dije por lo bajo: "Voy a hacerlo. Por Dios que voy a hacerlo. Cuando Landy vuelva mañana, le diré sin ambages que voy a hacerlo."

»La cosa fue así de rápida. Y, a partir de ese momento, comencé a sentirme mucho mejor. Dejé a todo el mundo sorprendidísimo al engullir un almuerzo descomunal, y, poco después de eso, apareciste tú a visitarme como de costumbre.

»Pero qué buen aspecto tienes, me dijiste. Qué bien, qué despierto y animado me veías. ¿Había ocurrido algo? ¿Alguna buena noticia, tal vez?

»Sí, te dije, una buena noticia. Y entonces, no sé si lo recordarás, te pedí que te sentaras y te pusieras cómoda, e inmediatamente pasé a explicarte de la mejor manera posible lo que se estaba cociendo.

»Tú, ¡ay!, no quisiste ni oír hablar del asunto. Apenas acometer yo los más exiguos pormenores, montaste en cólera y dijiste que aquello era repugnante, asqueroso, horrendo, impensable, y, como intentara proseguir, saliste de la habitación.

»En fin, Mary, como bien sabes, desde entonces son muchas las veces que he intentado discutir contigo el asunto, pero tú te has negado siempre a prestarme oído. De ahí el presente escrito, que confío tendrás el buen sentido de permitirte leer. Redactarlo me ha llevado no poco tiempo. Dos semanas han transcurrido desde que empecé a garabatear la primera frase, y ahora mi debilidad es mucho mayor que entonces. Dudo que tenga fuerzas para añadir gran cosa más. No me despediré, ciertamente, pues, aunque minúscula, existe la posibilidad de que, si Landy sale airoso de su empeño, verdaderamente pueda *verte* otra vez, es decir en el supuesto de que decidas venir a visitarme.

»Voy a disponer que estas páginas no te sean entregadas hasta una semana después de mi muerte. Quiere decir que en estos momentos, al leerlas, han pasado ya siete días desde que Landy consumó la obra. Hasta es posible que conozcas ya el resultado. Si no es así, si te has obstinado en mantenerte al margen del asunto y en no querer saber nada de él –como temo habrás hecho–, te ruego que cambies ya de actitud, telefonees a Landy y te enteres de cómo me han ido las cosas. Es lo menos que puedes hacer. Yo le he dicho que puede esperar noticias tuyas el séptimo día.

»Tu devoto esposo,
William.

»P. D. Cuando te deje, sé buena y recuerda siempre que es más difícil ser viuda que esposa. No tomes cócteles. No malgastes el dinero. No fumes. No comas dulces. No te pintes los labios. No te compres un aparato de televisión. Cuida de que mis rosales, al igual que el jardín de rocalla, estén bien desherbados durante el verano. Y, de paso, visto que ya no me ha de servir para nada, te sugiero que hagas suspender el servicio telefónico.

W.»

La señora Pearl puso lentamente en el sofá, a su lado, la última página del manuscrito. Tenía cerrada y prieta su boca menuda, y una zona de blancura en torno a las ventanas de la nariz.

¡Sería posible! ¿Acaso no tenía derecho una viuda a un poco de paz después de todos aquellos años?

Todo aquel asunto era demasiado espantoso para pensar tan siquiera en él. Espantoso y abominable. La estremecía.

Alcanzó el bolso, se procuró otro cigarrillo, lo encendió, inhaló profundamente el humo y lo expelió en nubes por toda la sala. A través del humo divisó su precioso televisor, enorme y flamante de nuevo, acomodado y retador, pero también un poco cohibidamente, encima de la que había sido mesa de trabajo de William.

¿Qué diría él, se preguntó, si pudiera ver aquello?

Se detuvo a evocar la última ocasión en que la había sorprendido fumando un pitillo. Haría de eso cosa de un año, y ella estaba en la cocina, sentada junto a la ventana abierta y fumándose uno con prisa, antes de que regresara él del trabajo. Tenía puesta a mucho volumen la radio, que emitía bailables, y, como se volviese para servirse otra taza de café, le vio allí, plantado en la puerta, enorme y sombrío, mirándola desde lo alto con aquellos terribles ojos suyos, sendas motitas negras de furia centelleando en su centro.

Por espacio de cuatro semanas después de ese incidente, había atendido en persona al pago de las cuentas de la casa, sin darle a ella ni un céntimo; pero, claro, ¿cómo iba a saber que tenía más de seis libras a buen recaudo en el paquete de escamas de jabón que guardaba en el armario, bajo el fregadero?

—Pero ¿qué ocurre? —le había preguntado ella durante una cena—. ¿Te preocupa que pueda sufrir un cáncer de pulmón?

—No, no me preocupa —fue su respuesta.

—Entonces ¿por qué no puedo fumar?

—Porque no lo veo bien, ésa es la razón.

Tampoco veía bien los hijos, y, como consecuencia de ello, no tuvieron ninguno.

¿Dónde estaría ahora aquel William de sus pecados, el hombre que todo lo veía mal?

Landy estaría esperando su llamada. ¿Estaba obligada a llamarle? Bueno, en realidad, no.

Terminado el cigarrillo, encendió otro con la misma colilla. Miró el teléfono, situado encima de la mesa de trabajo, junto al televisor. William se lo había encomendado, le había pedido expresamente que llamase a Landy tan pronto hubiera leído la carta. Vaciló conforme libraba una dura batalla contra aquel arraigado sentido del deber, que aún no se atrevía del todo a sacudirse. Luego se puso en pie lentamente, cruzó la estancia, alcanzó el teléfono, buscó un número en la agenda, lo marcó, esperó.

—El señor Landy, por favor.

—¿Quién le llama?

—La señora Pearl. La señora de William Pearl.

—Un momento, tenga la bondad.

Landy surgió casi de inmediato al otro lado del hilo.

—¿La señora Pearl?

—Yo misma.

Siguió una breve pausa.

—Cómo celebro que me haya telefoneado, señora Pearl. Espero que estará usted perfectamente. —El tono era sereno, cortés, frío—. ¿No le gustaría darse una vuelta por aquí, por el hospital? Así podríamos charlar un poco. Imagino que arderá en deseos de saber cómo fue todo.

Ella no respondió.

–Por lo pronto, puedo decirle que las cosas marcharon muy bien en todos los sentidos. Mucho mejor, en verdad, de lo que tenía derecho a esperar. No sólo está vivo, señora Pearl, sino, además, consciente. Recobró la conciencia al segundo día. Interesante, ¿no?

Ella le dejó continuar.

–Y el ojo ve. Lo sabemos de cierto porque, cuando le ponemos algo delante, el encefalógrafo registra un cambio inmediato en el rasgueo. Ahora le damos a leer diariamente el periódico.

–¿Qué periódico? –preguntó la señora Pearl incisiva.

–El *Daily Mirror*. Es el que tiene mayores titulares.

–Él detesta el *Mirror*. Denle el *Times*.

Se produjo una, nueva pausa, tras la cual dijo el médico:

–Muy bien, señora Pearl. Le daremos el *Times*. Como es natural, queremos hacer todo lo posible para que el órgano se sienta feliz.

–¡El órgano, no: él! –exclamó la señora Pearl.

–Él, efectivamente –respondió el médico–. Le ruego me perdone. Queremos hacer todo lo posible para que él se sienta feliz. Ése es uno de los motivos de que le proponga venir en cuanto le sea posible. Creo que verla le haría bien. Usted, por su parte, podría mostrar lo encantada que está de encontrarse de nuevo a su lado... sonreírle, tirarle un beso, todas esas cosas. Para él ha de ser reconfortante saberla cerca.

Hubo un largo silencio.

–Bien –dijo por fin la señora Pearl, su voz, de pronto, muy apacible y cansada–, supongo que lo mejor será que me acerque a ver cómo va.

–Magnífico. No contaba yo con otra cosa. La estaré esperando. Venga directamente a mi despacho, en el segundo piso. Adiós.

Media hora más tarde, la señora Pearl llegaba al hospital.

–No debe dejar que le sorprenda su aspecto –le dijo Landy conforme avanzaban por un pasillo.

–Descuide.

–Por fuerza será un pequeño golpe para usted, al principio. Temo que en su actual estado no resulte demasiado atractivo.

–No me casé con él por su físico, doctor.

Landy se volvió y la miró con atención. Pensó en lo muy extraña que resultaba aquella mujercilla con sus grandes ojos y aquella expresión hosca, resentida. Sus facciones, sin duda agradables, y mucho, en otro tiempo, habían decaído por completo. Laxa la boca, las mejillas fláccidas y descolgadas, el conjunto de su rostro daba la impresión de haberse venido abajo lenta pero tenazmente a fuerza de años y más años de insulsa vida marital.

Caminaron un trecho en silencio.

–Cuando entre, no se precipite –dijo Landy por fin–. Hasta que no se asome sobre el mismo ojo, él no sabrá que se encuentra usted en la sala. El ojo permanece constantemente abierto; pero, como no puede moverlo, su campo visual es muy limitado. Ahora lo tenemos orientado directamente al techo. Y, como es natural, no oye nada. Podemos hablar cuanto queramos. Es aquí.

Landy abrió una puerta e introdujo a la señora Pearl en una pequeña sala rectangular.

–Yo no me acercaría demasiado, por de pronto –dijo él al tiempo que le ponía una mano en el brazo–. Quédese un instante aquí atrás, conmigo, hasta que se vaya usted acostumbrando a todo ello.

En una mesa alta y blanca situada en mitad de la habitación había un cuenco blanco y esmaltado, aproximadamente del tamaño de una jofaina, del que partían media docena de delgados tubos de plástico. Los tubos se hallaban conectados a una impresionante masa de conductos de vidrio por donde se veía fluir la sangre que partía del corazón artificial y regresaba a él. La máquina en que éste consistía palpitaba con una suave sonoridad rítmica.

–Está aquí –dijo Landy señalando la cubeta, cuyos bordes, demasiado altos, no le permitían a ella ver el interior–. Acérquese un poquito. No demasiado.

La hizo avanzar dos pasos.

A fuerza de estirar el cuello, la señora Pearl alcanzó ahora a distinguir la superficie del líquido contenido en la vasija. Transparente y quieto, flotaba en él una capsulita ovalada del tamaño, más o menos, de un huevo de paloma.

–Ahí dentro está el ojo –dijo Landy–. ¿Lo ve?

–Sí.

–Sigue, que sepamos, en perfecto estado. Es el derecho, y el recipiente de plástico tiene una lente como la que usaba él en sus gafas. Ahora ve probablemente tan bien como antes.

–Un techo no es de mucho mirar –comentó la señora Pearl.

–No se preocupe por eso. Estamos en vías de crearle todo un programa recreativo; pero, por el momento, no queremos forzar las cosas.

–Denle un buen libro.

–Lo haremos, lo haremos. ¿Se siente bien, señora Pearl?

–Sí.

–Entonces, vamos a avanzar un poco más, ¿quiere? Así podrá verlo de pleno.

La hizo adelantar hasta que, distantes menos de dos metros de la mesa, ella pudo ver el interior mismo de la cubeta.

–Ahí lo tiene –anunció Landy–. Ése es William.

Era mucho mayor de lo que ella hubiera .supuesto, y también más oscuro de color. Con todos aquellos surcos y rugosidades, le hacía pensar, más que nada, en una descomunal castaña confitada. Reparó en los extremos de las cuatro grandes arterias y de las dos venas que surgían de la base y en la pulcritud de su acoplamiento a los tubos de plástico, que, a cada latido del corazón artificial, daban un pequeño respingo conforme la sangre los recorría con ímpetu.

–Tendrá usted que inclinarse –dijo Landy– y poner su linda cara justo sobre el ojo. En ese momento la verá y podrá usted sonreírle y tirarle un beso. Yo, en su lugar, le diría asimismo alguna cosa bonita. Aunque no la oirá, desde luego, estoy seguro de que sacará una idea aproximada.

–No le agrada que le tiren besos –dijo la señora Pearl–. Si no le importa, lo haré a mi manera.

Y, aproximándose hasta el mismo borde de la mesa, se inclinó sobre la cubeta hasta quedar encarada con el ojo de William.

—Hola, cariño —susurró—. Soy yo, Mary.

El ojo, brillante como siempre, la miró a su vez con una intensidad peculiar por su fijeza.

—¿Cómo estás, querido?

Transparente su envoltura de plástico, el globo del ojo resultaba visible en toda su circunferencia. El nervio óptico que lo unía por su cara inferior al cerebro parecía un pedacito de fideo gris.

—¿Te sientes bien, William?

Mirar el ojo de su marido sin cara que lo acompañase le producía una sensación extraña. Con el ojo como único punto de atención, iba creciendo aquél más y más conforme ella lo acechaba, hasta que, convertido en sí mismo en una especie de rostro, ya no veía otra cosa. La blanca superficie del globo estaba surcada por una red de minúsculas venas rojas, y en el gélido azul del iris, emanantes de la pupila que le daba centro, había tres o cuatro trazos negruzcos, bonitos a su manera. La pupila, negra y grande, tenía a un lado una pequeña ascua destellante.

—Recibí tu carta, cariño, y enseguida he venido a ver cómo te encontrabas. El doctor Landy dice que vas maravillosamente bien. Puede que, si hablo despacio, consigas entender algo de lo que digo por el movimiento de los labios.

Era indudable que el ojo la observaba.

—Están haciendo todo lo posible por atenderte, cariño. Este maravilloso artefacto que te han puesto aquí no deja de bombear ni un momento, y estoy segura de que es mucho mejor que esa tontería de corazón que tenemos los demás. Los nuestros pueden pararse cuando menos se piensa, mientras que el tuyo seguirá funcionando para siempre.

Seguía atenta al ojo, estudiándolo para tratar de determinar qué era lo que le daba un aspecto tan insólito.

—Se te ve la mar de bien, cielo, sencillamente espléndido. De veras.

Y en verdad, se dijo, aquel ojo resultaba mucho más agradable que los que en su vida usó para mirar. Había en él, en alguna parte, una blandura, un sosiego y una especie de amabilidad como hasta entonces nunca había visto en ellos. Quizá fuera cosa de aquel punto, la pupila, que tenía en el mismo centro. Las pupilas de William, que siempre habían sido diminutas, como negras cabezas de alfiler, solían asaetearle a uno, clavársele en el cerebro, ver en su interior como si fuese de cristal, y nunca dejaban de descubrir al momento lo que uno se traía entre manos, o, incluso, lo que estaba pensando. Ésta, en cambio, la que ahora contemplaba, era grande, suave, amable, casi vacuna.

–¿Seguro que está consciente? –preguntó sin apartar la mirada.

–Oh, sí, por completo –respondió Landy.

–¿Y que puede verme?

–A la perfección.

–Maravilloso, ¿verdad? Supongo que estará desconcertado.

–En absoluto. Sabe perfectamente dónde está y por qué. Es imposible que lo haya olvidado.

–¿Quiere decir que él sabe que está en esta cubeta?

–Por supuesto. Y, si tuviera la facultad de hablar, seguramente podría mantener con usted en este momento una conversación de todo punto normal. Por las trazas, en lo mental no hay diferencia alguna entre este William y el que usted trataba en su casa.

–Loado sea Dios –exclamó la señora Pearl al pararse a considerar esa intrigante afirmación.

Pero ¿sabes?, dijo para sus adentros, desviando ahora la mirada para fijarla con intensidad en la gran castaña gris y pulposa que descansaba tan plácidamente bajo el agua, no estoy segura de que no le prefiera como es ahora. En verdad, creo que con un William como éste podría vivir muy a gusto. A éste podría hacerle frente.

–Qué tranquilo está, ¿verdad? –comentó.

–Claro que está tranquilo.

Ni discusiones ni críticas, pensó ella, ni advertencias constantes ni reglas que obedecer ni prohibición de fumar ni aquel par de ojos observándome de noche con censura por encima de un libro. No más camisas que lavar y planchar, no más comidas que cocinar... nada, salvo el latido del corazón mecánico, un sonido apaciguador, según se mirase, y a buen seguro no lo bastante alto para estorbar el de la televisión.

–Doctor –dijo–, creo que de pronto le estoy cobrando un enorme afecto. ¿Lo encuentra extraño?

–Me parece de todo punto comprensible.

–Se le ve tan desamparado y silencioso ahí, bajo el agua de su pequeña cubeta.

–Sí, lo sé.

–Es como un bebé. Así le veo yo: ni más ni menos que como a un niño chiquitín.

Landy, situado detrás de ella, lo observaba inmóvil.

–Ea –dijo la señora Pearl en voz baja, la mirada vuelta hacia la cubeta–, de ahora en adelante, Mary cuidará de ti ella sola y no tendrás que preocuparte absolutamente de nada. ¿Cuándo puedo llevármelo a casa, doctor?

–¿Cómo dice usted?

–Que cuándo puedo tenerlo otra vez en casa... en mi casa.

–Bromea usted –replicó Landy.

Volviendo lentamente la cabeza se le encaró.

–¿Por qué habría de bromear? –dijo.

Tenía reluciente el rostro, y los ojos redondos y luminosos como dos diamantes.

–Es imposible moverle.

–No veo por qué.

–Se trata de un experimento, señora Pearl.

–Pero es mi marido, doctor Landy.

Una media sonrisa, divertida y nerviosa, afloró a la boca del cirujano.

–En fin... –dijo.

–Es mi marido, ¿sabe usted?

No había enfado en su voz. Lo dijo en tono sereno, como recordándole, sin más, un hecho patente.

—La cuestión es un tanto discutible —respondió Landy humedeciéndose los labios—. Ahora es usted viuda, señora Pearl. Creo que debería rendirse a la evidencia.

Ella se apartó súbitamente de la mesa y cruzó hacia la ventana.

—En serio —dijo conforme registraba el bolso en busca de un cigarrillo—, quiero que me lo devuelvan.

Mirándola mientras se colocaba ella el pitillo entre los labios y lo encendía, Landy pensó que o mucho se equivocaba o había algo un tanto extravagante en aquella mujer. Se hubiera dicho que estaba casi complacida de tener a su marido allí, en la cubeta.

Trató de imaginar qué sentiría él si el que allí yaciera fuese el cerebro de su esposa, y el ojo que le miraba desde la cápsula, el ojo de ella.

No le gustaría.

—¿Le parece que pasemos ahora a mi despacho? —propuso.

Ella estaba junto a la ventana, en apariencia muy serena y sosegada, fumándose el cigarrillo.

—Sí, conforme —respondió.

Al cruzar ante la mesa, se detuvo y, una vez más, se inclinó sobre la cubeta.

—Mary se marcha ahora, mi cielo —dijo—. No te inquietes por nada, ¿me entiendes? En cuanto sea posible, vamos a llevarte derechito a casa, donde podamos cuidar de ti como es debido. Y una cosa, cariño...

Ahí hizo una pausa y se llevó el cigarrillo a los labios con ánimo de darle una calada.

El ojo centelleó al momento.

Como ella lo mirase con fijeza en ese instante, en su mismo centro descubrió un minúsculo pero fulgurante haz de luz, y vio que, contraída, la pupila se convertía en una diminuta chispa negra de furia total.

Al principio no se movió. Con el cigarrillo a la altura de la boca, permaneció inclinada sobre la vasija, vigilando el ojo.

Luego, con gran lentitud, con deliberación, se puso el pitillo entre los labios e hizo una prolongada inhalación. Contuvo el humo en los pulmones por espacio de tres o cuatro segundos, y, luego, *fuaaass,* lo sacó por la nariz en dos delgados chorros que, alcanzando el agua de la cubeta, surcaron su superficie en una espesa nube azul que envolvió el ojo.

Landy, que la esperaba ya junto a la puerta, de espaldas, dijo:

—¿Viene usted, señora Pearl?

—No te enfurruñes tanto, William —musitó ella—. Enfurruñarse no conduce a nada.

Landy volvió la cabeza, para ver qué estaba haciendo.

—Ya no, ¿sabes? —continuó ella—. Porque, de hoy en adelante, tesoro, tú vas a hacer exactamente lo que diga Mary. ¿Lo entiendes?

—Señora Pearl —dijo Landy, avanzando ahora hacia ella.

—De manera que cuidado con portarse mal, mi niño —añadió conforme daba una nueva calada al cigarrillo—, porque hoy en día a los niños malos se les castiga, y tú debieras saberlo, con la mayor severidad.

Landy, situado ahora junto a ella, la tomó del brazo y empezó a apartarla, suave pero firmemente, de la mesa.

—Adiós, cariño —dijo en voz alta—. Volveré pronto.

—Ya basta, señora Pearl.

—¿No es un encanto? —exclamó volviendo hacia Landy los ojos, grandes y brillantes—. ¿No es un cielo? Me muero de ganas de tenerle en casa.

LA SUBIDA AL CIELO

La señora Foster había sufrido toda su vida un miedo casi patológico a perder trenes, aviones, barcos, y hasta telones, en los teatros. Aunque en otros aspectos no era una mujer particularmente nerviosa, la sola idea de llegar con retraso en ocasiones como las enumeradas la ponía en un estado de excitación tal que le daban espasmos. No era cosa de mucha importancia: un pequeño músculo que se le agarrotaba en la esquina del ojo izquierdo, como un guiño secreto. Lo enojoso, sin embargo, era que la contracción se negaba a desaparecer hasta cosa de una hora después de alcanzado sin novedad el tren, o el avión, o lo que hubiera de tomar.

Es realmente extraordinario el que un temor suscitado por algo tan simple como perder un tren pueda, en ciertas personas, convertirse en una seria obsesión. Media hora antes, como mínimo, de que se hiciese necesario partir hacia la estación, la señora Foster salía del ascensor lista para marchar, con el sombrero y el abrigo puestos, y a continuación, de todo punto incapaz de sentarse, comenzaba a trajinar y agitarse de habitación en habitación, hasta que su marido, que no podía ignorar el estado en que se encontraba, emergía por fin de sus aposentos y en tono seco, desapasionado, señalaba que tal vez fuera hora de ponerse en marcha, ¿no?

Es posible que el señor Foster estuviese en su derecho de irritarse ante esa simpleza de su esposa; lo que resultaba inexcusable era que acrecentase su desazón haciéndola esperar sin necesidad. Cosa que, ¡cuidado!, ni siquiera se hubiera podido demostrar, aunque medía tan bien su tiempo cuando quiera que habían de ir a alguna parte –ya me entienden: sólo uno o dos minutos de retraso–, y su actitud era tan suave, que se hacía difícil creer que no buscara infligir una pequeña pero abominable tortura personal a la pobre señora. Y si algo le constaba es que ella no se habría atrevido por nada del mundo a levantar la voz y pedirle que se apresurase: la tenía demasiado bien disciplinada para eso. Otra cosa que sin duda había de saber era que, llevando la demora incluso más allá del límite de lo prudencial, podía ponerla al borde de la histeria. Una o dos veces, en los últimos años de su vida de casados, casi había parecido que deseara perder el tren, con el único fin de intensificar el sufrimiento de la infeliz.

Supuesta la culpabilidad del marido (que tampoco puede darse por cierta), lo que hacía doblemente irrazonable su actitud era el hecho de que, exceptuada esa pequeña flaqueza incorregible, la señora Foster era y había sido en todo momento una esposa bondadosa y amante que por espacio de más de treinta años le había servido con competencia y lealtad. A ese respecto no había duda alguna: incluso ella, con ser una mujer muy modesta, así lo veía. Y, por mucho que llevase años rechazando la idea de que el señor Foster quisiera atormentarla deliberadamente, a veces, en los últimos tiempos, se había sorprendido a sí misma en el umbral de la sospecha.

El señor Eugene Foster, que frisaba los setenta años, vivía con su esposa en Nueva York, en la calle Sesenta y Dos Este, en una casona de seis plantas atendida por cuatro sirvientes. El lugar era sombrío y recibían pocas visitas. Ello no obstante, la casa había cobrado vida aquella particular mañana de enero y el trajín era mucho. Mientras una de las doncellas repartía por las habitaciones montones de sábanas con que proteger los muebles contra el polvo, otra las colocaba. El mayordomo transportaba a la planta baja maletas que dejaba en el zaguán. El cocinero subía una y otra vez de sus dependencias, para consultar con el mayordomo. Y la señora Foster, por su parte, vestida con un anticuado abrigo de pieles y tocada con un sombrero negro, volaba de una a otra habitación fingiendo vigilar todas aquellas operaciones, cuando lo único que en realidad ocupaba su pensamiento era la idea de que, como su esposo no saliese pronto de su estudio y se aprestara, iba a perder el avión.

—¿Qué hora es, Walker? —preguntó al mayordomo al cruzarse con él.

—Las nueve y diez, señora.

—¿Ha llegado ya el coche?

—Sí, señora, está esperando. Ahora mismo me disponía a cargar el equipaje.

—Se tarda una hora en llegar a Idlewild —dijo ella—. Mi avión despega a las once. Y debo estar allí con media hora de antelación, para los trámites. Llegaré tarde. Sé que llegaré tarde.

—Creo que tiene tiempo de sobra, señora —dijo con amabilidad el mayordomo—. Ya he señalado al señor Foster que habían de marchar a las nueve y cuarto. Aún quedan cinco minutos.

—Sí, Walker, ya lo sé, ya lo sé. Pero cargue rápido el equipaje, ¿quiere?

Se puso a dar vueltas por el zaguán, y, cuantas veces se cruzaba con el mayordomo, le preguntaba la hora. Aquél, se decía una y otra vez, era el único avión que no podía perder. Le había costado meses persuadir a su marido de que la dejase marchar. Y, si ahora perdía el avión, no era difícil que él resolviese que debía dejarlo todo en suspenso. Y lo peor era su insistencia en ir a despedirla al aeropuerto.

—Dios mío —exclamó en voz alta—, voy a perderlo. Lo sé, lo sé; sé que voy a perderlo.

El pequeño músculo situado junto al ojo izquierdo le daba ya unos tirones locos, y los ojos en sí los tenía al borde de las lágrimas.

—¿Qué hora es, Walker?

—Las nueve y dieciocho, señora.

—¡Ya es seguro que lo pierdo! —se lamentó—. Oh, ¿por qué no aparecerá de una vez?

Era aquél un viaje importante para la señora Foster. Iba a París, sola, a visitar a su hija, su única hija, casada con un francés. A la señora Foster no le importaba gran cosa el francés, pero a su hija le tenía mucho cariño, y, sobre todo, la consumía el anhelo de ver a sus tres nietos, a quienes sólo conocía por las muchas fotos que de ellos había recibido y que no dejaba de exponer por toda la casa. Eran preciosas aquellas criaturas. Loca por ellas, en cuanto llegaba una nueva fotografía se la llevaba donde pudiera examinarla largo rato buscando con cariño en sus caritas indicios satisfactorios de aquel aire de familia que tanto significaba para ella. Por último, en fechas recientes, cada vez la asaltaba con mayor frecuencia el sentimiento de que no deseaba terminar sus días donde no pudiese estar cerca de sus niños, recibir sus visitas, llevarlos de paseo, comprarles regalos y verlos crecer. Sabía, a buen seguro, que en cierto modo no estaba bien, e incluso que era una deslealtad alentar pensamientos semejantes estando todavía vivo su esposo. Tampoco ignoraba que, por más que ya no desarrollase actividades en ninguna de sus múltiples empresas, él jamás consentiría en dejar Nueva York para instalarse en París. Ya era un milagro que se hubiese avenido a permitirle hacer sola el vuelo y pasar allí seis semanas de visita. Pero, aun así, ¡ah, cómo le hubiera gustado poder vivir siempre cerca de sus nietos!

–Walker, ¿qué hora es?

–Y veintidós, señora.

Mientras eso decía, se abrió una puerta y en el zaguán apareció el señor Foster, que se detuvo a mirar con intensidad a su esposa. También ella fijó los ojos en aquel anciano diminuto, pero todavía apuesto y gallardo, que con su inmensa cara barbuda tan asombroso parecido guardaba con las viejas fotografías de Andrew Carnegie.

–Bueno –dijo–, creo que no estará de más, si quieres alcanzar ese avión, que nos vayamos poniendo en marcha.

–Sí, cariño, sí. Todo está a punto. Y el coche, esperando.

–Perfecto –dijo él ladeando la cabeza y observándola con atención.

Tenía una curiosa manera de ladear la cabeza, la cual se veía además sometida a una serie de sacudidas, breves y rápidas. A causa de ello, y también porque se estrujaba las manos sostenidas en alto, casi a nivel del pecho, plantado allí tenía cierto aspecto de ardilla..., una viva, ágil y vieja ardilla escapada del Central Park.

—Ahí tienes a Walker con tu abrigo, cariño. Póntelo.

—Enseguida estaré contigo —replicó él—. Es sólo lavarme las manos.

Ella se quedó aguardando flanqueada por el alto mayordomo, portador del sombrero y abrigo.

—¿Lo perderé, Walker?

—No, señora —respondió el mayordomo—. Creo que llegará perfectamente.

Luego reapareció el señor Foster y el mayordomo le ayudó a ponerse el abrigo. La señora Foster salió presurosa de la casa y montó en el Cadillac alquilado. Su esposo la siguió, pero bajando con lentitud la escalinata que llevaba a la calle y deteniéndose, todavía en los peldaños, para estudiar el cielo y olisquear el frío aire de la mañana.

—Parece un poco brumoso —observó conforme se acomodaba en el coche junto a ella—. Y allí, por el lado del aeropuerto, siempre empeora. No me sorprendería que ya hubiesen suspendido el vuelo.

—No digas eso, cariño, por favor.

No volvieron a hablar hasta que el coche hubo cruzado el río, camino de Long Island.

—Ya me he puesto de acuerdo con el servicio —dijo el señor Foster—. Marcharán todos hoy. Les he liquidado seis semanas a razón de media paga, y a Walker le he dicho que cuando volvamos a necesitarlos le enviaré un telegrama.

—Sí —replicó ella—. Ya me lo ha contado.

—Yo me trasladaré al club esta noche. Alojarse allí será una novedad agradable.

—Sí, cariño. Y yo te escribiré.

—Pasaré por casa de vez en cuando, para recoger el correo y cerciorarme de que todo está en orden.

–¿De veras no crees preferible que Walker se quede allí, al cuidado de todo, mientras estemos fuera? –preguntó ella sumisa.

–Qué tontería. Es del todo innecesario. Y, además, le tendría que pagar el sueldo completo.

–Oh, sí –dijo ella–. Claro está.

–Y, por otra parte, nunca se sabe lo que se le puede ocurrir a la gente cuando se la deja sola en una casa –proclamó el señor Foster, que sacó ahí un cigarro cuya punta hendió con un cortapuros de plata antes de encenderlo con un mechero de oro.

Ella guardó silencio, las manos unidas y crispadas bajo la manta de viaje.

–¿Me escribirás? –indagó.

–Ya veremos. Aunque lo dudo. Ya sabes que no soy de escribir cartas, como no tenga algo concreto que decir.

–Sí, ya lo sé, cariño. Entonces, no te molestes en hacerlo.

Seguían avanzando, ahora por el Queen's Boulevard, hasta que, al alcanzar las llanas marismas en que se asienta el aeropuerto de Idlewild, la niebla empezó a espesarse y el coche hubo de reducir la marcha.

–¡Oh, Dios mío! –exclamó la señora Foster–. Ahora sí que lo pierdo. ¡Estoy segura! ¿Qué hora es?

–Basta ya de alboroto –protestó el anciano–. Además, es en vano: ya tienen que haberlo suspendido. Jamás vuelan con un tiempo semejante. No sé ni por qué te has tomado la molestia de ponerte en camino.

Aunque no estaba segura de ello, le pareció que su voz cobraba repentinamente un tono nuevo, y volvió la cabeza, para mirarle. Era difícil, con aquel pelambre, apreciar en su rostro cambios de expresión. La boca era la clave de todo, y, como tantas otras veces, habría dado cualquier cosa por distinguirla claramente, pues a no ser que estuviera enfurecido, los ojos rara vez traslucían nada.

–De todas formas –prosiguió el señor Foster–, te doy la razón: si por casualidad se efectuase el vuelo, ya lo tienes perdido. ¿Por qué no te rindes a la evidencia?

Apartó de él la mirada y la volvió hacia la ventanilla. La niebla parecía espesarse conforme adelantaban, y ahora sólo el borde de la carretera y la orilla de la pradera que empezaba más allá le resultaban visibles. Sabía que su esposo continuaba mirándola. A una nueva ojeada advirtió, con una especie de horror, que ahora tenía fija la vista en el rabillo de su ojo izquierdo, en aquella pequeña zona donde sentía los tirones del músculo.

—¿O no es así? —insistió él.

—¿Qué?

—Que ya tienes perdido el vuelo, si es que lo hay. Con esta basura en el aire, no podemos correr.

Dicho eso, no volvió a dirigirle la palabra. El coche continuó su dificultoso avance, auxiliado el conductor por el foco amarillo que tenía orientado hacia el arcén. Otros focos, algunos blancos, algunos amarillos, surgían continuamente de la niebla, en dirección opuesta, y uno, sobremanera brillante, no dejaba de seguirlos a corta distancia.

De repente, el chófer paró el coche.

—¡Ya está! —exclamó el señor Foster—. Atascados. Ya lo sabía.

—No, señor —dijo el chófer al tiempo que volvía la cabeza—. Lo hemos conseguido. Estamos en el aeropuerto.

La señora Foster se apeó sin decir palabra y entró presurosa en el edificio por su puerta principal. El interior estaba repleto de gente, en su mayoría pasajeros que asediaban, desolados, los despachos de billetes. La señora Foster se abrió paso como pudo y se dirigió al empleado.

—Sí, señora —dijo éste—. Su vuelo está aplazado, por el momento. Pero no se marche, por favor. Contamos con que el tiempo aclare en cualquier instante.

La señora Foster salió al encuentro de su marido, que continuaba en el coche, y le transmitió la información.

—Pero no te quedes, cariño —añadió—. No tiene sentido.

—No pienso hacerlo —replicó él—, siempre y cuando el chófer pueda devolverme a la ciudad. ¿Podrá usted, chófer?

—Eso creo —dijo el hombre.

—¿Ya ha bajado el equipaje?

—Sí, señor.

—Adiós, cariño —se despidió la señora Foster, e inclinó él cuerpo hacia el interior del coche y besó brevemente a su esposo en el áspero pelambre gris de la mejilla.

—Adiós —contestó él—. Que tengas buen viaje.

El coche arrancó y la señora Foster se quedó sola.

El resto del día fue una especie de pesadilla para ella. Sentada hora tras hora en el banco que más cerca quedaba del mostrador de la línea aérea, a cada treinta minutos, o cosa así, se levantaba para preguntar al empleado si había cambiado la situación. La respuesta era siempre la misma: debía continuar la espera, pues la niebla podía disiparse en cualquier momento. Hasta que, por fin, a las seis de la tarde, los altavoces anunciaron que el vuelo quedaba aplazado hasta las once de la mañana siguiente.

La señora Foster no supo qué hacer al recibir la noticia. Continuó en su asiento, por lo menos durante otra media hora, preguntándose, cansada y como confusa, dónde podría pasar la noche. Dejar el aeropuerto le disgustaba en grado sumo. No quería ver a su esposo. Le aterraba que consiguiese, con algún subterfugio, impedirle el viaje a Francia. Ella se hubiera quedado allí, en aquel mismo banco, toda la noche. Le parecía lo más seguro. Pero estaba agotada, y tampoco le costó comprender que, en una señora de su edad, aquel proceder sería ridículo. En vista de ello, terminó por buscar un teléfono y llamar a su casa.

Respondió su esposo en persona, a punto ya de salir hacia el club. Después de comunicarle las noticias, le preguntó si continuaba allí la servidumbre.

—Han marchado todos —contestó él.

—Siendo así, buscaré en cualquier sitio una habitación donde pasar la noche. Pero no te inquietes por eso, cariño.

—Sería una bobada —replicó él—. Tienes toda una casa a tu disposición. Úsala.

—Pero es que está *vacía,* mi vida.

—Entonces, me quedaré a acompañarte.

—Pero no hay comida ahí. No hay nada.

—Pues cena antes de volver. No seas tan necia, mujer. De todo tienes que hacer un alboroto.

—Sí —respondió ella—. Lo siento. Tomaré un emparedado aquí y me pondré en camino.

Fuera, la niebla había aclarado un poco; pero, aun así, el regreso en el taxi fue largo y lento, y ya era bastante tarde cuando llegó a la casa de la calle Sesenta y Dos.

Su marido emergió de su estudio al oírla entrar.

—Y bien —dijo plantado junto a la puerta—, ¿qué tal ha resultado París?

—Salimos a las once de la mañana. Está confirmado.

—Será si se disipa la niebla, ¿no?

—Ya empieza. Se ha levantado viento.

—Se te ve cansada. Tienes que haber tenido un día tenso.

—No fue demasiado agradable. Creo que me voy directamente a la cama.

—He encargado un coche. Para las nueve de la mañana.

—Oh, muchas gracias, cariño. Y espero que no volverás a tomarte la molestia de hacer todo ese viaje, para despedirme.

—No, no creo que lo haga —dijo él despacio—. Pero nada te impide dejarme, de paso, en el club.

Le miró y en aquel momento se le antojó muy lejano, como al otro lado de una frontera, súbitamente tan pequeño y distante, que no podía determinar qué estaba haciendo, ni qué pensaba, ni tan siquiera quién era.

—El club está en el centro —observó ella—: no queda camino del aeropuerto.

—Pero tienes tiempo de sobra esposa mía. ¿O es que no quieres dejarme en el club?

—Oh, sí, claro que sí.

—Magnífico. Entonces, hasta mañana, a las nueve.

La señora Foster se encaminó a su alcoba, situada en el segundo piso, y tan exhausta estaba tras aquella jornada, que se durmió apenas acostarse.

A la mañana siguiente, habiendo madrugado, antes de las ocho y media estaba ya en el zaguán, lista para marchar. Su marido apareció minutos después de las nueve.

—¿Has hecho café? —preguntó a su esposa.

—No, cariño. Pensé que tomarías un buen desayuno en el club. El coche ya ha llegado y lleva un rato esperando. Yo estoy lista para marchar.

La conversación la celebraban en el zaguán —últimamente parecía como si todos sus encuentros ocurriesen allí—, ella con el abrigo y el sombrero puestos, y el bolso en el brazo, y él con una levita de curioso corte y altas solapas.

—¿Y el equipaje?

—Lo tengo en el aeropuerto.

—Ah, sí. Claro está. Bien, si piensas dejarme primero en el club, mejor será que nos pongamos cuanto antes en camino, ¿no?

—¡Sí! —exclamó ella—. ¡Oh, sí, por favor!

—Sólo el tiempo de coger unos cigarros. Enseguida estoy contigo. Monta en el coche.

Ella dio media vuelta y salió al encuentro del chófer, que le abrió la puerta del coche al verla acercarse.

—¿Qué hora es? —le preguntó la señora Foster.

—Alrededor de las nueve y cuarto.

El señor Foster salió de la casa cinco minutos más tarde. Viéndole descender despacio la escalinata, advirtió ella que, enfundadas en aquellos estrechos pantalones, sus piernas parecían patas de chivo. Como hiciera la víspera, se detuvo a medio camino, para olisquear el aire y estudiar el cielo. Aunque no había despejado por completo, un amago de sol perforaba la bruma.

—A lo mejor tienes suerte esta vez —comentó él conforme se instalaba a su lado en el coche.

—Dese prisa, por favor —dijo ella al chófer—. Y no se preocupe por la manta de viaje. Yo la extenderé. Arranque, se lo ruego. Voy con retraso.

El conductor se acomodó frente al volante y puso en marcha el motor.

—¡Un momento! —exclamó de pronto el señor Foster—. Aguarde un instante, chófer, tenga la bondad.

—¿Qué ocurre, cariño? —indagó ella según le observaba registrarse los bolsillos del abrigo.

—Tenía un pequeño regalo que darte, para Ellen. Vaya, ¿dónde diablos estará? Estoy seguro de que lo llevaba en la mano al bajar.

—No he visto que llevases nada. ¿Qué regalo era?

—Una cajita, envuelta en papel blanco. Ayer olvidé dártela y no quiero que hoy ocurra lo mismo.

—¡Una cajita! —exclamó la señora Foster—. ¡Yo no he visto ninguna cajita!

Y se puso a rebuscar con desespero en la parte trasera del coche.

Su marido, que estaba examinándose los bolsillos del abrigo, desabrochó éste y comenzó a palparse la levita.

—Maldita sea —dijo—, debo de haberla olvidado en el dormitorio. No tardo ni un minuto.

—¡Oh, déjalo, por favor! —clamó ella—. ¡No tenemos tiempo! Puedes enviárselo por correo. Después de todo, no será más que una de esas dichosas peinetas, que es lo que siempre le regalas.

—¿Y qué tienen de malo las peinetas, si puede saberse? —inquirió él, furioso de que, por una vez, su esposa hubiera perdido los estribos.

—Nada, cariño. ¿Qué van a tener de malo? Sólo que...

—¡Quédate aquí! —le ordenó—. Voy a buscarla.

—Deprisa, te lo ruego. ¡Oh, date prisa, por favor!

Se quedó quieta en el asiento, espera que esperarás.

—¿Qué hora es, dígame? —preguntó al conductor.

El hombre consultó su reloj de pulsera.

—Casi las nueve y media, diría yo.

—¿Podremos llegar al aeropuerto en una hora?

—Más o menos.

Ahí, de pronto, la señora Foster descubrió, trabado entre asiento y respaldo, en el lugar que había ocupado su esposo, el borde de un objeto blanco. Alargó la mano y tiró de él. Era una cajita envuelta en papel e insertada allí, observó a su pesar, honda y firmemente, como por intervención de una mano.

—¡Aquí está! —exclamó—. ¡La he encontrado! ¡Oh, Dios mío, y ahora se eternizará allí arriba buscándola! Chófer, por favor, corra usted a avisarle, ¿quiere?

Aunque todo aquello le tenía bastante sin cuidado, el hombre, dueño de una boca irlandesa, pequeña y rebelde, saltó del coche y subió los peldaños que daban acceso a la puerta principal. Pero enseguida se volvió y deshizo el camino.

—Está cerrada —declaró—. ¿Tiene llave?

—Sí... aguarde un instante.

La señora Foster se puso a registrar el bolso como loca. Un visaje de angustia contraía su pequeña cara, donde los labios, prietos, sobresalían como un pico de cafetera.

—¡Ya la tengo! Tome. No, déjelo: iré yo misma. Será más rápido. Yo sé dónde encontrarle.

Salió presurosa del coche y presurosa subió la escalinata, la llave en una mano. Introdujo aquélla en la cerradura y, a punto de darle vuelta, se detuvo. Irguió la cabeza y así se quedó, totalmente inmóvil, toda ella suspendida justo en mitad de aquel precipitado acto de abrir y entrar, y esperó. Esperó cinco, seis, siete, ocho, nueve, diez segundos. Viéndola plantada allí, la cabeza muy derecha, el cuerpo tan tenso, se hubiera dicho que acechaba la repetición de algún ruido percibido antes y procedente de un lejano lugar de la casa.

Sí: era indudable que estaba a la escucha. Toda su actitud era de escuchar. Parecía, incluso, que acercase más y más a la puerta la oreja. Pegada ésta ya a la madera, durante unos segundos siguió en aquella postura: la cabeza alta, el oído atento, la mano en la llave, a punto de abrir, pero sin hacerlo, intentado en cambio, o eso parecía, captar y analizar los sonidos que le llegaban, vagos, de aquel lejano lugar de la casa.

Luego, de golpe, como movida por un resorte, volvió a cobrar vida. Retirada la llave de la cerradura, descendió los peldaños a la carrera.

—¡Es demasiado tarde! —gritó al chófer—. No puedo esperarle. Imposible. Perdería el avión. ¡Deprisa, deprisa, chófer! ¡Al aeropuerto!

Es posible que, de haberla observado con atención, el chófer hubiese advertido que, la cara totalmente blanca, toda su expresión había cambiado de repente. Exentos ahora de aquel aire un tanto blando y bobo, sus rasgos habían cobrado una singular dureza. Su pequeña boca, de ordinario tan floja, se veía prieta y afilada; los ojos le fulgían; y la voz cuando habló, tenía un nuevo tono, de autoridad.

—¡Dese prisa, dese usted prisa!

—¿No marcha su marido con usted? —preguntó el hombre, atónito.

—¡Desde luego que no! Sólo iba a dejarlo en el club. Pero no importa. Él lo comprenderá. Tomará un taxi. Pero no se me quede ahí, hablando, hombre de Dios. ¡En marcha! ¡Tengo que alcanzar el avión a París!

Acuciado por la señora Foster desde el asiento trasero, el hombre condujo deprisa todo el camino y ella consiguió tomar el avión con algunos minutos de margen. Al poco, sobrevolaba muy alto el Atlántico, cómodamente retrepada en su asiento, atenta al zumbido de los motores, y camino, por fin, de París. Imbuida aún de su nuevo talante, se sentía curiosamente fuerte y, en cierta extraña manera, maravillosamente. Todo aquello la tenía un poco jadeante; pero eso era debido, más que nada, al pasmo que le inspiraba lo que había hecho; y, conforme el avión fue alejándose más y más de Nueva York y su calle Sesenta y Dos Este, una gran serenidad comenzó a invadirla. Para su llegada a París, se sentía tan sosegada y entera como pudiese desear.

Conoció a sus nietos, que en persona eran aún más adorables que en las fotografías. De puro hermosos, se dijo, parecían ángeles. Diariamente los llevó a pasear, les ofreció pasteles, les compró regalos y relató cuentos maravillosos.

Una vez por semana, los jueves, escribía a su marido una carta simpática, parlanchína, repleta de noticias y chismes, que invariablemente terminaba con el recordatorio de: «Y no olvides comer a tus horas, cariño, aunque me temo que, no estando yo presente, es fácil que dejes de hacerlo.»

Expiradas las seis semanas, todos veían con tristeza que hubiese de volver a América, y a su esposo. Todos, es decir, excepto ella misma, que no parecía, por sorprendente que ello fuera, tan contrariada como hubiera cabido esperar. Y, según se despedía de unos y otros con besos, tanto en su actitud como en sus palabras, parecía apuntar la posibilidad de un regreso no distante.

Con todo, y haciendo honor a su condición de esposa fiel, no se excedió en su ausencia. A las seis semanas justas de su llegada, y tras haber cablegrafiado a su esposo, tomó el avión a Nueva York.

A su llegada a Idlewild, la señora Foster advirtió con interés que no había ningún coche esperándola. Es posible que eso incluso la divirtiera un poco. Pero, sosegada en extremo, no se excedió en la propina al mozo que le había conseguido un taxi tras llevarle el equipaje.

En Nueva York hacía más frío que en París y las bocas de las alcantarillas mostraban pegotes de nieve sucia. Cuando el taxi se detuvo ante la casa de la calle Sesenta y Dos, la señora Foster consiguió del chófer que le subiese los dos maletones a lo alto de la escalinata. Después de pagarle, llamó al timbre. Esperó, pero no hubo respuesta. Sólo por cerciorarse, volvió a llamar. Oyó el agudo tintineo que sonaba en la despensa, en la trasera de la casa. Nadie, sin embargo, acudió a la puerta.

En vista de ello, la señora Foster sacó su llave y abrió.

Lo primero que vio al entrar fue el correo amontonado en el suelo, donde había caído al ser echado al buzón. La casa estaba fría y oscura. El reloj de pared aparecía envuelto aún en la funda que lo protegía del polvo. El ambiente, pese al frío, tenía una peculiar pesadez, y en el aire flotaba un extraño olor dulzón como nunca antes lo había percibido.

Cruzó a paso vivo el zaguán y desapareció nuevamente por la esquina del fondo, a la izquierda. Había en esa acción algo a un tiempo deliberado y resuelto; tenía la señora Foster el aire de quien se dispone a investigar un rumor o confirmar una sospecha. Y cuando regresó, pasados unos segundos, su rostro lucía un pequeño viso de satisfacción.

Se detuvo en mitad del zaguán, como reflexionando qué hacer a continuación, y luego, súbitamente, dio media vuelta y se dirigió al estudio de su marido. Encima del escritorio encontró su libro de direcciones, y, tras un rato de rebuscar en él, levantó el auricular y marcó un número.

—¿Oiga? —dijo—. Les llamo desde el número nueve de la calle Sesenta y Dos Este... Sí, eso es. ¿Podrían enviarme un operario cuanto antes? Sí, parece haberse parado entre el segundo y el tercer piso. Al menos, eso señala el indicador... ¿Enseguida? Oh, es usted muy amable. Es que, verá, no tengo las piernas como para subir tantas escaleras. Muchísimas gracias. Que usted lo pase bien.

Y, después de colgar, se sentó ante el escritorio de su marido, a esperar paciente la llegada del hombre que en breve acudiría a reparar el ascensor.

PLACER DE CLÉRIGO

El señor Boggis conducía despacio, cómodamente reclinado en el asiento, el codo apoyado en la parte baja de la ventanilla abierta. Qué hermosa estaba la campiña, pensó; y qué agradable percibir de nuevo indicios de verano. Sobre todo las prímulas. Y el oxiacanto. El oxiacanto estallaba en blanco, rosa y rojo por los setos, y las prímulas crecían debajo en pequeños macizos, y resultaba maravilloso.

Retiró una mano del volante y encendió un pitillo. Ahora, lo mejor sería, se dijo, poner rumbo a la cima del Brill Hill, visible a menos de un kilómetro al frente. Y lo que distinguía allí, aquel puñado de casitas entre árboles, en la misma cumbre, había de ser el pueblo de Brill. Magnífico. No todos sus sectores dominicales ofrecían una elevación como aquélla, tan bonita, desde donde trabajar.

Se dirigió a lo alto y detuvo el coche cerca de la cima, a las afueras del pueblo. Hecho eso, se apeó y echó un vistazo alrededor. Abajo, a sus pies, la campiña se extendía como una inmensa alfombra verde hasta donde le llegaba la vista, a kilómetros de distancia. Era perfecto. Se sacó del bolsillo libreta y lápiz, y, apoyado en la parte trasera del coche, dejó que su experimentado ojo recorriese lentamente el paisaje.

A la derecha, al fondo de los campos, advirtió una granja mediana a la cual daba acceso una senda que partía de la carretera.

Más allá, una alquería mayor. Y una casa rodeada de altos olmos, con aspecto de remontarse al período de la reina Ana. Luego, más lejos y a la izquierda, dos casas que parecían granjas. En total, cinco casas. Eso era, más o menos, cuanto había de aquel lado.

El señor Boggis dibujó en la libreta un bosquejo que le permitiera situar fácilmente las fincas una vez al pie del terreno, tras lo cual volvió al coche y atravesó el pueblo hacia el otro extremo de la colina. Desde allí localizó otras seis posibilidades: cinco granjas y un caserón blanco, de finales del siglo XVIII o principios del XIX. Estudiado con ayuda de los prismáticos, resultó ofrecer una aspecto de prosperidad y un jardín bien cuidado. Una pena. Lo excluyó de inmediato. Caer sobre los prósperos no tenía el menor sentido.

Así pues, en total había en aquel cuadrado, en aquel sector, diez posibilidades. El diez era un número bonito, se dijo el señor Boggis. Justo la cantidad indicada para una tarde de trabajo pausado. ¿Qué hora era? Las doce. Le hubiera gustado, antes de poner manos a la obra, tomar una jarra en la taberna. Pero los domingos no abrían hasta la una. Pues nada: la tomaría más tarde. Tras una ojeada a los apuntes de su libreta, decidió comenzar por la casa del período de la reina Ana, la de los olmos. Los prismáticos se la habían mostrado gratamente ruinosa. Seguro que a sus habitantes no les vendría mal un poco de dinero. Cuando menos, siempre había tenido suerte con las casas de aquel estilo. El señor Boggis subió de nuevo al coche, soltó el freno de mano y atacó el descenso sin poner en marcha el motor, lentamente.

Aparte el hecho de que en esos momentos fuera disfrazado de clérigo, no había en el señor Cyril Boggis nada demasiado siniestro. Anticuario de oficio, con tienda y sala de exposición propias, en el King's Road de Chelsea, aunque ni sus locales eran grandes ni su cifra de negocios cuantiosa por lo general, como siempre compraba barato, baratísimo, y vendía caro, muy caro, todos los años conseguía unos ingresos apañados. Vendedor inteligente, sabía adoptar, con habilidad, vendiera o comprara, el talante que mejor conviniese a su cliente. Circunspecto y amable con los viejos, obsequioso con los ricos, comedido con los piadosos, dominante con los débiles, pícaro para con las viudas y socarrón y desenvuelto frente a las solteras, consciente siempre de sus dotes, las empleaba con todo descaro y tanta frecuencia como le era posible; y a menudo, culminada una actuación de singular calidad, le costaba un auténtico esfuerzo no volverse a hacer unas reverencias conforme la atronadora ovación recorría el teatro.

A pesar de esa condición suya, un tanto apayasada, el señor Boggis no era un necio. Es más: algunos decían de él que a buen seguro nadie excedía en Londres sus conocimientos en cuanto a muebles franceses, ingleses e italianos. Dueño, además, de un gusto que sorprendía por su refinamiento, al momento reconocía y rechazaba, por más auténtica que pudiera ser la pieza, un diseño desgraciado. Su verdadera pasión, como es natural, era la obra de los grandes ebanistas ingleses del siglo XVIII: Ince, Mayhew, Chippendale, Robert Adam, Manwaring, Iñigo Jones, Hepplewhite, Kent, Johnson, George Smith, Lock, Sheraton y todos los demás, si bien incluso con éstos se mostraba en ocasiones puntilloso. Por ejemplo, se negaba a incluir en su exposición ni una sola pieza de los períodos chino y gótico de Chippendale, y lo mismo cabía decir respecto de algunos de los recargados diseños italianos de Robert Adam.

En años recientes, el señor Boggis había adquirido considerable fama entre sus amigos del ramo por el hecho de que consiguiese exhibir con una regularidad pasmosa piezas excepcionales y a menudo de gran rareza. Al parecer, el hombre disponía de una fuente de abastecimiento casi inagotable, una especie de almacén particular, y, por las trazas, visitarlo una vez por semana era cuanto precisaba para servirse a su antojo. Cuando quiera que le preguntaban de dónde sacaba el material, componía una sonrisa de complicidad, guiñaba un ojo y murmuraba algo a propósito de un pequeño secreto.

La idea que ocultaba el pequeño secreto del señor Boggis era sencilla y se le había ocurrido a consecuencia de un suceso que se produjo cierta tarde de domingo, casi nueve años atrás, yendo él en coche por el campo.

Salió por la mañana con ánimo de visitar a su anciana madre, que vivía en Sevenoaks. En el camino de regreso se le había roto la correa del ventilador, con lo cual, recalentado el motor, el agua se evaporó. Se apeó entonces y se encaminó a la casa más próxima, un edificio más bien pequeño, estilo granja, distante de la carretera cosa de cincuenta metros, donde cortésmente pidió un jarro de agua a la mujer que salió a abrir.

A la espera de que la desconocida fuera a buscar el agua, y como acertase a lanzar una ojeada por la puerta que daba a la salita, descubrió allí, a menos de cinco metros de donde aguardaba, algo que, de pura excitación, hizo que toda la parte superior de la cabeza le empezara a sudar. Era un gran sillón, de roble y de un modelo del que sólo había visto otro ejemplar en toda su vida. Ambos brazos, al igual que el panel del respaldo, estaban reforzados por series de ocho finas columnitas bellamente torneadas. El panel, por su parte, tenía por decoración un exquisito dibujo floral, de taracea, y sendas cabezas de pato realzaban, talladas, una mitad de cada brazo. ¡Santo Dios!, pensó, ¡si esto es de finales del siglo XV!

Se asomó más a la puerta y allí, al otro lado de la chimenea, distinguió, ¡cielos!, la pareja.

Aunque no podía afirmarlo con certeza, dos sillones como aquéllos tenían que valer en Londres un mínimo de mil libras. Y ¡ah, qué par de maravillas eran!

Al regresar la mujer, el señor Boggis se presentó y le preguntó a bocajarro si querría vender los sillones.

¡Válgame Dios!, fue su respuesta, ¿por qué iba ella a querer vender sus sillones?

Por ningún motivo, salvo que él podría estar dispuesto a pagárselos bien.

¿Pues cuánto podría darle? No los tenía, ni mucho menos, en venta; pero sólo por curiosidad, por tontear, ya sabe, ¿cuánto estaría dispuesto a pagar?

Treinta y cinco libras.

¿Cuánto?

Treinta y cinco libras.

¡Válgame Dios, treinta y cinco libras! Vaya, vaya, muy interesante. Siempre los había tenido por valiosos. Eran muy antiguos. Y también muy cómodos. No podría pasar sin ellos, de ninguna manera. No, no estaban en venta; pero agradecidísima, de todas formas.

En realidad no eran tan antiguos, le dijo el señor Boggis, ni nada fáciles de vender; sólo que él, casualmente, tenía un cliente bastante aficionado a aquella clase de artículos. Quizá pudiera subir otras dos libras... que fuesen treinta y siete. ¿Qué decía a eso?

Regatearon durante media hora y, claro está, el señor Boggis consiguió por fin los sillones habiendo convenido pagar algo menos del veinteavo de su valor.

Aquella noche, de regreso a Londres en su viejo coche tipo ranchera y con los dos fabulosos sillones cuidadosamente acomodados en la parte posterior, el señor Boggis se vio asaltado por lo que le pareció una idea singular en extremo.

Veamos, se dijo, si en una granja hay material de calidad, ¿por qué no habría de ocurrir lo mismo en otras? ¿Por qué no salir en su busca? ¿Por qué no batir las zonas rurales? Lo podría hacer los domingos, con lo cual no interferiría para nada su trabajo. Nunca sabía qué hacer los domingos.

Así pues, el señor Boggis se compró mapas, detalladísimos mapas de todos los condados de los alrededores de Londres, que dividió, con ayuda de una pluma de punta fina, en una serie de cuadrados, cada uno de los cuales representaba una zona de ocho por ocho kilómetros, que era, consideró, lo máximo que podía cubrir concienzudamente en un domingo. Las pequeñas ciudades y los pueblos no le interesaban. Su objetivo eran los lugares relativamente aislados: grandes alquerías y casas solariegas en estado más o menos ruinoso; de esa forma, y a razón de un cuadrado por domingo, o sea cincuenta y dos al año, poco a poco iría cubriendo todas las granjas y casas de campo de los condados vecinos.

Pero la cosa, a todas luces, no se reduciría a eso. La gente del campo es recelosa. Y asimismo lo son los ricos venidos a menos. No es cuestión de salir por ahí y llamar a la puerta con la pretensión de que así, sin más ni más, le enseñen a uno la casa, porque sería en vano. Por ese sistema jamás conseguiría pasar de la puerta. ¿Qué hacer, pues, para franquearse la entrada? Lo mejor sería, tal vez, ocultarles su condición de anticuario. Podría presentarse como reparador de teléfonos, como inspector del gas, incluso como cura...

A partir de ese punto, el proyecto comenzó a cobrar un cariz más práctico. El señor Boggis encargó un gran número de tarjetas de óptima calidad con el siguiente texto impreso:

EL REVERENDO
CYRIL WINNINGTON BOGGIS

Presidente de la Sociedad	En colaboración con el
Protectora de Muebles Raros	Victoria and Albert Museum

Domingo a domingo, de ahora en adelante, se convertiría en un viejo y simpático clérigo que consagraba sus domingos a viajar de un lado para otro, entregado, por amor a la «Sociedad», a la confección de un repertorio de los tesoros ocultos en las casas campestres inglesas. Y, engatusando con esa historia, ¿a quién se le ocurriría ponerle de patitas en la calle?

A nadie.

Luego, ya en el interior de las casas, y si acertase a descubrir algo que de veras le interesara..., bueno, conocía cien formas distintas de hacer frente a la situación.

No sin cierta sorpresa, el señor Boggis descubrió que el plan resultaba. Lo que es más: la cordialidad con que fue recibido de casa en casa por todos los distritos rurales le resultó, incluso a él, harto embarazosa al principio. Constantemente le fueron ofrecidas con insistencia cosas tales como porciones de empanada fría, copas de oporto, tazas de té, canastillos de ciruelas e incluso comidas dominicales con la familia, sobremesa incluida. Con el tiempo, claro está, se habían presentado momentos de apuro, y una serie de incidentes desagradables; pero hay que tener en cuenta que nueve años representan más de cuatrocientos domingos, y eso había supuesto una gran cantidad de casas visitadas. El asunto, en resumidas cuentas, había resultado interesante, emocionante y lucrativo.

Y ahora, en aquel nuevo domingo, el señor Boggis estaba operando en el condado de Buckinghamshire, uno de los cuadrados más septentrionales de su mapa, a cosa de quince kilómetros de Oxford, y, conforme descendía en el coche camino de la primera casa, una ruinosa mansión estilo reina Ana, empezó a presentir que aquél iba a ser uno de sus días de suerte.

Estacionó el coche a cosa de cien metros de la puerta y cubrió a pie esa distancia. No era partidario de que le viesen el coche antes de cerrado el trato. Un viejo y venerable cura y un voluminoso vehículo estilo ranchera eran cosas que, por algún motivo, no acababan de acoplarse bien. Y, por otra parte, el pequeño paseo le daba ocasión de examinar atentamente el exterior de la propiedad y adoptar el talante que más conviniera al caso.

El señor Boggis ascendió aprisa por el sendero de acceso para coches. Hombrecillo barrigudo y de gruesas piernas, de cara redonda y sonrosada, ideal para su papel, tenía unos ojos grandes, castaños y saltones que le miraban a uno desde aquel semblante rubicundo y creaban una impresión de dulce imbecilidad. Vestía un traje negro con el alzacuellos, propio de los clérigos, y se cubría con un sombrero flexible, también negro. Llevaba un viejo bastón de roble, que, a su forma de ver, le prestaba cierto aire de rústica campechanía.

Se acercó a la puerta principal y llamó al timbre. Oyó ruido de pasos en el zaguán, se abrió la puerta y súbitamente apareció ante él, o, mejor dicho, sobre él, una giganta con pantalones de montar. Pese al humo del cigarrillo que fumaba la mujer, percibió el fuerte olor que la envolvía, a cuadra y a excrementos de caballo.

–¿Sí? –le preguntó con una mirada recelosa–. ¿Qué quiere usted?

No del todo seguro de que no fuera a relincharle en cualquier momento, el señor Boggis se descubrió, hizo una pequeña reverencia y le tendió su tarjeta.

–Disculpe la molestia –dijo aguardando a que leyera el mensaje, con la mirada fija en el rostro de la mujer.

–No entiendo –dijo ella al tiempo que le devolvía la tarjeta–. ¿Qué quiere usted?

El señor Boggis le habló de la Sociedad Protectora de Muebles Raros.

–¿Esto no tendrá nada que ver, por casualidad, con el Partido Socialista? –preguntó ella mirándole con fiera fijeza bajo unas cejas pobladas y descoloridas.

A partir de ahí fue fácil. Hembras o varones, los conservadores en pantalones de montar eran, para el señor Boggis, coser y cantar. Consagró dos minutos a una acalorada apología del ala ultraderechista del Partido Conservador y luego otros dos a denunciar a los socialistas. Hábil discutidor, hizo particular hincapié en el proyecto de ley que en cierto momento habían presentado los socialistas para la abolición a escala nacional de los deportes que implicasen uso o caza de animales, tras lo cual pasó a informar a su interlocutora –«aunque, amiga mía, mejor que no se entere de ello el obispo»– que su idea del cielo era un lugar donde uno pudiese cazar liebres, zorros y ciervos con grandes jaurías de infatigables sabuesos, eso todos los días de la semana, incluso el domingo, y de la mañana a la noche.

Mirándola conforme hablaba se dio cuenta de que su magia empezaba a surtir efecto: la mujer le sonreía ampliamente exhibiendo una hilera de dientes descomunales y algo amarillentos.

–Señora, por favor se lo pido –exclamó–, no me tire usted de la lengua en lo tocante al socialismo.

Ahí soltó ella una carcajada, alzó una enorme manaza roja y le descargó en el hombro una palmada que estuvo a punto de derribarle.

–¡Entre! –gritó–. No sé qué demonios quiere ¡pero entre!

Para su contrariedad y no poca sorpresa, no había en toda la casa nada del menor valor, y el señor Boggis, que jamás malgastaba tiempo en terreno baldío, se apresuró a ofrecer disculpas y despedirse. De principio a fin, la visita le había llevado menos de quince minutos, que era, se dijo mientras montaba en el coche y salía hacia su próximo objetivo, exactamente como debía ser.

A partir de ahí no le esperaban más que granjas, la más cercana a cosa de ochocientos metros camino arriba. Resultó ser un edificio de ladrillo, grande, parcialmente enmaderado y bastante vetusto, con un magnífico peral, todavía en flor, que cubría casi todo su muro sur.

El señor Boggis llamó a la puerta. Se quedó esperando, pero, como no acudía nadie, volvió a llamar. En vista de que seguía sin obtener respuesta, se aventuró hacia la trasera de la casa, con ánimo de buscar al granjero por los establos. Tampoco allí había nadie. Conjeturando que la gente de la casa debía de estar todavía en la iglesia empezó a espiar por las ventanas, por si divisaba algo de interés. No lo halló en el comedor, ni tampoco en la biblioteca. Probó en la próxima ventana, la del cuarto de estar, y allí, ante sus propias narices, en el pequeño nicho que formaba el quicio, vio una bella pieza: una mesa de juego, semicircular, de caoba ricamente chapeada y que, estilo Hepplewhite, dataría de alrededores de 1780.

–¡Aja! –exclamó en voz alta, la cara aplastada contra el cristal–. Te felicito, Boggis.

Pero eso no era todo. Había en la estancia, además, una silla, una única silla, y, a menos que se equivocara, todavía de mejor calidad que la mesa. Otra Hepplewhite, ¿verdad? Y ¡oh, qué belleza! Los travesaños del respaldo tenían finamente tallado un dibujo de madreselvas, vainas y rosetas; el asiento guardaba su enrejillado original; las patas eran de gracioso torneado, y las dos traseras tenían aquel peculiar ensanchamiento, tan significativo. Era una silla exquisita.

–No concluirá este día –dijo el señor Boggis por lo bajo– sin que haya tenido el placer de sentarme en ese adorable asiento.

Jamás compraba una silla sin someterla a su prueba favorita, y siempre resultaba intrigante verle acomodarse con gran cuidado en el asiento, esperar el «movimiento» y calibrar con pericia el grado de contracción, infinitesimal pero preciso, que el paso de los años había producido en las juntas de espiga y de cola de milano.

Pero no había prisa, se dijo. Volvería después. Tenía toda la tarde por delante.

La granja siguiente quedaba un poco al fondo de un campo y, para ocultarlo a la vista, el señor Boggis hubo de dejar el coche en la carretera y caminar unos seiscientos metros por una senda recta que conducía al mismo traspatio de la granja. Ésta, advirtió según se acercaba, era mucho más pequeña que la anterior, y no alentó muchas esperanzas respecto a ella. Se veía desparramada y sucia, y algunos de los cobertizos estaban claramente deteriorados.

Había tres hombres en cerrado grupo en una esquina del patio, en pie, uno de ellos con dos grandes galgos negros atraillados. Al verle con su traje negro y su alzacuellos, los hombres interrumpieron su conversación, y súbitamente rígidos y como helados, se quedaron quietos, totalmente inmóviles, las tres caras vueltas hacia él con suspicacia según se acercaba.

El más viejo de los tres era un tipo rechoncho, con una ancha boca de rana y ojos pequeños e inquietos. Aunque lo ignorase el señor Boggis, se llamaba Rummins y era el propietario de la granja.

El joven de elevada estatura que se encontraba a su lado y parecía tener algún defecto en un ojo era Bert, el hijo de Rummins.

El tipo bajito y carigordo, de estrecha frente llena de surcos y desmesuradamente ancho de hombros era Claud. Claud había pasado a visitar a Rummins con la esperanza de sacarle un pedazo de carne o de jamón del cerdo que habían matado la víspera. Claud tenía noticia de la matanza —sus ecos se habían difundido a buena distancia a través de los campos— y sabía que para llevar a cabo una cosa así se necesitaba un permiso del Gobierno, y que Rummins carecía de él.

–Buenas tardes –dijo el señor Boggis–. Un día maravilloso, ¿verdad?

Ninguno de los tres hombres se movió. En aquel momento pensaban, todos, exactamente la misma cosa: que, por una razón u otra, aquel cura, que desde luego no era el del lugar, venía con el encargo de meter las narices en sus asuntos e informar a las autoridades sobre sus hallazgos.

–¡Qué hermosos perros! –añadió el señor Boggis–. Debo confesar que nunca he cazado con galgos, pero me aseguran que se trata de un deporte apasionante.

Ante el nuevo silencio, el señor Boggis paseó una rápida mirada de Rummins a Claud pasando por Bert, y luego regresó de nuevo a Rummins, y advirtió que los tres tenían la misma curiosa expresión, mezcla de befa y reto, que les ponía en la boca una contracción displicente y les arrugaba de desdén la zona de la nariz.

–Permítame la pregunta, ¿es usted el dueño? –inquirió impertérrito el señor Boggis dirigiéndose a Rummins.

–¿Qué quiere?

–Mil perdones por la molestia, sobre todo siendo domingo.

Y le ofreció la tarjeta, que el otro tomó y se acercó mucho al rostro. Sus acompañantes no se movieron, pero la mirada se les desvió en su intento de atisbar.

–Sí, pero ¿qué es, exactamente, lo que quiere? –dijo Rummins.

Por segunda vez aquel día, el señor Boggis explicó con cierto detalle los objetivos e ideales de la Sociedad Protectora de Muebles Raros.

–Pues pierde usted el tiempo –repuso Rummins concluida la exposición–, porque no tenemos ninguno.

–Un momentito, caballero –dijo el señor Boggis alzando un dedo–. La última persona que me dijo eso fue un anciano granjero, allá en Sussex, y ello no obstante, cuando terminó por dejarme entrar en su casa, ¿sabe usted qué encontré? Una silla vieja y de aspecto mugriento que, arrinconada en la cocina, resultó valer... ¡cuatrocientas libras! Yo le asesoré en la venta, y con el dinero se compró un tractor nuevo.

—¡Pero qué dice usted! —intervino Claud—. No hay ninguna silla en el mundo que valga cuatrocientas libras.

—Perdóneme —replicó el señor Boggis, remilgado—, pero en Inglaterra las hay, y muchas, que valen más del doble de esa cifra. ¿Y sabe usted dónde están? Pues arrinconadas por granjas y casas de campo de todo el país, donde sus dueños las utilizan a modo de gradillas o improvisadas escaleras donde subirse con botas de clavos, para alcanzar un pote de mermelada en lo alto de la alacena, o colgar un cuadro. Les estoy diciendo la pura verdad, amigos míos.

Rummins, inquieto, mudó de uno a otro pie el peso del cuerpo.

—¿Trata de decirme que lo único que quiere es entrar, plantarse ahí en medio y echar un vistazo?

—Exactamente —repuso el señor Boggis, que por fin comenzaba a intuir por dónde iban los tiros—. No pretendo fisgar en sus armarios ni en su despensa. Sólo deseo ver los muebles, para poder referirme a ellos, caso de que tuviera usted algún tesoro aquí, en la revista de nuestra sociedad.

—¿Sabe qué pienso yo? —repuso Rummins fijando en él la mirada de sus ojillos malignos—. Pues pienso que lo que busca es comprar esas cosas por su cuenta. ¿Por qué, si no, iba a darse tantas molestias?

—¡Señor! ¡Ojalá tuviera yo dinero para eso! Claro está que, si algo viese que tanto me gustara, y que no estuviera fuera de mi alcance, podría sentir la tentación de hacerle una oferta. Pero eso, ay, ocurre muy raras veces.

—Bueno —dijo Rummins—, no veo mal alguno en que eche un vistazo por la casa, si sólo se trata de eso.

Y cruzó el patio hacia la puerta trasera de la granja mostrando el camino al señor Boggis, a quien seguían Bert, el hijo, y Claud con sus dos perros. Cruzaron la cocina, cuyo único moblaje consistía en una mesa de tablas, barata, donde se ofrecía a la vista un pollo muerto, y penetraron en un cuarto de estar bastante grande y sobremanera sucio.

¡Y allí estaba! El señor Boggis, que lo vio de inmediato, se paró en seco y, en su sobresalto, contuvo audiblemente el aliento, tras lo cual se quedó plantado allí cinco, diez, quince segundos por lo menos, mirando como un idiota y sin poder, sin atreverse a dar crédito a lo que veía. ¡No podía, no podía ser verdad! Pero, cuanto más la miraba, más verdad le parecía. ¿O acaso no la tenía delante, pegada a la pared, tan real y tangible como la propia casa? ¿Y quién, quién en el mundo podría confundirse sobre algo semejante? Claro que estaba pintada de blanco, pero eso en nada cambiaba las cosas. Obra, sin duda, de un imbécil, el embadurnado podía retirarse fácilmente. ¡Pero... bendito sea Dios! ¡Menuda joya! ¡Y en un lugar como aquél!

Entonces el señor Boggis cobró conciencia de los tres hombres, Rummins, Bert y Claud, que, agrupados al otro extremo de la sala, junto a la chimenea, le miraban con descaro. Le habían visto pararse, boquear, fijar la vista y ponerse como la grana, o a lo mejor como la cera; lo cierto, sin embargo, es que habían visto lo suficiente como para dar al traste con el asunto, a menos que encontrara rápidamente la manera de arreglarlo. En un restallido de lucidez, se llevó una mano al corazón, alcanzó a tumbos la silla más cercana y en ella se desmoronó respirando con ahogo.

–¿Qué le pasa? –preguntó Claud.

–No es nada –dijo sin resuello–. Se me pasará enseguida. Un vaso de agua, por favor. Es el corazón.

Bert fue a buscar el agua, le tendió el vaso y se quedó a su lado mirándole de través y con impertinencia.

–Me ha parecido como si mirase algo –dijo Rummins, su boca de rana ahora dilatada un punto, para componer una sonrisa artera que dejaba al descubierto los muñones de varios dientes rotos.

–No, no –contestó el señor Boggis–. ¡Qué va! No: es el corazón. Lo siento. Me ocurre de vez en cuando. Pero se me pasa enseguida. Un par de minutos, y como si nada.

Tenía que ganar tiempo, se dijo. Para pensar y, sobre todo, para calmarse por completo antes de soltar una palabra más. Calma, Boggis. Lo que hagas, hazlo con serenidad. Esta gente será ignorante, pero no estúpida. Son suspicaces, desconfiados y ladinos. Y si es cierto lo que has visto..., pero no, no puede, no puede serlo...

Se había cubierto los ojos con una mano, en ademán de dolor, y ahí, con extremo cuidado, secretamente, dejó entre dos dedos una ranura por donde mirar.

Pues sí: el objeto continuaba en su sitio, y aprovechó para echarle un buen vistazo. Sí... ¡no se había equivocado antes! ¡No había la menor duda al respecto! ¡Era verdaderamente increíble!

Lo que estaba mirando era un mueble por cuya posesión cualquier experto hubiera dado lo que fuese. A un profano no le hubiera parecido, quizá, nada del otro jueves, sobre todo pintado así, de blanco sucio; pero para el señor Boggis representaba el sueño de un anticuario. Como a cualquier profesional de Europa o América, le constaba que entre las más famosas y codiciadas muestras subsistentes del mueble inglés del siglo XVIII se encontraban los tres célebres ejemplares conocidos como «Las Cómodas Chippendale». Sabía su historia al dedillo: la primera, «descubierta» en 1920 en una casa de Moreton-in-Marsh, había sido vendida en Sotheby's ese mismo año; las dos restantes habían aparecido en el mismo establecimiento un año más tarde, ambas procedentes de Raynham Hall, Norfolk. Todas ellas habían alcanzado cotizaciones fabulosas. Aunque no recordaba con exactitud los precios obtenidos por la primera y la segunda, sabía de cierto que la última fue adjudicada en tres mil novecientas guineas. ¡Y eso en 1921! En la actualidad, la misma pieza valdría, sin lugar a dudas, diez mil libras. Alguien, el señor Boggis no conseguía recordar el nombre, había hecho en fechas muy recientes un estudio que demostraba que las tres habían salido forzosamente del mismo taller, pues el chapeado procedía del mismo tronco y en su elaboración se había utilizado idéntico juego de plantillas. Aunque de ninguna de ellas se había encontrado factura, todos los expertos coincidían en que las tres cómodas sólo podían haber sido ejecutadas por el mismo Thomas Chippendale, de propia mano, en el pináculo de su carrera.

Y allí, justo allí, se repetía el señor Boggis conforme espiaba con cautela por entre la separación de dos dedos, estaba... ¡la cuarta Cómoda Chippendale! ¡Y descubierta por él! ¡Se haría rico! ¡Y también famoso! Los tres restantes ejemplares eran conocidos en todo el mundo del mueble cada uno por un nombre especial: la Cómoda Chastleton, la Primera Cómoda Raynham y la Segunda Cómoda Raynham. Y aquélla pasaría a la historia como la Cómoda Boggis. ¡Cuando imaginaba la cara que pondrían sus colegas de Londres cuando se la vieran delante a la mañana siguiente! ¡Y las suculentas ofertas que le llegarían de los figurones del West End: Frank Partridge, Mallett, Jetley y todos los demás! En el *Times* aparecería una foto y, al pie: «La exquisita Cómoda Chippendale recientemente descubierta por el señor Cyril Boggis, un anticuario londinense...» ¡Cielo santo!, ¡el campanazo que iba a dar!

La que allí se encontraba, pensó el señor Boggis, era casi idéntica a la Segunda Cómoda Raynham. (Las tres, la de Chastleton y las dos Raynham, se diferenciaban una de otra en una serie de pequeños detalles.) Era una obra grandiosa, bellísima, realizada en el estilo rococó francés del período Directoire de Chippendale: a diferencia de la cómoda común, ésta era compacta, amplia, y tenía sus cajones montados sobre cuatro patas talladas y acanaladas de unos treinta centímetros de altura. En total tenía seis cajones: dos más largos, en la parte central y otros dos encima y debajo de los centrales. El ondulado frontal presentaba un soberbio trabajo de talla en su parte superior, laterales y base, y también en vertical, entre cada grupo de cajones, a base de intrincados festones, volutas y ramilletes; y los herrajes de latón, aunque deslucidos en parte por la pintura blanca, parecían magníficos. Era, a buen seguro, una pieza un tanto «pesada»; pero el diseño había sido realizado con tanta elegancia y gracia, que su pesadez no ofendía en lo más mínimo.

—¿Qué tal se va encontrando? —oyó el señor Boggis que le preguntaba alguien.

—Mucho mejor ya. Gracias, mil gracias. Se me pasa al momento. Mi médico asegura que no es cosa de cuidado, a condición de que repose unos minutos cuando se me presente. Ah, sí –añadió conforme se levantaba despacio–: esto va mejor. Ya me siento bien.

El paso un tanto inseguro, comenzó a recorrer la habitación examinando uno por uno sus muebles y haciendo breves comentarios al respecto. Enseguida se dio cuenta de que, aparte de la cómoda, constituían un lote muy pobre.

–Bonita mesa de roble. Aunque, me temo, no lo bastante antigua para resultar de interés. Las sillas son cómodas y de calidad; pero muy modernas, sí: muy modernas. En cuanto a este aparador..., bueno, pues tiene su gracia; pero lo de antes carece de valor. Y esta cómoda... –cruzó indiferente ante la Cómoda Chippendale, a la cual largó un desdeñoso papirotazo–, pues yo diría que puede valer unas cuantas libras, pero no gran cosa. Es, me temo, una reproducción bastante tosca. Probablemente realizada en la época victoriana. ¿Ustedes la pintaron de blanco?

–Sí –respondió Rummins–. Lo hizo Bert.

–Un paso muy atinado. Blanca resulta mucho menos ofensiva.

–Un mueble sólido –observó Rummins–. Y el tallado tampoco está mal.

–Es talla mecánica –replicó el señor Boggis despreciativo mientras se inclinaba para examinar la exquisita artesanía–. Se ve a un kilómetro de distancia. Pero, aun así, creo que no deja de ser bonita. Tiene un no sé qué.

Comenzó a alejarse con lentitud; pero luego, dominándose, retrocedió despacio con la punta de un dedo en el hoyuelo de la barbilla y la cabeza ladeada, frunció el ceño, como sumido en profunda reflexión.

–¿Sabe qué? –dijo sin apartar la mirada del mueble y hablando con tanta indolencia, que la voz se le iba–. Acabo de recordar que... llevo tiempo buscando un juego de patas como ése. Tengo en mi modesta casa una mesa bastante curiosa, uno de esos muebles alargados que la gente pone delante del sofá, una especie de mesita baja, y el año pasado, para la sanmiguelada, cuando me mudé, los zoquetes de los transportistas me desgraciaron las patas totalmente. Le tengo mucho apego a esa mesa. Es donde siempre pongo mi Biblia y los apuntes para mis sermones.

Después de una pausa, y dándose golpecitos con el dedo en la barbilla, agregó:

—Y, mira por dónde, se me ha ocurrido que esas patas de su cómoda podrían venirme muy bien. Sí, no hay duda de ello: sería fácil cortarlas y aplicarlas a mi mesa.

Volvió la cara y vio a los tres hombres que, absolutamente inmóviles, le miraban con desconfianza; tres pares de ojos, distintos todos ellos, pero igualados por el recelo: pequeños y porcinos los de Rummins, grandes y sin movilidad los de Claud, y los de Bert, singulares, uno de ellos muy raro, descolorido y como nublado, con un pequeño punto negro en su centro, como el de un pescado en una bandeja.

El señor Boggis se sonrió y sacudió la cabeza.

—Pero vamos, vamos, ¿qué digo yo? Estoy hablando como si el mueble me perteneciera. Les presento mis excusas.

—Lo que quiere decir —intervino Rummins— es que le gustaría comprarlo.

—Bueno... —el señor Boggis miró de nuevo la cómoda, ceñudo—, no estoy seguro. Quizá... aunque, por otra parte, si bien se mira, no... me parece que sería demasiado jaleo. No vale la pena. Mejor dejarlo.

—¿Cuánto tenía pensado ofrecer? —preguntó Rummins.

—La verdad, no mucho. No se trata de una verdadera antigüedad, ¿sabe? Es una simple reproducción.

—Yo no estoy tan seguro de eso —dijo Rummins—. Aquí lleva más de veinte años, y antes estuvo allí, en la casa solariega, donde yo mismo la compré en subasta, cuando murió el viejo hacendado. No irá usted a decirme que esa cosa es moderna...

—Moderna, precisamente, no; pero desde luego no tiene más de sesenta años.

—Sí que los tiene —dijo Rummins—. Bert, ¿dónde está ese papelito que encontraste en el fondo de uno de los cajones? Aquella vieja factura...

El joven miró sin expresión a su padre.

El señor Boggis abrió la boca, pero volvió a cerrarla enseguida sin proferir el menor sonido. Estaba empezando a temblar, literalmente, de excitación, y, para calmarse, se acercó a la ventana y fijó la mirada en una espléndida gallina color castaño que picoteaba granos de maíz en el patio.

—Estaba en el fondo de aquel cajón, debajo de todas las trampas para conejos —insistía Rummins—. Ve a buscarla y enséñasela al señor cura.

Al acercarse Bert a la cómoda, el señor Boggis se volvió. Incapaz de apartar de él la mirada, le vio abrir uno de los grandes cajones centrales y no le pasó por alto la maravillosa suavidad con que se deslizaba. Bert hundió en él la mano y se puso a revolver entre un montón de alambres y cordeles.

—¿De esto hablas? —dijo al tiempo que extraía un papel doblado y amarillento, que llevó a su padre, el cual, habiéndolo desplegado, se lo acercó mucho a la cara.

—No me irá usted a decir que esta escritura no es condenadamente antigua —exclamó Rummins conforme tendía el documento al señor Boggis, al cual le temblaba todo el brazo cuando lo tomó. Quebradizo, crujió levemente entre sus dedos. La caligrafía era estirada y oblicua, del estilo que habían popularizado los grabados en cobre.

Edward Montagu Esq

Adeuda a

Thomas Chippendale,

Por una gran Mesa Cómoda de la más fina caoba, ricamente tallada, sobre patas acanaladas, con dos cajones largos y de pulcra factura en su parte media, y dos ídem ídem a uno y otro lado de aquéllos, con Herrajes y Ornamentos de rico repujado, todo ello enteramente acabado al gusto más exquisito . . . . £ 87

El señor Boggis se aferraba a sí mismo con todas sus fuerzas al tiempo que pugnaba por suprimir la excitación que, a fuerza de voltear en sus adentros, estaba mareándole. ¡Santo Dios, era portentoso! Con aquella factura en mano, el valor aumentaba de golpe. ¿En cuánto, bondad divina, lo pondría aquello? ¿En doce, en catorce, en quince mil libras; en veinte mil, tal vez? ¿Quién podía decirlo?

Con ademán de menosprecio, arrojó el papel sobre la mesa y dijo tranquilamente:

—Ni más ni menos lo que le anticipé: una reproducción victoriana. Esto no es más que la factura que el vendedor, el hombre que fabricó la cómoda y la hizo pasar por antigua, libró a su cliente. Las he visto así por docenas. Advertirá que no había de haberla hecho con sus manos. Eso habría sido levantar la liebre.

—Usted dirá lo que quiera —replicó Rummins—, pero ese papel es antiguo.

—Claro está que lo es, mi buen amigo. Se remonta a la época victoriana, a sus últimos años. Alrededor de 1890. Tendrá sesenta o setenta años. He visto centenares. Fue esa una época en la que incontables ebanistas no sabían hacer otra cosa que consagrarse a falsificar los espléndidos muebles del siglo anterior.

—Mire, señor cura —respondió Rummins señalándole con un dedo grueso y sucio—, no voy a discutirle que sepa usted lo suyo sobre esa cosa de los muebles, pero sí le diré esto: ¿cómo puede estar tan seguro de que es una falsificación, sin tan siquiera haber visto qué es lo que hay bajo toda esa pintura?

—Venga aquí —dijo el señor Boggis—. Venga usted aquí y se lo mostraré. —Y, plantado junto a la cómoda, aguardó a que los tres se acercasen—. Veamos, ¿tiene alguien una navaja?

Claud sacó una, con mango de asta, y el señor Boggis la tomó y desdobló la menor de sus hojas. A continuación, y con aparente descuido que en realidad era extrema cautela, comenzó a rascar la pintura en una pequeña zona de la parte superior. El embadurnado se desprendió limpiamente del viejo y duro barniz que escondía, y, cuando tuvo descubierto un cuadrado de unos ocho centímetros de lado, se hizo atrás y dijo:

–¡Ahí tiene: mire eso!

Era una belleza: una cálida parcelita de caoba, fulgente como un topacio, con el rico y auténtico color oscuro de sus doscientos años.

–¿Pues qué le pasa? –quiso saber Rummins.

–¡Que es industrial! ¡Cualquiera lo vería!

–¿Y usted en qué lo nota? A ver, explíquenoslo.

–Bueno, debo confesar que es un poco complicado hacerlo. Es, más que nada, cuestión de experiencia. La mía me dice, sin lugar a dudas, que esta madera ha sido tratada con cal, que es lo que usan para conseguir el color viejo y oscuro de la caoba. Para el roble usan sales de potasa, y para el castaño, ácido nítrico; pero en la caoba es siempre cal.

Los tres hombres se acercaron un poco más a fin de examinar la madera. Se les había avivado, de pronto, el interés: siempre resultaba apasionante descubrir nuevas modalidades de la trampa, del engaño.

–Observen atentamente la textura. ¿Ven ese tono anaranjado entre el granate oscuro? Pues eso es el rastro de la cal.

Se inclinaron, primero Rummins, luego Claud y después Bert, hasta casi tocar la madera con la nariz.

–Eso sin contar con la pátina...

–¿La qué?

Les explicó lo que esa palabra significaba en términos de ebanistería.

–No pueden ustedes hacerse una idea, mis buenos amigos, de lo que son capaces esos pillos para conseguir el hermoso viso bronceado de la auténtica pátina. ¡Espantoso, verdaderamente espantoso! ¡Hablar de ello me revuelve el estómago!

Lo dijo escupiendo las palabras una a una, con una mueca de acritud que diese cuenta de su profunda repugnancia. Sus interlocutores se quedaron a la espera de nuevas revelaciones.

–¡La cantidad de tiempo y desvelos que algunos mortales emplean en engañar a los ingenuos! –exclamó el señor Boggis–. ¡Es algo que da verdadero asco! ¿Saben ustedes qué hicieron en este caso, amigos míos? Lo veo claramente, casi como si lo presenciase: el largo y complicado proceso de untar la madera con aceite de linaza, de darle una capa de pulimento francés astutamente coloreado, de rebajarlo con piedra pómez y aceite, de aplicarle una cera de abeja que en realidad contiene polvo y tierra, y, por último, tratar la madera al fuego, a fin de que el pulimento se cuartee en forma que parezca barniz de hace doscientos años... ¡El espectáculo de esa picaresca me trastorna verdaderamente!

Los tres hombres continuaban estudiando el pequeño recuadro de madera oscura.

–¡Pálpenla! –ordenó el señor Boggis–. ¡Pongan sus dedos en ella! A ver, ¿cómo la nota, fría o caliente?

–Yo la noto fría –dijo Rummins.

–¡Ahí está, amigo mío! Es cosa demostrada que las imitaciones de pátina siempre resultan frías al tacto. La pátina auténtica transmite una curiosa sensación de calor.

–Yo, ésta, la noto normal –dijo Rummins, dispuesto a discutir.

–No, señor: es fría. Aunque, claro está, se requieren dedos expertos y sensibles para emitir un juicio válido. A usted no se le puede exigir un dictamen sobre el particular, como no se me podría exigir a mí sobre la calidad de su cebada. Todo en esta vida, amigo mío, es cuestión de experiencia.

Los tres hombres miraban de hito en hito a aquel extraño cura con cara de luna y ojos saltones. Lo hacían ahora con menos suspicacia, puesto que en verdad parecía saber de qué hablaba; pero todavía estaban lejos de confiar en él.

El señor Boggis se inclinó y señaló el herraje de uno de los cajones de la cómoda.

–Éste –dijo– es otro de los puntos donde los falsificadores se emplean a fondo. El latón antiguo tiene, por lo regular, un color y una naturaleza propios. ¿Lo sabían ustedes?

Los otros le miraron con intensidad, en la esperanza de descubrir nuevos secretos.

—El problema, sin embargo, está en que se han vuelto habilísimos en las imitaciones. Lo cierto es que resulta casi imposible distinguir entre «antiguo auténtico» y «falso antiguo». No me importa reconocer que me hace dudar a mí mismo. De manera que no tiene sentido rascar la pintura de estas asas. Nos quedaríamos como antes.

—¿Cómo pueden hacer pasar por viejo el latón nuevo? —indagó Claud—. Ya sabe usted que el latón no se oxida...

—Le sobra a usted razón, amigo mío. Pero esos granujas tienen sus propios métodos secretos.

—¿Por ejemplo? —insistió Claud, a quien cualquier información de esa índole parecía valiosa: ¿cómo saber que no iba a serle útil en algún momento?

—Para ellos la cosa se reduce —dijo el señor Boggis— a dejar los herrajes por espacio de una noche en una caja que contenga virutas de caoba con sal amoníaco. La sal amoníaco vuelve verde el metal pero, si le raspa usted el verde, debajo encontrará un viso de calidad plateada y suave, el mismo que adquiere el latón muy antiguo. ¡Oh, hacen unas atrocidades...! Con el hierro utilizan otra triquiñuela.

—¿Qué hacen con el hierro? —inquirió Claud fascinado.

—El hierro no presenta problemas —dijo el señor Boggis—. Cerraduras, placas y bisagras de hierro las entierran, sin más, en sal común, de donde salen, al cabo de nada, oxidadas y llenas de picaduras.

—Está bien —intervino Rummins—. Usted mismo reconoce que los herrajes le despistan. Podrían tener cientos y cientos de años, y usted no lo advertiría, ¿no es eso?

—Ah —susurró el señor Boggis fijando en Rummins sus protuberantes ojos castaños—, ahí es donde se equivoca usted. Fíjese en esto.

Sacó del bolsillo de la chaqueta un pequeño destornillador y, al mismo tiempo, de forma que esto les pasara a todos por alto, un tornillo de latón, que ocultó bien en la palma de la mano. A continuación, y eligiendo uno de los tornillos de la cómoda –había cuatro en cada asa–, se dedicó a rascar de su cabeza hasta el último vestigio de pintura blanca. Hecho eso, se puso a destornillarlo lentamente.

–Si éste es un tornillo de auténtico latón viejo, siglo XVIII decía entretanto–, su espiral será ligeramente irregular y se darán cuenta enseguida de que el tallado es manual, a lima. Pero si estos herrajes fueran una falsificación de la era victoriana o de fechas más recientes, el tornillo será, como es natural, de la misma época: un artículo mecanizado y producido en masa. Cualquiera es capaz de reconocer un tornillo hecho a máquina. En fin, vamos a ver.

No le resultó difícil al señor Boggis, al poner las manos sobre el tornillo antiguo, sustituirlo por el nuevo, oculto en la palma. Era ése otro de los pequeños trucos que al correr de los años le había resultado remunerador en extremo. Los bolsillos de su chaqueta de clérigo contenían siempre una amplia provisión de tornillos de latón corrientes y de diversos tamaños.

–Ahí lo tiene –proclamó al tiempo que entregaba a Rummins el moderno–. Échele una ojeada a eso. ¿Advierte usted la perfecta regularidad del espiral? ¿La ve? No faltaría más. Es un tornillo corriente y vulgar, como lo podría adquirir hoy en cualquier ferretería rural.

El tornillo pasó de mano en mano conforme los tres lo examinaban con esmero. El mismo Rummins se sentía ahora impresionado.

El señor Boggis volvió a guardarse en el bolsillo el destornillador, junto con el fino tornillo hecho a mano que había extraído de la cómoda, y, dando media vuelta, cruzó despacio ante los tres hombres, camino de la puerta.

–Mis queridos amigos –dijo según se detenía a la entrada de la cocina–, han sido muy amables permitiéndome echar una ojeada al interior de su agradable casa, muy amables. Espero no haberles resultado un pelmazo.

Rummins abandonó su examen del tornillo y, alzando la mirada, contestó:

–No nos ha dicho usted cuánto pensaba ofrecer.

–Ah, muy cierto –repuso el señor Boggis–. No lo he dicho, ¿verdad? Bueno, para ser enteramente sincero, creo que sería demasiada complicación. Mejor dejarlo.

–¿Cuánto estaría dispuesto a dar?

–¿O sea que de veras quiere desprenderse de la cómoda?

–No he dicho que quisiera desprenderme de ella. He preguntado que cuánto daría.

El señor Boggis volvió la mirada hacia el mueble, ladeó la cabeza primero a un lado y luego a otro, frunció el ceño, formó un hociquillo con los labios, se estrechó de hombros y agitó una mano en breve desgaire, como dando a entender que apenas valía la pena parar mientes en el asunto.

–Digamos... diez libras. Creo que es lo justo.

–¡Diez libras! –exclamó Rummins–. Señor cura, por favor, ¡no sea usted ridículo!

–¡En leña valdría más! –apuntó Claud ofendido.

–¡Mire esta factura! –prosiguió Rummins al tiempo que maltrataba el precioso documento con su sucio índice, y tan brutalmente, que el señor Boggis se alarmó–. ¡Bien claro dice lo que costó! ¡Ochenta y siete libras! Y eso, nueva. Ahora es una antigüedad: ¡vale el doble!

–Con su permiso, le diré que no es así. Se trata de una reproducción de segunda mano. Pero en fin, amigo mío, cediendo a mi espíritu derrochador, le subiré hasta las quince libras. ¿Qué me dice?

–Que sean cincuenta –replicó Rummins.

El señor Boggis sintió recorridos primero el dorso de las piernas y luego las plantas de los pies por un delicioso temblorcillo que algo tenía de hormigueo. La había conseguido. Ya era suya. Era incuestionable. Pero la costumbre de comprar barato, tanto como fuera humanamente posible, adquirida a fuerza de años de necesidad y de práctica, estaba ya demasiado arraigada en él para consentirle una capitulación tan fácil.

–Mi querido amigo –susurró sin pasión–, yo sólo quiero las patas. Es posible que más adelante también les encuentre alguna aplicación a los cajones; pero el resto, el armazón en sí, es, como muy bien ha señalado el amigo de ustedes, leña y nada más que leña.

–Deme usted treinta y cinco –dijo Rummins.

–No puedo, amigo, ¡no puedo! No lo vale. Ni yo debería meterme en esta clase de regateos. No está bien. Mi última oferta y me marcho. Veinte libras.

–Acepto –retrucó Rummins–. Es suya.

–Válgame Dios –exclamó el señor Boggis enlazando las manos–. Nunca aprenderé. No debía haber dado lugar a todo esto.

–Ya no puede desdecirse, señor cura. Un trato es un trato.

–Sí, sí, lo sé.

–¿Y cómo va a llevársela?

–Pues, veamos... Si yo trajese el coche hasta el patio, ustedes, a lo mejor, serían tan amables de ayudarme a cargarla.

–¿En un coche? ¡Eso no entra de ninguna manera en un coche! ¡Necesitará usted un camión!

–No lo creo. En fin, ya veremos. Tengo el coche en la carretera. Vuelvo en un periquete. Seguro que algo ingeniaremos.

El señor Boggis salió al patio, atravesó la cancela y enfiló el largo camino que a través de los campos llevaba a la carretera. Se dio cuenta de que estaba riendo convulsa, irrefrenablemente, y en sus adentros tenía la sensación de que centenares de minúsculas burbujas, como de gaseosa, le subían del estómago y le estallaban alegres en lo alto de la cabeza. De pronto, todos los ranúnculos del campo comenzaron a convertirse en monedas de oro que centelleaban al sol. Todo el suelo estaba sembrado de ellas; y, a fin de poder caminar entre las monedas, pisarlas, oír su tintineo al darles puntapiés, se apartó del camino y se internó en la hierba. Se le hacía difícil no echar a correr. Pero los clérigos no corren: caminan con reposo. Camina con reposo, Boggis. Guarda la calma, Boggis. Ya no hay prisa. La cómoda es tuya. ¡Tuya por veinte libras! ¡Y vale quince o veinte mil! ¡La Cómoda Boggis! Dentro de diez minutos la tendrás cargada en el coche –entrará sin dificultad– y tú estarás camino de Londres, cantando sin parar. ¡El señor Boggis conduciendo a su destino la Cómoda Boggis en el coche Boggis! Un momento histórico. ¿Qué no daría un periodista por conseguir una foto que lo perpetuara? ¿No debería arreglar eso? Quizá sí. Esperemos a ver. ¡Oh, día magnífico! ¡Oh, maravilloso, soleado día estival! ¡Oh, gloria!

Entretanto, en la granja, Rummins comentaba:

–¡Mira que dar veinte libras por ese montón de basura, el zopenco del viejo!

–Se las ha ingeniado usted la mar de bien, señor Rummins –le dijo Claud–. ¿Está seguro de que le pagará?

–Como que no se la cargamos mientras no lo haga.

–¿Y si no entra en el coche? –continuó Claud–. ¿Sabe qué pienso, señor Rummins? ¿Quiere que le dé mi sincera opinión? Pues pienso que ese condenado trasto es demasiado grande para entrar en el coche. ¿Y qué pasará entonces? Pues que lo mandará al demonio, se lo dejará en tierra, se le largará en el coche y usted no volverá a verle el pelo. Ni verá el dinero. Para mí que no tenía demasiadas ganas de quedarse con el mueble, ¿sabe?

Rummins se detuvo a considerar esa nueva y no poco alarmante perspectiva.

–¿Cómo puede un armatoste como ése entrar en un coche? –prosiguió Claud, implacable–. Y que los curas, además, no llevan coches grandes. ¿O es que ha visto algún cura con un coche grande, señor Rummins?

–Me parece que no.

–¡Pues ahí está! Escúcheme bien. Se me ocurre una idea. Nos dijo, ¿o no es así?, que lo único que quiere son las patas. Pues nada: se las cortamos nosotros aquí mismo, deprisa, antes de que vuelva y seguro que entonces sí entra en el coche. Encima le ahorramos el trabajo de cortarlas él cuando llegue a casa. ¿Qué me dice a eso, señor Rummins?

La cara de Chaud, chata y bovina, irradiaba una untuosa ufanía.

—Pues no es tan mala la idea —respondió Rummins al tiempo que miraba la cómoda—. Como que es buena, buena de verdad. Andando, pues. Habremos de darnos prisa. Tú y Bert la sacáis al patio mientras yo voy a buscar la sierra. Empezad por quitarle los cajones.

Dos minutos más tarde, Claud y Bert habían trasladado la cómoda al exterior, donde la pusieron patas arriba en medio del polvo, las cagadas de gallina y las boñigas. A lo lejos, a medio camino de la carretera, distinguieron una pequeña figura que avanzaba a trancos sendero abajo. Se detuvieron a mirar. Había algo un tanto cómico en su porte: lo mismo emprendía un trotecillo que ejecutaba una especie de cabriola o saltaba primero sobre un pie y luego sobre ambos, e incluso les pareció oír, en un momento dado, el eco de una animada cancioncilla que hasta ellos llegaba a través del prado.

—Yo creo que está chiflado —dijo Claud.

Y Bert produjo una sonrisa tétrica mientras su ojo nublado oscilaba lentamente en su cuenca.

Achaparrado, batracial, anadeando, Rummins llegó del cobertizo, provisto de una larga sierra. Claud le descargó de ella y puso manos a la obra.

—Córtalas bien a ras —le recomendó Rummins—. No olvides que las quiere para ponérselas a una mesa.

La caoba era dura y estaba muy seca, y conforme Claud ejecutaba el trabajo, un fino polvillo rojo saltaba de los dientes de la sierra y caía, leve, al suelo. Una tras otra fueron desapareciendo las patas, y, cercenadas todas, Bert se agachó y las agrupó en esmerada fila.

Claud retrocedió a fin de apreciar el resultado de su trabajo. Siguió un silencio de cierta duración.

—Sólo le preguntaré una cosa, señor Rummins —dijo cachazudo—: aun así, ¿podría usted meter en un coche ese armatoste?

—Como no fuera una furgoneta, no.

—¡Usted lo ha dicho! —exclamó Claud—. Y los curas, ¿sabe usted?, no llevan furgonetas; cuando más, mierdecillas de Morris-ocho y de Austins-siete.

—Él no quiere más que las patas —repitió Rummins—. Si el resto no entra, pues que lo deje. No puede quejarse: las patas se las lleva.

—Vamos, señor Rummins, que no es usted tan tonto —replicó Claud paciente—. Sabe de sobra que, como no consiga meterlo todo en el coche, le saldrá con rebajas. En cuestión de dinero, los curas son tan zorros como el que más, no se engañe usted. Y si es ese viejo cuco, ya no hablemos. Total, ¿por qué no darle la leña y acabar de una vez? ¿Dónde tiene el hacha?

—Sí, no me parece mal —dijo Rummins—. Bert, ve por el hacha.

Bert entró en el cobertizo y volvió con un hacha de gran tamaño, de leñador, que entregó a Claud. Éste se escupió en las manos, se las frotó y acto seguido empezó a atacar brutalmente, con los brazos tendidos a todo su largo en un vaivén pendular, el despernado armazón de la cómoda.

Fue una ardua tarea y le llevó su tiempo reducir el mueble a pedazos más o menos astillados.

—Una cosa tengo que reconocer —manifestó conforme se enderezaba para enjugarse el sudor de la frente—: diga el cura lo que quiera, el tipo que montó este trasto era un carpintero condenadamente bueno.

—¡El tiempo nos ha llegado por los pelos! —proclamó Rummins—. ¡Ahí viene!

LA SEÑORA BIXBY Y EL ABRIGO DEL CORONEL

América es la tierra de la oportunidad para las mujeres, quienes, poseedoras ya de alrededor del ochenta y cinco por ciento de la riqueza del país, en breve se habrán hecho con su totalidad. El divorcio se ha convertido en una operación lucrativa, de sencillo arreglo y fácil olvido, que las hembras ambiciosas pueden repetir cuantas veces gusten negociando beneficios que alcanzan cifras astronómicas. La muerte del marido también aporta recompensas satisfactorias, y algunas señoras prefieren confiar en ese expediente: saben que la espera no será demasiado larga, pues el exceso de trabajo junto con la hipertensión no tardarán en llevarse al pobre diablo, llamado a expirar ante su escritorio con un frasco de benzedrinas en una mano y una caja de tranquilizantes en la otra.

Sucesivas generaciones de juveniles americanos no se desaniman lo más mínimo ante ese espantoso panorama de divorcio y defunción. Cuanto más aumenta el índice de divorcios, mayor se hace su ahínco. Los jóvenes se casan como ratones, apenas entran en la pubertad, y una buena proporción de ellos tiene en nómina un mínimo de dos exesposas antes de cumplir los treinta y seis. Mantener a esas señoras conforme al tren de vida a que están acostumbradas les exige trabajar como esclavos, que es ni más ni menos lo que son. Hasta que, por último, según van alcanzando precozmente la edad madura, un sen-

243

timiento de desencanto y de temor empieza a infiltrárseles despacioso en el corazón, y así les da por reunirse, a última hora del día, en pequeñas y prietas tertulias, en clubes y bares, para despachar sus whiskies y tragar sus píldoras, y tratar de animarse unos a otros a base de anécdotas.

El tema fundamental de esas historias jamás varía. En ellas intervienen siempre tres personajes principales: el marido, la mujer y un canalla. El marido es un buen hombre, honrado y trabajador. La esposa es taimada, falsa y lasciva, e invariablemente tiene algún enredo con el canalla, cosa que el hombre es demasiado bueno para sospechar tan siquiera. Negras pintan las cosas para el marido. ¿Llegará el infeliz a enterarse alguna vez? ¿Está condenado a ser cornudo el resto de su vida? Sí: tal es su sino. Pero... ¡espera! De pronto, merced a una brillante maniobra, se desquita por entero de los agravios de su depravada esposa, que queda anonadada, estupefacta, humillada, hundida. El auditorio masculino congregado ante la barra sonríe mansamente para sus adentros y se consuela un poco con la fantasía.

Aunque circulan muchas historias de este tipo –anhelosas invenciones de un mundo de sueños, obra de la desventura masculina–, la mayoría de ellas son demasiado fatuas para ser repetidas, y también demasiado picantes para confiarlas al papel. Existe una, sin embargo, que parece superior a las demás, en particular por el mérito de ser auténtica. De extraordinaria popularidad entre maridos defraudados dos o tres veces y en busca de solaz, es posible que, de contarse usted entre aquéllos y no haberla oído previamente, encuentre gusto en su desenlace. La historia se llama «La señora Bixby y el abrigo del coronel» y su argumento es, más o menos, el siguiente:

El señor y la señora Bixby vivían en un apartamento más bien pequeño, en un lugar cualquiera de la parte céntrica de Nueva York. El señor Bixby era dentista y tenía unos ingresos normales. La señora Bixby era una mujerona vigorosa y a la que le gustaba la bebida. Una vez por mes, y siempre en viernes y por la tarde, la señora Bixby tomaba en Pennsylvania Station el tren de Baltimore, para visitar a su anciana tía. Pasaba con ella la noche y al día siguiente regresaba a Nueva York a tiempo de prepararle la cena a su marido. El señor Bixby aceptaba con benevolencia ese arreglo. Sabiendo que la tía Maude vivía en Baltimore y que su esposa le tenía un gran cariño a la anciana, a buen seguro no hubiera sido razonable negarles a ambas el placer de un encuentro mensual.

–Siempre y cuando –objetó en un principio– no esperes nunca que te acompañe.

–Pues claro que no, cariño –contestó la señora Bixby–. Después de todo, es mi tía, no la tuya.

Hasta ahí, todo bien.

La verdad, sin embargo, es que la anciana tía era para la señora Bixby poco más que una coartada conveniente. El sucio perro, encarnado por un caballero conocido como el coronel, acechaba artero en último término, y nuestra heroína pasaba con ese granuja la mayor parte de sus estancias en Baltimore. El coronel, que era riquísimo, vivía en una casa preciosa, en las afueras de la ciudad, sin esposa ni familia que le estorbase, sólo con unos pocos sirvientes, leales y discretos, y en ausencia de la señora Bixby se consolaba cabalgando en sus caballos y practicando la caza del zorro.

Ese placentero trato de la señora Bixby con el coronel se prolongaba año tras año y sin el menor tropiezo. Se veían con tan poca frecuencia –doce veces por año, si se detiene uno a pensarlo, no es gran cosa–, que corrían poco o ningún riesgo de cansarse uno del otro. Al contrario: la larga espera que separaba los encuentros no hacía sino acrecentar la devoción de sus corazones y trocar cada nueva cita en apasionante entrevista.

–¡Tally-ho![1] –exclamaba el coronel cuantas veces iba a buscarla a la estación en el cochazo–. ¡Cariño, ya casi había olvidado lo arrebatadora que resultas! Aterricemos.

Pasaron ocho años.

---

1. Grito del cazador cuando avista la zorra. *(N. del T.)*

Con las Navidades ya en puertas, la señora Bixby esperaba en la estación de Baltimore el tren que había de devolverla a Nueva York. La visita que acababa de concluir había resultado más agradable de lo habitual y se encontraba de buen humor. Claro está que últimamente la compañía del coronel no dejaba de operar ese efecto en ella. Tenía aquél la virtud de hacer que se sintiera una mujer de todo punto notable: una persona de virtudes sutiles y exóticas, y fascinante sobremanera; y... ¡cuan diferente resultaba aquello del marido dentista que la esperaba en casa, incapaz en todo momento de crearle otra sensación que la de ser una especie de eterna paciente, un ser que moraba en la sala de espera, silencioso entre las revistas, y en los últimos tiempos apenas llamado, cuando lo era, a sufrir las melindrosas atenciones de aquellas manos limpias y rosadas.

—El coronel me ha encargado que le entregase esto —dijo una voz a su lado.

La señora Bixby se volvió y vio a Wilkins, el palafrenero del coronel, un enano marchito y de piel gris, aplicado a echarle en los brazos una caja de cartón, no muy alta pero sí grande.

—¡Válgame Dios! —exclamó ella, toda agitación—. ¡Cielo santo, qué enormidad de caja! ¿Qué es esto, Wilkins? ¿No le dio ningún recado? ¿No le encargó decirme nada?

—Nada —respondió el caballerizo antes de alejarse.

Así que estuvo en el tren, la señora Bixby se llevó la caja a la intimidad del tocador de señoras y corrió el pestillo. Un regalo navideño del coronel. ¡Qué excitante...! Se puso a deshacer el lazo.

—Seguro que es un vestido —dijo en voz alta—. O incluso dos. O un montón de preciosas prendas interiores. No miraré. Trataré de adivinar, al tacto, de qué se trata. Y también el color. Y qué aspecto tiene. Y cuánto ha costado.

Después de cerrar prietamente los ojos y levantar poco a poco la tapa, deslizó la mano al interior de la caja. Encima había papel de seda; sintió su tacto y su crujido. También había un sobre, o una especie de tarjetón, que pasó por alto para profundizar bajo el papel de seda, los dedos en delicada exploración, como zarcillos.

–Dios mío –exclamó de pronto–. ¡No puede ser verdad!

Abrió del todo los ojos y se quedó mirando de hito en hito el abrigo. Luego, las manos como zarpas, lo sacó de la caja. La espesa piel rozó con una maravillosa sonoridad el papel de seda al desplegarse, y, cuando lo tuvo extendido ante sí en toda su longitud, su belleza la dejó sin resuello.

Jamás había visto visón como aquél. Porque era visón, ¿no? Sí claro que lo era. ¡Y qué soberbio color! Era de un negro casi puro. A primera vista le pareció negro; pero luego, al acercarlo más a la ventanilla, advirtió que también tenía un punto de azul, un azul intenso y vivo, como el del cobalto. Examinó rápida la etiqueta. Decía, tan sólo, VISON SALVAJE DE LABRADOR. Nada más: ninguna indicación sobre dónde había sido comprado, ni nada. Pero esto, se dijo para sus adentros, era sin duda obra del coronel. El muy zorro se cuidaba muy, pero que muy bien, de borrar toda pista. Mejor así. Pero ¿qué demonios podía haber costado aquello? Apenas se atrevía a pensarlo. ¿Cuatro, cinco, seis mil dólares? Posiblemente, más.

No conseguía apartar los ojos del abrigo, y al mismo tiempo ardía en deseos de probárselo. Se quitó presurosa el que llevaba, rojo, corriente. Sin poder evitarlo, jadeaba un poco ahora, y tenía muy abiertos los ojos. Pero es que, bendito sea Dios, ¡el tacto de aquella piel...! ¡Y las mangas, anchas, enormes, con sus espesos puños vueltos! ¿Quién le había dicho que en los brazos empleaban siempre pieles de visones hembras, y, para el resto, no? ¿Quién se lo había dicho? Probablemente, Joan Rutfield; aunque no acertaba a imaginar cómo podía la pobre Joan saber de visones, nada menos.

El maravilloso abrigo negro parecía adaptársele por sí mismo al cuerpo, como una segunda piel. ¡Chiquilla...! ¡Qué sensación indescriptible! Se miró en el espejo. Era fantástico. Toda su personalidad había cambiado de golpe y por completo. Se la veía deslumbrante, esplendorosa, rica, brillante, voluptuosa, todo ello a un tiempo. ¡Y la

247

sensación de poder que le confería! Vestida con aquel abrigo podría entrar donde quisiera y la gente se le alborotaría alrededor, como conejos. ¡No tenía palabras, simplemente, para tanta maravilla!

La señora Bixby tomó el sobre, que continuaba en la caja, lo abrió y extrajo la carta del coronel.

Como una vez te oí decir que te gustaba el visón, te he comprado éste. Me aseguran que es de calidad. Te ruego que lo aceptes, junto con mis mejores y más sinceros votos, como regalo de despedida. Por razones personales, no podré volverte a ver. Adiós y buena suerte.

¡Vaya!

¿Te imaginas?

Así, de sopetón y justo cuando se sentía tan dichosa.

Se acabó el coronel.

Qué terrible golpe.

Lo echaría en falta de mala manera.

La señora Bixby se puso a acariciar despacio la maravillosa piel del abrigo.

Pero no hay mal que por bien no venga.

Con una sonrisa dobló el papel, dispuesta a rasgarlo y arrojarlo por la ventanilla; pero ahí descubrió que había algo escrito en el reverso.

P. D. Bastará con que digas que es un regalo de Navidad de esa tía tuya, tan amable y generosa.

Los labios de la señora Bixby, en ese instante dilatados en amplia y suave sonrisa, se plegaron de golpe, como si fueran de goma.

—¡Pero ése está loco! —exclamó—. La tía Maude no tiene dinero para esto. De ninguna forma podría hacerme un regalo así.

Pero, si no era regalo de la tía Maude, ¿quién podía habérselo regalado?

¡Oh, Dios! Con toda la excitación de encontrarse el abrigo y probárselo, había pasado enteramente por alto ese detalle vital.

Dentro de un par de horas estaría en Nueva York y, diez minutos más tarde, en casa, donde la estaría esperando su marido para saludarla, e incluso un hombre como Cyril, inmerso en un mundo flemoso y oscuro, de canales radiculares, bicúspides y caries, no podría menos de hacer ciertas preguntas si su esposa se le presentaba de pronto, de regreso de un viaje de fin de semana, vestida así, con un abrigo de visón de seis mil dólares.

¿Sabes qué pienso?, se dijo. Pienso que ese condenado coronel ha hecho esto a posta, para torturarme. Él sabía perfectamente que la tía Maude no tiene bastante dinero para comprarme esto. Y que yo no podría conservarlo.

Pero la idea de desprenderse ahora de la prenda era más de lo que la señora Bixby podía sufrir.

–¡Necesito tener este abrigo! –exclamó en voz alta–. ¡Necesito tenerlo! ¡Lo necesito!

Está bien, cariño. Tendrás el abrigo. Pero no pierdas la cabeza. Quédate quieta, conserva la calma y ponte a pensar. Tú eres una chica espabilada, ¿verdad? No es la primera vez que le engañas. Ya sabes que el pobre nunca vio mucho más allá de la punta de su sonda de dentista. De manera que quédate totalmente quieta y piensa. Tienes tiempo de sobra.

Dos horas y media más tarde la señora Bixby se apeaba del tren en Pennsylvania Station y se encaminaba a paso rápido hacia la salida. Vestía otra vez su viejo abrigo rojo y en los brazos llevaba la caja de cartón. Le hizo señas a un taxi.

–Dígame –interpeló al conductor–, ¿conoce usted, por aquí cerca, alguna casa de empeños que siga abierta?

El hombre sentado al volante alzó las cejas y la miró con aire divertido.

–Muchas, en la Sexta Avenida –contestó.

–Pues pare en la primera que vea, ¿quiere? Y entró en el taxi y éste arrancó. Al poco, el coche se detenía ante una tienda sobre cuya puerta pendían tres bolas de latón.

—Espéreme, tenga la bondad —dijo la señora Bixby al taxista antes de apearse y entrar en el comercio.

Encima del mostrador, un gato enorme comía cabezas de pescado, acuclillado ante un platillo blanco. El animal volvió hacia la señora Bixby sus brillantes ojos amarillos y luego apartó la mirada y continuó comiendo. Ella se quedó junto al mostrador, lo más lejos posible del gato, y, a la espera de que acudiesen a atenderla, se dedicó a mirar los relojes, las hebillas para zapatos, los broches de esmalte, los viejos prismáticos, las gafas rotas, las dentaduras postizas. ¿Cómo podía empeñar la gente la dentadura?, se preguntó.

—¿Sí? —dijo el propietario, surgido de un lugar oscuro de la trastienda.

—Oh, buenas noches —repuso la señora Bixby.

Y, mientras ella comenzaba a deshacer el cordelillo que aseguraba la caja, el hombre se acercó al gato y se puso a acariciarle el lomo sin que el animal dejase de comer las cabezas.

—Por más bobo que le parezca —dijo la señora Bixby—, no se me ha ocurrido mejor cosa que perder el billetero, y, siendo sábado, con los bancos cerrados hasta el lunes, es preciso que consiga un poco de dinero para el fin de semana. Es un abrigo de mucho precio, pero no pretendo gran cosa: sólo lo suficiente para arreglarme hasta el lunes, que vendré a desempeñarlo.

El hombre esperó sin decir nada. Pero, cuando ella sacó el visón y dejó que la espesa y magnífica piel cayese sobre el mostrador, alzó las cejas, dejó el gato y se acercó a mirarlo. Levantándolo del mostrador lo sostuvo ante sí.

—Si llevara encima un reloj, o un anillo —continuó la señora Bixby—, sería eso lo que le dejaría. Pero se da el caso de que no tengo a mano más que este abrigo.

Y, para demostrárselo, separó y le enseñó los dedos.

—Parece nuevo —dijo el hombre según acariciaba la suave piel.

—Oh, sí, lo es. Pero, como le digo, sólo quiero que me preste lo que necesito hasta el lunes. ¿Qué le parece cincuenta dólares?

—Le prestaré cincuenta dólares.

—Vale cien veces más, pero sé que usted lo cuidará bien hasta que vuelva.

El hombre se acercó a un cajón, sacó una papeleta y la puso sobre el mostrador. Parecía una de esas etiquetas que se atan a las asas de las maletas: igual tamaño y formato y la misma cartulina. Sólo que ésta aparecía perforada por el medio, a fin de poderla partir en dos mitades idénticas.

—¿Nombre?

—Déjelo en blanco. Y la dirección, también.

Vio que el hombre se detenía, con la punta de la pluma revoloteando sobre la línea punteada, expectante.

—No es preciso anotar nombre y señas, ¿verdad?

El hombre se encogió de hombros y sacudió la cabeza. La punta de la pluma se desplazó al siguiente renglón.

—Lo prefiero así, ¿sabe? —insistió la señora Bixby—. Cosas mías.

—En tal caso, será mejor que no pierda la papeleta.

—No lo haré.

—¿Se da cuenta de que cualquiera que se haga con ella puede retirar la prenda?

—Sí, ya lo sé.

—Exhibiendo, sin más, el número.

—Sí, lo sé.

—¿Qué especificación le ponemos?

—Tampoco la ponga, por favor. No es necesario. Señale, sólo, lo que tomo en préstamo.

De nuevo titubeó la pluma, su punta en danza sobre la línea de puntos que seguía a la palabra ARTÍCULO.

—Creo que habría de poner descripción. Siempre es útil, si quiere uno vender la papeleta. Quién sabe, podría interesarle su venta, en un momento dado.

251

–No quiero venderla.

–Podría verse en esa necesidad. Le ocurre a muchísima gente.

–Mire –dijo la señora Bixby–, no estoy en apuros económicos, si es eso lo que quiere decir. He perdido el bolso, eso es todo. ¿No lo entiende?

–Pues nada, como usted quiera –dijo el hombre–. Es su abrigo.

Un pensamiento turbador asaltó a la señora Bixby en ese instante.

–Una cosa –dijo–: no llevando descripción la papeleta, ¿quién me asegura a mí que me darán el abrigo, y no otra cosa, cuando vuelva?

–Lo registramos en los libros.

–Pero yo sólo me quedo con un número. O sea que, de hecho, usted podría entregarme lo que quisiera, cualquier pingo, ¿verdad?

–¿Le pongo descripción o no se la pongo? –preguntó el hombre.

–No, confío en usted.

En ambas partes de la papeleta, y junto a la palabra VALOR, el prestamista escribió «cincuenta dólares», hecho lo cual la partió en dos por la línea perforada, empujó sobre el mostrador la parte inferior, se sacó del bolsillo interior de la chaqueta una cartera, extrajo cinco billetes de a diez dólares y dijo:

–El interés es del tres por ciento mensual.

–Sí, muy bien. Y gracias. Me lo cuidará, ¿verdad?

El hombre asintió con la cabeza, pero nada dijo.

–¿Quiere que se lo vuelva a guardar en la caja?

–No –respondió.

La señora Bixby dio media vuelta y salió a la calle, donde la esperaba el taxi. Diez minutos más tarde, estaba en casa.

–¿Me has echado de menos, cariño? –le preguntó a su esposo al inclinarse para besarle.

Cyril Bixby dejó el periódico de la noche y consultó su reloj de pulsera.

–Son las seis y doce minutos y medio –dijo–. Llegas un poco tarde, ¿no?

–Ya lo sé. Son esos trenes espantosos. La tía Maude te envía su cariño, como siempre. Me muero por un trago, ¿tú no?

El marido dobló el diario, que, convertido en un esmerado rectángulo, colocó en el brazo del sillón. Seguidamente se puso en pie y se dirigió hacia el aparador. Su esposa, plantada entretanto en medio de la habitación, le miraba atenta, mientras se quitaba los guantes, preguntándose cuánto habría de esperar. El señor Bixby, de espaldas a ella, echaba ginebra en un medidor, la cabeza inclinada sobre el vaso cuyo interior escudriñaba como si fuese la boca de un paciente.

Era divertido lo pequeño que se le antojaba siempre, después de haber estado con el coronel, quien, enorme e hirsuto, de cerca exhalaba un tenue olor a rábanos picantes. Su marido, en cambio, era de corta estatura, huesudo, pulcro, y en verdad no olía a nada, excepto a las pastillas de menta que chupaba a fin de que su aliento resultase grato a los pacientes.

–Mira lo que he comprado para medir el vermut –dijo al tiempo que alzaba una probeta–. Con esto puedo afinar al miligramo.

–Cariño, ¡qué ingenioso!

Es preciso que intente hacerle cambiar de forma de vestir, se dijo la señora Bixby. Esos trajes son de una ridiculez indecible. En un tiempo, aquellas levitas suyas, de largas solapas y con seis botones en la delantera, le habían parecido soberbias; pero ahora le resultaban sencillamente absurdas. Lo mismo cabía decir de los pantalones, de perneras estranguladas. Para llevar ropa como aquélla había que tener una cara especial, que Cyril no tenía. La suya era larga, angulosa, de nariz afilada y mandíbula un punto saliente; puesta encima de uno de aquellos trajes anticuados y ceñidos, parecía una caricatura de Sam Weller, aunque él debía de pensar que parecía Beau Brummel. Lo cierto era que en el consultorio recibía a sus pacientes femeninos con la bata blanca desabrochada, de modo que pudieran entrever las galas que llevaba debajo, ello, a todas luces, en un rebuscado intento de dar cierta impresión de granuja. Pero la señora Bixby estaba al cabo

253

del asunto: sabía que el plumaje era una baladronada, no significaba nada; a ella le hacía pensar en un pavo real que, ya caduco, se contonea medio desplumado en mitad del césped. O en una de esas flores bobas que se autofertilizan, como la diente de león, que no necesita ser fertilizada para implantar su semilla, con lo cual todos sus deslumbradores pétalos amarillos no son sino una pérdida de tiempo, un alarde, un disfraz.

¿Qué nombre le daban los biólogos? Subsexual. La diente de león es subsexual. Como, por lo demás, las larvas estivales de la pulga de agua. Todo esto suena un poco a Lewis Carroll, pensó: pulgas de agua, dientes de león y dentistas.

–Gracias, cielo –dijo al coger el martini y acomodarse en el sofá, el bolso en el regazo–. Y tú, ¿qué hiciste anoche?

–Me quedé en el consultorio terminando unos puentes. Y también puse las cuentas al día.

–En serio, Cyril, creo que ya va siendo hora de que delegues en otros el trabajo pesado. Tú eres demasiado importante para cuidar de esas cosas. ¿Por qué no confías los puentes al mecánico?

–Prefiero hacerlos personalmente. Me enorgullezco mucho de mis puentes.

–Lo sé, cariño; y también que son una auténtica maravilla: los mejores puentes del mundo. Pero es que no quiero que te agotes. Y las cuentas ¿por qué no las despacha esa mujer, la Pulteney? ¿No forma eso parte de su trabajo?

–Sí, las hace ella. Pero los precios tengo que ponérselos yo. Ella no sabe quién es rico y quién no lo es.

–Este martini está perfecto –observó la señora Bixby al depositar el vaso en la mesita auxiliar–. Perfecto de veras. –Y, abriendo el bolso, sacó un pañuelo, como para sonarse–. ¡Oh, mira! –dijo al ver la papeleta–. He olvidado enseñarte lo que encontré en el asiento del taxi que me trajo. Como lleva un número, y pensando que pudiera ser un billete de lotería o algo así, me lo guardé.

Y tendió la pequeña cartulina a su marido, quien, cogiéndola entre los dedos, empezó a examinarla con minucia y desde todos los ángulos, como si fuese un diente sospechoso.

—¿Sabes qué es esto? —dijo pausado.

—No, cariño, no lo sé.

—Una papeleta de empeño.

—¿Una qué?

—Un recibo de un prestamista. Aquí están las señas..., una tienda de la Sexta Avenida.

—Oh, cielo, qué desencanto. Y yo que creí que a lo mejor era un boleto de la lotería.

—Desencanto ¿por qué? —repuso Cyril Bixby—. La verdad es que podría resultar bastante divertido.

—¿En qué sentido, cariño?

El señor Bixby se puso a explicarle con detalle el funcionamiento de las casas de empeño haciendo hincapié en el hecho de que quienquiera que ostentase una papeleta tenía derecho a reclamar lo empeñado.

Después de aguardar pacientemente a que concluyera la conferencia, la señora Bixby le preguntó:

—¿Y tú crees que vale la pena reclamarlo?

—Creo que vale la pena averiguar de qué se trata. ¿Ves esta anotación, de cincuenta dólares? ¿Sabes qué significa?

—No, mi vida, ¿qué significa?

—Significa que el artículo en cuestión es, casi con total seguridad, un objeto de valor.

—¿Quieres decir que valdrá los cincuenta dólares?

—Es más probable que valga quinientos.

—¡Quinientos!

—¿Es que no lo entiendes? Un prestamista nunca da más allá de la décima parte del valor real.

—¡Válgame Dios! No tenía ni idea.

—Hay muchas cosas de las que tú no tienes ni idea, cariño. Escúchame bien. Visto que no se indica ni el nombre ni las señas del propietario...

–Pero por fuerza tiene que haber algo que diga a quién pertenece.

–Nada en absoluto. Es un procedimiento normal. Mucha gente no quiere que se sepa que han acudido a un prestamista. Les da vergüenza.

–Entonces ¿crees que podemos quedarnos la papeleta?

–Claro que sí. Ahora es nuestra.

–Querrás decir mía –replicó la señora Bixby con firmeza–. Fui yo quien la encontró.

–¿Qué más da eso, chiquilla? Lo importante es que esto nos faculta para desempeñarlo cuando queramos, por sólo cincuenta dólares. ¿Qué me dices?

–¡Oh, qué divertido! –exclamó ella–. Me parece tremendamente emocionante, sobre todo no sabiendo de qué se puede tratar. Y podría ser cualquier cosa, ¿verdad, Cyril? ¡Lo más impensable!

–Desde luego, aunque será, casi sin duda, o bien un anillo, o bien un reloj.

–Pero ¿no sería maravilloso si se tratase de un auténtico tesoro? Quiero decir, una verdadera antigüedad, como un portentoso jarrón antiguo, o una estatua romana.

–Imposible saber de qué se trata, cariño. No nos queda más remedio que esperar y enterarnos.

–¡Me parece de todo punto fascinante! Dame la papeleta, que el lunes iré corriendo, a primera hora, a averiguar.

–Será mejor, creo, que lo haga yo.

–¡Oh, no! –exclamó ella–. ¡Déjame a mí!

–No lo veo oportuno. Lo recogeré yo, camino del trabajo.

–¡Pero la papeleta es mía! Déjame a mí, Cyril, por favor. ¿Por qué acaparar tú la diversión?

–No conoces a esos prestamistas, pequeña. Te expones a que te estafen.

–No me dejaré estafar, de veras que no. Dámela, por favor.

–Además, hay que disponer de cincuenta dólares –agregó sonriente–. Para que te lo entreguen, hay que darles cincuenta dólares en metálico.

–Creo que los tengo.

–Si no te importa, preferiría que esto no lo trataras tú.

–Pero, Cyril, la papeleta la encontré yo. Es mía. Lo que avale, sea lo que fuere, me pertenece, ¿no es así?

–Claro que te pertenece, cariño. No hace falta que te sulfures de esa forma.

–Si no me sulfuro. Es, simplemente, la agitación.

–Supongo que no se te ha ocurrido que podría tratarse de algo por completo masculino: un reloj de bolsillo, por ejemplo, o una botonadura. Las casas de empeño no las visitan soló mujeres, ¿sabes?

–En tal caso, será mi regalo de Navidad –dijo la señora Bixby magnánima–. Me encantará. Pero, si resulta un artículo femenino, lo quiero para mí. ¿Estamos de acuerdo?

–Me parece muy justo. ¿Por qué no me acompañas cuando pase a recogerlo?

La señora Bixby estuvo a punto de avenirse a eso, pero se contuvo a tiempo. No tenía el menor deseo de que el prestamista la saludase delante de su marido como a una antigua parroquiana.

–No –respondió pausada–, no creo que lo haga. Es que, verás, la cosa resulta aún más emocionante si me quedo a esperar. Oh, confío que no será algo que no nos interese a ninguno de los dos.

–Que también es posible –replicó él–. Si me parece que no vale los cincuenta dólares, no lo retiro.

–=Pero tú me dijiste que valdría quinientos.

–Y estoy seguro de ello. No te preocupes.

–¡Oh, Cyril, me muero de impaciencia! ¿No es apasionante?

–Es divertido –repuso él conforme deslizaba la papeleta en el bolsillo de su chaleco–, de eso no hay duda.

Llegó por fin la mañana del lunes y, concluido el desayuno, la señora Bixby acompañó a su marido a la puerta y le ayudó a ponerse el abrigo.

–No trabajes demasiado, cielo –le dijo.

–No, descuida.

–¿De vuelta a las seis?

–Eso espero.

–¿Tendrás tiempo de ir donde ese prestamista? –indagó ella.

–Dios mío, lo había olvidado por completo. Tomaré un taxi e iré ahora. Me coge de camino.

–No habrás perdido la papeleta, ¿verdad?

–Espero que no –dijo el esposo al tiempo que se palpaba el bolsillo del chaleco–. No: aquí está.

–¿Y llevas dinero suficiente?

–Más o menos.

–Cariño –dijo ella según se le acercaba para enderezarle la corbata, que estaba perfectamente derecha–, si por casualidad fuese algo bonito, algo que en tu opinión pudiera gustarme, ¿me telefonearás así que llegues al consultorio?

–Si insistes...

–¿Sabes?, no dejo de confiar en que sea algo para ti, Cyril. Lo preferiría, con mucho, a que la afortunada fuera yo.

–Eres muy generosa, cariño. Y ahora debo apresurarme.

Cosa de una hora más tarde, cuando sonó el teléfono, la señora Bixby cruzó con tal precipitación la sala, que antes de concluir el primer timbrazo ya había descolgado el auricular.

–¡Lo tengo! –exclamó su marido.

–¡De veras! Oh, Cyril, ¿qué es? ¿Algo bueno?

–¿Bueno? –gritó él–. ¡Es fantástico! ¡Espera a vértelo delante! ¡Te vas a desmayar!

–Cariño, ¿de qué se trata? ¡Dímelo ya!

–Desde luego, eres una chica con suerte.

–¿O sea que es para mí?

–Por supuesto que lo es. Aunque ni que me aspen comprenderé cómo demonios pudieron empeñar eso por cincuenta dólares. Alguien que está mal de la cabeza.

–¡Cyril, basta, me tienes sobre ascuas! ¡No lo soporto!

–Cuando lo veas, enloquecerás.

–¿Qué es?

–Intenta adivinarlo.

La señora Bixby hizo una pausa. Cuidado, dijo para sí. Mucho cuidado ahora.

–Un collar –tanteó.

–Frío.

–Un anillo de brillantes.

–Ni siquiera templado. Te daré una pista. Es algo que te puedes poner.

–¿Algo que me puedo poner? ¿Algo como un sombrero, quieres decir?

–No, no es un sombrero –respondió él riendo.

–¡Por amor del cielo, Cyril! ¿Por qué no me lo dices?

–Porque quiero que sea una sorpresa. Te lo llevaré esta noche, cuando regrese.

–¡Ni hablar de eso! –gritó ella–. ¡Ahora mismo salgo hacia ahí a buscarlo!

–Preferiría que no lo hicieras.

–No seas tan tonto, tesoro. ¿Por qué no puedo ir?

–Porque estoy demasiado ocupado. Echarás a rodar todo mi programa de la mañana. Ya llevo media hora de retraso.

–Entonces pasaré a la hora del almuerzo. ¿De acuerdo?

–No voy a almorzar. Oh, está bien: pásate a la una y media, mientras tomo un emparedado. Adiós.

A la una y media en punto, la señora Bixby llegaba al lugar de trabajo del señor Bixby y llamaba al timbre. Le abrió su propio esposo, vestido con su blanca bata de dentista.

–¡Oh, Cyril, estoy tan excitada!

–Y no es para menos. ¿Sabes que eres una chica con suerte?

Y la condujo pasillo adelante hacia el gabinete.

–Vaya usted a almorzar, señorita Pulteney –dijo a su ayudante, ocupada en colocar instrumental en el esterilizador–. Puede terminar eso cuando regrese. –Y, tras esperar a que la joven se hubiera retirado, cruzó hacia el armario donde solía guardar la ropa, se detuvo frente a él, lo señaló con un dedo y dijo—: Está ahí. Y ahora... cierra los ojos.

La señora Bixby obedeció. Hizo una profunda inspiración, la contuvo y en el silencio que siguió a eso oyó el ruido de la puerta que su marido abría y, luego, el suave susurro que produjo al extraer una prenda que rozó con las demás cosas allí colgadas.

—¡Listo! ¡Ya puedes mirar!

—No me atrevo —dijo ella riendo.

—Vamos. Un atisbo.

Remisa, comenzando a reír entre dientes, alzó un párpado, pero sólo una fracción de centímetro, justo lo suficiente para captar la borrosa imagen del hombre de la bata blanca que, en pie en el mismo lugar, sostenía algo en alto.

—¡Visón! —exclamó su marido—. ¡Auténtico visón!

Al conjuro de la mágica palabra, abrió de golpe los ojos, al tiempo que se abalanzaba en aquella dirección, para estrechar el abrigo entre los brazos.

Pero no había abrigo ninguno. Había, sólo, un pequeño ridículo cuello de piel colgado, balanceándose, en la mano de su marido.

—¡Regálate la mirada! —añadió él agitándole aquello delante de la cara.

La señora Bixby se llevó una mano a la boca y comenzó a retroceder. Voy a ponerme a gritar, dijo para sí. Sé que voy a ponerme a gritar.

—¿Qué te ocurre, cariño? ¿Acaso no te gusta?

Dejó de agitar la piel y se quedó mirando de hito en hito a su esposa, a la espera de que dijese algo.

—Pues claro... —balbuceó ella—. Creo... me parece... preciosa de verdad.

—¿A qué te ha dejado sin respiración por un momento?

—Sí, así es.

—Magnífica calidad —comentó él—. Y muy bonito color. ¿Sabes qué pienso, cariño? Que, si la hubieras de comprar en una tienda, una pieza como ésta te costaría doscientos o trescientos dólares, como mínimo.

–No lo dudo.

Lo que tenía delante eran las pieles, sarnosas se hubiera dicho, de dos visones con cabeza y todo, con cuentas de vidrio en el lugar de los ojos, y garras pequeñitas y colgantes. Uno tenía en la boca el trasero del otro, que se lo mordía.

–Anda –continuó él–, pruébatelo. –Y, adelantándose, le puso aquello formando ropaje alrededor del cuello y retrocedió un paso, para admirar el efecto–. Es perfecto. Te sienta de maravilla. No todas las mujeres tienen pieles de visón, cariño.

–Desde luego.

–Mejor que no te lo pongas para ir a comprar, o van a pensar que somos millonarios y empezarán a cobrarnos el doble en todo.

–Intentaré tenerlo presente, Cyril.

–Lo siento, pero no cuentes con ninguna otra cosa para Navidad. Ya supondrás que cincuenta dólares es más de lo que tenía pensado gastar.

Dándole la espalda se dirigió a la pila y se puso a lavarse las manos.

–Y ahora, andando, cariño, a hacer un buen almuerzo. Me hubiera gustado acompañarte, pero tengo en la salita al viejo Gorman esperando, se le ha roto un gancho de la dentadura.

La señora Bixby se encaminó hacia la puerta.

Mataré a ese prestamista, decía para sus adentros. Saliendo de aquí me voy derecho a la tienda, le echaré esta porquería de cuello en mitad de la cara y, como se niegue a devolverme el abrigo, le mato.

–¿Te he dicho que regresaría tarde esta noche? –le preguntó Cyril Bixby, que seguía lavándose las manos.

–No.

–Según pintan las cosas en este momento, no será antes de las ocho y media. O incluso las nueve.

–Sí, está bien. Adiós.

La señora Bixby salió dando un portazo.

En ese preciso momento, la señorita Pulteney, la secretaria-ayudante, pasó como flotando a su lado, corredor adelante, apresurada por el almuerzo.

—Un día soberbio, ¿verdad? —comentó con una sonrisa deslumbradora la joven al darle alcance.

Caminaba con cadencia, envuelta en un suave hálito de perfume, y parecía, ni más ni menos, una reina. Una reina vestida con el precioso abrigo de visón negro que el coronel había regalado a la señora Bixby.

JALEA REAL

—Me tiene deshecha de angustia, Albert, de veras —dijo la señora Taylor con la mirada puesta en la criatura totalmente inmóvil a la que acunaba con el brazo izquierdo—. Sé que algo va mal, lo sé.

La tez de la niñita tenía algo de translúcido, de nacarado, y la piel se veía muy tersa sobre los huesos.

—Pruébalo otra vez —dijo Albert Taylor.

—No servirá de nada.

—Tienes que insistir, Mabel —dijo el marido.

Ella extrajo el biberón de la cacerola de agua caliente y, sacudiéndolo, se echó unas gotas en el envés de la muñeca, para comprobar la temperatura.

—Vamos, vamos, mi niña —susurró—, despierta y toma un poquito más.

Una pequeña lámpara puesta encima de la mesa cercana irradiaba un tenue resplandor amarillo alrededor de la madre.

—Por favor —exhortó ésta—, sólo un poquitín más.

El señor Taylor la miraba por encima de la revista que estaba leyendo. Estaba medio muerta de agotamiento, advirtió, y su pálido rostro ovalado, de ordinario tan grave y sereno, había adquirido una expresión como tensa y desolada. Pero, aun así, la postura de la cabeza, inclinada para observar a la niña, resultaba de una curiosa belleza.

—¿Lo ves? —musitó—. Es inútil. No lo quiere.

Alzó la botella hacia la luz y con el ceño fruncido estudió la escala de medidas.

—Otra vez treinta gramos. No ha tomado más. Ca, ni siquiera eso. Han sido sólo veinte gramos. Esto no basta para sacar adelante a una criatura, Albert, te lo digo yo. Me tiene deshecha de angustia.

—Lo sé —repuso el marido.

—Si por lo menos descubriesen qué es lo que ocurre.

—No ocurre nada, Mabel. Es simple cuestión de tiempo.

—Claro que ocurre algo.

—El doctor Robinson sostiene que no.

—Mira —replicó ella al tiempo que se levantaba—, no irás a decirme que es normal que una niña de seis semanas pese el disparate de un kilo menos que cuando nació. ¡No tienes más que mirarle las piernas! ¡No son sino piel y hueso!

La diminuta criatura seguía postrada e inmóvil en el brazo de la madre.

—El doctor Robinson te pidió que dejaras de preocuparte, Mabel. Y lo mismo dijo aquel otro médico.

—¡Ja! —exclamó ella—. ¿No es maravilloso? ¡Que deje de preocuparme!

—Por favor, Mabel...

—¿Y qué quieres que haga? ¿Que me lo tome como si fuera una especie de chiste?

—Él no dijo eso.

—¡Detesto a los médicos! ¡A todos ellos! —estalló la mujer.

Y, vuelta la espalda al señor Taylor, salió presurosa de la habitación, camino de la escalera, llevándose a la niña.

Albert Taylor permaneció donde estaba y la dejó marchar.

Un instante más tarde la oía caminar de un lado para otro en la alcoba, justo encima de su cabeza, con pasos nerviosos y rápidos que hacían resonar el linóleo del suelo. Pronto se detendrían las pisadas y entonces él habría de levantarse y subir, y cuando entrase en el cuarto la encontraría sentada, como de costumbre, junto a la cuna con la mirada fija en la niña, llorando en silencio y sin consentir en moverse.

—Se muere de inanición, Albert —le diría.

—Pues claro que no.

—Se va a morir de inanición. Lo sé. Y sé algo más.

—¿Qué?

—Creo que tú piensas lo mismo, sólo que no quieres reconocerlo, ¿no es así?

Todas las noches la misma escena.

La semana anterior habían vuelto con la niña al hospital, donde el médico, después de un esmerado examen, dijo que no le ocurría nada.

—Nos ha costado nueve años tener esta hija, doctor —declaró Mabel—. Si algo le ocurriese, creo que me costaría la vida.

Hacía seis días de aquello, y en ese intervalo la pequeña había perdido casi un cuarto de kilo más.

Pero atribularse no beneficiaría a nadie, se dijo Albert Taylor. En cosas de aquella naturaleza no quedaba más solución que confiar en el médico. Y, recuperando la revista que tenía todavía en el regazo, se puso a examinar distraídamente el índice de materias, para ver qué ofrecía aquella semana.

Entre las abejas en mayo
Cocina a base de miel
El apicultor y la farmacopea apícola
Experimentos en el control de nosema
Esta semana en el apiario
Lo último sobre la jalea real
Los poderes curativos del propóleos
Regurgitaciones
Cena anual de los apicultores británicos
Noticias de la Asociación

Albert Taylor se había sentido fascinado toda su vida por cuanto se refiriese a las abejas. De chico solía atraparlas con las mismas manos, y luego corría a casa para enseñárselas a su madre, y a veces se las ponía él en la cara y dejaba que le corriesen por las mejillas y el cuello sin que, cosa sorprendente, le picaran jamás. Al contrario: las abejas parecían encantadas de estar con él; nunca intentaban volar y escaparse, y para librarse de ellas tenía que apartarlas con suaves movimientos de los dedos; y aun así a menudo volvían para posársele otra vez en un brazo, en la mano o en una rodilla, o en cualquier parte donde tuviera desnuda la piel.

Su padre, albañil de profesión, afirmaba que debía de haber en el niño un hedor como de brujo, algo malsano que le escapaba por los poros, y que eso de hipnotizar insectos no podía traer nada bueno. Su madre, en cambio, sostenía que era un don del Señor, e incluso llegó a compararle con san Francisco y sus pájaros.

Al crecer, su fascinación por las abejas se tornó obsesión, y antes de cumplir los doce años había construido su primera colmena. Al año siguiente tuvo lugar la captura de su primer enjambre y dos años después, al cumplir los catorce, contaba con nada menos que cinco abejares dispuestos en pulcra fila junto a la valla del pequeño traspatio de su padre, y acometía ya –aparte de la normal recolección de la miel– el delicado y complejo menester de criar sus propias reinas, implantar las larvas en celdillas artificiales y todo lo demás.

Jamás tenía que recurrir al humo para manipular en el interior de las colmenas, ni había de ponerse guantes o protegerse con red la cabeza. Existía, a todas luces, una extraña simpatía entre el muchacho y las abejas, y abajo, en el pueblo, empezaban a hablar de él en tiendas y tabernas con cierto respeto, y su casa comenzó a ser visitada por gente deseosa de comprarle su miel.

A la edad de dieciocho años había arrendado un acre de pastos bravíos que flanqueaban un cerezal sito en el valle, a cosa de kilómetro y medio del pueblo, y allí puso en marcha una explotación por cuenta propia. Ahora, once años más tarde, continuaba en el mismo paraje, pero en lugar de un acre de tierra tenía seis y, además de eso, doscientas cuarenta prósperas colmenas y una casita que se había construido esencialmente con sus propias manos. Se había casado al cumplir los veinte, y ese paso, prescindiendo de que les hubiera costado más de nueve años tener descendencia, también había sido un éxito. Todo, en verdad, le había sonreído a Albert hasta que apareció aquella extraña niñita que con su negativa de nutrirse como era debido, y con sus diarias pérdidas de peso, les tenía consumidos de inquietud.

Apartando los ojos de la revista se puso a pensar en la pequeña: aquella noche, por ejemplo, en que a la hora de su comida había abierto los ojos mostrándole algo que le aterró: una especie de mirada brumosa y vacua, cual si los ojos, lejos de estar unidos al cerebro, reposaran sueltos en sus cuencas, como un par de pequeñas canicas grises.

¿De veras sabían aquellos médicos lo que se decían?

Se acercó un cenicero y, con ayuda de una cerilla, despacioso, se puso a limpiar de ceniza la cazoleta de la pipa.

Quedaba, desde luego, la posibilidad de llevarla a otro hospital, a uno de los de Oxford, tal vez. Podía proponérselo a Mabel, cuando subiera.

Todavía le resultaba audible su ir y venir por la habitación, si bien debía de haberse puesto zapatillas, pues el ruido de las pisadas era ahora muy débil.

Centró de nuevo su atención en la revista y continuó la lectura. Concluido el artículo de los «Experimentos en el control del nosema», volvió la página y acometió el siguiente: «Lo último sobre la jalea real.» Dudaba mucho que trajese algo que no conociera ya.

¿En qué consiste esa portentosa sustancia llamada jalea real?

Alcanzó el bote de tabaco que tenía a su lado, encima de la mesa, y sin abandonar la lectura comenzó a llenar la pipa.

La jalea real es una secreción glandular que producen las abejas nodrizas para alimentar a las larvas en cuanto éstas han salido del huevo. Las glándulas faríngeas de las abejas generan esa sustancia en forma muy similar a como las glándulas mamarias proveen leche en los vertebrados. Es un fenómeno de gran interés biológico, pues no se sabe de ningún otro insecto dotado de semejante función.

Cosas, todas ellas, consabidas; pero, a falta de mejor ocupación, continuó leyendo.

Todas las larvas de las abejas son nutridas a base de jalea real en forma concentrada durante los tres días posteriores a su salida del huevo, si bien, rebasada esa fase, las destinadas a zánganos u obreras reciben el precioso alimento muy diluido en miel y polen. En cambio, las llamadas a convertirse en reinas son nutridas a lo largo de todo su período larval a base de una dieta concentrada de jalea real pura. De ahí el nombre de la sustancia.

Arriba, en la alcoba, el rumor de pasos se había interrumpido por completo. La casa estaba en silencio. Encendió un fósforo y lo aplicó a la pipa.

La jalea real ha de ser una sustancia de formidable poder nutritivo, pues sin más alimentación que ésa la larva de la abeja aumenta en mil quinientas veces su peso al cabo de cinco días.

Probablemente fuese cierto eso, si bien, por alguna razón imprecisa, hasta ahora nunca se le había ocurrido considerar el crecimiento larval en términos de peso.

Es tanto como decir que un recién nacido de tres kilos y medio llegase a pesar cinco toneladas en ese lapso.

Albert Taylor se detuvo y releyó la frase.

Es tanto como decir que un recién nacido de tres kilos y medio...

–¡Mabel! –exclamó al tiempo que se ponía en pie de un salto–.
¡Mabel! ¡Baja!

Salió al zaguán y, deteniéndose al pie de la escalera, repitió la llamada.

No obtuvo respuesta.

Subió corriendo la escalera y encendió la luz del pasillo. La puerta del dormitorio estaba cerrada. Cruzó el pasillo, la abrió y se quedó en el vano escudriñando la oscuridad del cuarto.

–Mabel, baja un momento, ¿quieres? –repitió–. Se me acaba de ocurrir una pequeña idea. Es sobre la niña.

La luz procedente del corredor proyectaba sobre la cama un tenue resplandor que le permitió entrever a su esposa, la cual, tendida boca abajo, con el rostro hundido en la almohada y los brazos cruzados sobre la cabeza, estaba llorando una vez más.

–Mabel –dijo en tanto se acercaba y le tocaba el hombro–, baja un instante, por favor. Puede ser importante.

–Vete –respondió ella–. Déjame en paz.

–¿No quieres que te cuente lo que se me ha ocurrido?

–Oh, Albert, estoy cansada de verdad –sollozó–. Tanto, que ya ni sé lo que hago. Creo que no puedo más. Creo que no puedo aguantarlo.

Siguió una pausa. Albert Taylor se apartó de su esposa y se acercó a paso lento a la cuna, donde reposaba la niña, y orientó hacia ella la mirada. La oscuridad no le permitía ver el rostro de la pequeña; pero, como se inclinara mucho sobre ella, alcanzó a percibir el ruido de su respiración, muy débil y rápida.

–¿A qué hora le vuelve a tocar biberón?

–A las dos, supongo.

–¿Y el siguiente?

–A las seis de la mañana.

–Los dos corren de mi cuenta. Tú te vas a dormir.

Ella no respondió.

–Te acuestas como es debido, Mabel, y te dedicas a dormir, ¿me has entendido? Y deja ya de preocuparte. Yo me quedo a cargo de todo durante las próximas doce horas. Si continúas así, vas a sufrir una crisis nerviosa.

–Sí –dijo ella–, ya lo sé.

–Ahora mismo me traslado a la otra habitación con la mocosa y el despertador, y tú te tumbas en la cama, dejas los músculos en reposo y te olvidas por completo de nosotros, ¿de acuerdo?

A todo eso empujaba ya la cuna fuera del cuarto.

–Oh, Albert –sollozó ella.

–No te preocupes de nada. Déjalo en mis manos.

–Albert...

–¿Sí?

–Te quiero, Albert.

–Y yo a ti, Mabel. Y ahora, a dormir.

Albert Taylor no volvió a ver a su esposa hasta la mañana siguiente, cerca de las once.

–¡Cielo santo! –gritó ella en tanto se lanzaba escaleras abajo, todavía en bata y zapatillas–. ¡Albert! Pero ¿te has dado cuenta de lo tarde que es? ¡He dormido doce horas por lo menos! ¿Está todo en orden? ¿Cómo ha ido?

Él estaba sentado apaciblemente en su sillón, la pipa entre los labios, leyendo el periódico de la mañana. La niña dormía en una especie de cuco puesto en el suelo, a sus pies.

–Hola, cariño –la saludó él sonriente.

La señora Taylor corrió hacia el canastillo y se quedó mirando.

–¿Ha querido el biberón, Albert? ¿Cuántas veces se lo has dado? Le tocaba otro a las diez, ¿lo sabías?

Albert Taylor dobló el diario en cuidadoso rectángulo y lo dejó sobre la mesita auxiliar.

—Se lo di a las dos de la madrugada –dijo–, y no tomó más que quince gramos. luego, a las seis, fue un poco mejor: sesenta gramos...

—¡Sesenta gramos! ¡Oh, Albert, es fantástico!

—Y el último lo hemos despachado hace diez minutos. Ahí lo tienes, en la repisa de la chimenea. Se ha tomado noventa gramos; sólo ha dejado treinta. ¿Qué me dices?

Sonreía orgulloso, entusiasmado con su hazaña.

Su esposa se arrodilló al momento, para observar a la niña.

—¿Verdad que tiene mejor aspecto? –dijo afanoso–. ¿No se le ve más gordita la cara?

—Parecerá una tontería –repuso ella–, pero yo así lo creo. ¡Oh, Albert, eres una maravilla! ¿Cómo lo has conseguido?

—Está saliendo del bache –contestó él–; eso es todo. Tal como pronostiscó el médico, está saliendo del bache.

—Dios quiera que tengas razón, Albert.

—Claro que la tengo. En adelante vas a ver cómo progresa.

Su esposa miraba enternecida a la niña.

—Tú también tienes mejor aspecto, Mabel.

—Me siento de maravilla. Lamento lo de anoche.

—Sigamos así de ahora en adelante: yo me cuido de los biberones nocturnos, y por el día se los das tú.

Apartó ella los ojos de la cuna y le miró con ceño.

—No –dijo–. Oh, no, no puedo permitirlo.

—No quiero que acabes con una crisis, Mabel.

—No hay peligro, ahora ya he descansado un poco.

—Es preferible que lo compartamos.

—No, Albert, esa tarea me corresponde a mí y quiero cumplirla. Lo de anoche no se repetirá.

Se produjo una pausa. Albert Taylor se quitó la pipa de entre los labios y examinó el contenido de la cazoleta.

—Conforme –dijo–. En tal caso, te descargaré del trabajo pesado: la esterilización, la mezcla de los biberones y todos los preparativos. Está claro que será una ayuda para ti.

Ella le observó con atención, preguntándose qué le habría dado de pronto.

–Sabes, Mabel, lo he estado pensando y...

–Sí, cielo...

–He estado pensando que hasta anoche no te he ayudado lo que se dice nada con la pequeña.

–No es verdad.

–Sí que lo es. De manera que he decidido cargar en adelante con mi parte del trabajo. Los biberones los preparo y esterilizo yo, ¿de acuerdo?

–Es muy amable por tu parte, cariño, pero verdaderamente no creo que sea necesario...

–¡Vamos, mujer! –exclamó él–. ¿Es que quieres cambiar la suerte? Los tres últimos los he dispuesto yo y... ya ves el resultado. ¿A qué hora le toca el próximo? A las dos, ¿no?

–Eso es.

–Pues ya lo tienes preparado –repuso él–. Todo preparado y listo para que, cuando llegue la hora, no tengas más que cogerlo del estante, en la despensa, y calentárselo. ¿No representa eso un alivio?

La señora Taylor se puso en pie, se acercó a su marido y le besó en la mejilla.

–Qué bueno eres –le dijo–. Cuanto más te conozco, más te quiero.

Más adelante, mediada la tarde, encontrándose Albert en el exterior, trabajando al sol entre las colmenas, la oyó vocear desde la casa:

–¡Albert! ¡Albert, ven!

Y la vio correr a su encuentro por entre los ranúnculos. Con lo cual emprendió carrera hacia ella preguntándose qué habría sucedido.

–¡Oh, Albert! ¡Adivina lo que ha pasado!

–¿Qué?

–Acabo de darle el biberón de las dos y... ¡se lo ha tomado todo!

–¡No!

–¡Hasta la última gota! ¡Oh, Albert, estoy tan contenta! ¡La niña va a recuperarse! Como dijiste, está saliendo del bache.

Llegada frente a él, le echó los brazos al cuello y le estrechó contra sí. Su marido le dio unas palmaditas en la espalda, rió y dijo que era una madre maravillosa.

—Cuando le toque el próximo, ¿querrás entrar a verla, por si lo repite?

Como él le asegurara que no se lo perdería por nada del mundo, ella le abrazó de nuevo, dio media vuelta y echó a correr hacia la casa saltando sobre la hierba y cantando mientras regresaba.

Como es natural, flotaba en el aire cierta expectación según se acercaba la hora del biberón de las seis: a las cinco y media los padres se hallaban ya sentados en la salita, a la espera del momento. La botella con el preparado lácteo estaba en una cacerola de agua caliente, en la repisa de la chimenea. La pequeña dormía en su canastilla, puesta en el sofá.

A las seis menos veinte se despertó y se puso a chillar a grito pelado.

—¡Ahí lo tienes! —exclamó la señora Taylor—. Reclama el biberón. Rápido, Albert, ve a por ella y pásamela. Dame antes la botella.

Se la entregó y a continuación le acomodó a la niña en el regazo. Como ella le rozara cautelosa los labios con la punta de la tetilla, la pequeña la atrapó entre las encías y se puso a succionar vorazmente, con rápidas y enérgicas chupadas.

—Oh, Albert, ¿no es maravilloso? —exclamó riendo la madre.

—Es formidable, Mabel.

En cosa de siete u ocho minutos la niña había despachado todo el contenido de la botella.

—Picarona —le dijo la señora Taylor—. Otra vez los ciento veinte gramos.

Albert Taylor, que observaba a la niña desde su sillón, con el cuerpo inclinado y la mirada fija en la carita, dijo:

—¿Sabes qué? Hasta parece que ya ha ganado un poco de peso. ¿Qué piensas tú?

La madre miró a la criatura.

—¿No la encuentras mayor y más gordita que ayer, Mabel?

–Puede ser, Albert. No estoy segura. Aunque la verdad es que en tan poco tiempo no puede haberse producido ningún cambio verdadero. Lo importante es que se alimenta con normalidad.

–Ya ha salido del bache –dijo él–. No creo que tengas que preocuparte más.

–Como que no lo haré.

–¿Quieres que suba y que vuelva a poner la cuna en la alcoba, Mabel?

–Sí, por favor.

Albert se dirigió al piso alto y trasladó la cuna. Su esposa le siguió con la niña y, después de haberle cambiado el pañal, la tendió amorosamente en su camita y la arropó con sábana y manta.

–¿Verdad que está preciosa, Albert? –musitó–. ¿No es la niña más linda que hayas visto en tu vida?

–Déjala tranquila ahora, Mabel –dijo él–, y baja a preparar un poco de cena, que los dos nos la hemos ganado.

Concluida la comida, se instalaron cada uno en un sillón, en la salita, él con su revista y su pipa, la señora Taylor con su trabajo de punto. El cuadro, sin embargo, era bien distinto del de la víspera. De repente, todas las tensiones se habían disipado. El bello rostro ovalado de la señora Taylor irradiaba contento: sonrosadas las mejillas, los ojos fulgentes de brillo; su boca tenía una sonrisita soñadora, de pura dicha. Una vez y otra apartaba de la labor la mirada y contemplaba con afecto a su marido. Y a ratos, interrumpiendo un instante el entrechocar de las agujas, se quedaba quieta, dirigía la vista hacia el techo y aguzaba el oído, al acecho de un llanto, de una queja en el piso alto. Pero todo estaba en silencio.

–Albert –dijo pasado un rato.

–¿Sí, cariño?

–Anoche, cuando subiste a toda prisa al dormitorio, ¿qué querías decirme? Hablaste de una idea en relación con la niña.

Albert Taylor, con la revista apoyada en el regazo, le dirigió una mirada larga y artera.

—¿Eso dije?

—Sí —respondió ella, a la espera de que continuase; pero él no lo hizo—. ¿Dónde está el chiste? —preguntó—. ¿Por qué esa sonrisa?

—Es que verdaderamente es un chiste.

—Cuenta, mi vida.

—No estoy seguro de que deba hacerlo. Podrías tacharme de mentiroso.

Pocas veces le había visto ella tan satisfecho de sí; y, para animarle a hablar, sonrió a su vez.

—Pero la verdad, Mabel, es que me gustaría ver la cara que pones, cuando te enteres.

—Albert, ¿qué pasa aquí?

Contrario a que le apremiaran, hizo una pausa.

—Tú consideras que la niña va mejor, ¿verdad? —dijo por fin.

—Claro que sí.

—Y convendrás conmigo en que, de la noche a la mañana, se siente de maravilla y su aspecto es enteramente otro...

—Sí, Albert, sí.

—Estupendo —añadió, la sonrisa todavía más amplia—. Pues, ¿sabes?, ha sido cosa mía.

—¿El qué?

—Que yo he curado a la niña.

—Sí, cariño, estoy segura de ello —repuso la señora Taylor mientras reemprendía su labor.

—No me crees, ¿verdad?

—Naturalmente que sí, Albert. Y te concedo todo el mérito, lo que se dice todo.

—Bien, ¿pues cómo lo logré?

—Bueno... —la señora Taylor hizo una breve pausa, para reflexionar—, supongo que se trata, simplemente, de que eres muy hábil preparando biberones. Desde que lo haces tú, la niña no ha dejado de mejorar.

—¿Quieres decir que eso tiene una especie de arte?

275

—Salta a la vista —repuso ella según continuaba con el punto y, sonriendo para sí, pensaba en lo cómicos que son los hombres.

—Te revelaré un secreto: has acertado de pleno. Aunque, no vayas a creer, lo importante no es tanto la forma de preparar los biberones, como lo que se pone en ellos. Lo ves claro, ¿no, Mabel?

La señora Taylor interrumpió su labor y dirigió a su esposo una mirada penetrante.

—Albert, no me irás a decir que has estado poniéndole cosas en la leche a la niña...

Él continuaba con su sonrisa.

—Bueno, ¿lo has hecho o no lo has hecho?

—Es posible.

—No te creo.

Exhibía una extraña, feroz manera de sonreír, que le dejaba al descubierto los dientes.

—Albert, basta ya de jugar conmigo.

—Sí, cariño, lo que tú digas.

—No es cierto que le hayas puesto nada en la leche, ¿verdad? Contéstame de una vez, Albert. Podría ser grave, tratándose de un bebé tan pequeño.

—La respuesta es sí, Mabel.

—¡Albert! ¿Cómo te has atrevido, Albert...?

—Vamos, no te exaltes. Te lo contaré todo, si eso es lo que quieres, pero, por amor de Dios, no pierdas la calma.

—¡A que ha sido cerveza! —exclamó ella—. ¡Estoy segura de que le has puesto cerveza!

—Por favor, Mabel, no seas loca.

—¿Pues qué le has echado, si no?

Albert dejó con cuidado la pipa sobre la mesa cercana y se retrepó en el sillón.

—Dime —indagó—, ¿por casualidad me has oído hablar alguna vez de una cosa llamada jalea real?

—No.

–Es milagrosa, auténticamente milagrosa –continuó él–. Y anoche, de pronto, se me ocurrió que si le ponía a la niña en la leche una pequeña cantidad...

–¡Has tenido la audacia...!

–Pero, Mabel, si ni siquiera sabes todavía de qué se trata...

–Ni me interesa –replicó ella–. No puedes andar poniéndole a una niña tan pequeñita sustancias extrañas en la leche. Tú tienes que estar loco...

–Es del todo inofensivo, Mabel, o, de lo contrario, me hubiera guardado de hacerlo. Es algo que procede de las abejas.

–Debí imaginarlo.

–Y es tan caro que no hay prácticamente nadie que pueda permitirse su consumo, como no sea alguna gotita de vez en cuando.

–¿Y cuánto le has dado a nuestra hija, si puede saberse?

–Ah, ahí está el quid. Todo el asunto estriba en eso. Calculo que, sólo en sus últimos cuatro biberones, nuestra pequeña ha tomado como cincuenta veces toda la jalea real que persona alguna haya ingerido jamás. ¿Qué me dices de eso?

–Albert, deja ya de tomarme el pelo.

–Te lo juro –insistió él orgulloso.

Ella se quedó mirándole de hito en hito, el ceño fruncido con la boca entreabierta.

–Pero ¿tú sabes lo que cuesta eso, si uno quisiera comprarlo, Mabel? En este mismo momento, un establecimiento americano la ofrece publicitariamente a razón de quinientos dólares, más o menos, el tarro de medio kilo. ¡Quinientos dólares! ¿Te das cuenta? ¡Ni el oro resulta tan caro!

Ella no sabía ni remotamente de qué le estaba hablando.

–¡Te lo demostraré! –exclamó su marido.

Y, poniéndose en pie de un salto, alcanzó la amplia librería donde guardaba todas sus publicaciones sobre las abejas. En su estante más alto, en pulcro rimero, se amontonaban, junto a los del *British Bee Journal*, *Beecraft* y otras revistas, los números atrasados del *Ame-*

rican Bee Journal. Tomó el último y lo abrió por su última página, que traía pequeños anuncios por palabras.

—Aquí lo tienes —proclamó el señor Taylor—. Justo lo que te he dicho: «Vendemos jalea real. Al por mayor, 480 $ el tarro de cuatrocientos cincuenta gramos.

Y, para que pudiera comprobarlo, le tendió la revista.

—¿Me crees ahora? El anuncio es de una tienda de Nueva York, Mabel. Aquí lo dice.

—Lo que no dice es que pueda uno mezclar eso en los biberones de una criatura casi recién nacida. No sé qué te ha dado a ti, Albert, de veras que no lo sé.

—Pero la está curando, ¿no es así?

—Ahora ya no estoy tan segura de ello.

—No seas tan rematadamente tonta, Mabel. Te consta que así es.

—Entonces ¿cómo es que la gente no se la da a sus hijos?

—No hago más que repetírtelo: es demasiado cara. Prácticamente nadie en el mundo, como no sean unos cuantos multimillonarios, puede darse el lujo de comprar jalea real así, para comer. La compran las grandes firmas que fabrican cremas faciales y esas cosas para las mujeres; pero es pura filfa: ponen una minúscula pulgarada en un gran tarro de crema facial y la venden como el pan, a precios exorbitantes, so pretexto de que elimina las arrugas.

—¿Y lo hace?

—¿Cómo demonios quieres que yo lo sepa, Mabel? En cualquier caso —prosiguió en tanto regresaba a su butaca—, el asunto no es ése. El asunto está en que le ha hecho tanto bien a nuestra pequeña, y eso sólo en unas horas, que, en mi opinión, deberíamos continuar las dosis. Y no me interrumpas, Mabel. Déjame acabar. Tengo ahí fuera alrededor de doscientas cuarenta colmenas. Si destinase, pongamos, un centenar de ellas a la producción de jalea real, creo que podríamos proporcionarle a la niña tanto como pida.

—Albert, por Dios —le interpeló ella, los ojos muy abiertos, la mirada fija en él—, ¿acaso te has vuelto loco?

–¿Quieres dejarme terminar, por favor?

–Te lo prohíbo terminantemente –replicó ella–: a mi hija no le das tú ni una gota más de esa espantosa jalea, ¿lo entiendes?

–Pero Mabel...

–Y, prescindiendo por completo de eso, la cosecha de miel que tuvimos el año pasado ya fue fatal. Si encima te pones a enredar con esas colmenas, a saber en qué parará todo...

–A mis colmenas no les pasa nada, Mabel.

–Sabes de sobra que la recolección del año pasado sólo alcanzó la mitad de lo normal.

–Hazme un favor, ¿quieres? –repuso él–. Déjame explicarte algunas de las maravillosas propiedades de esa sustancia.

–Aún no me has dicho ni en qué consiste.

–Descuida, Mabel, te lo contaré. ¿Quieres escucharme? ¿Quieres darme la oportunidad de explicártelo?

La señora Taylor suspiró y tomó de nuevo su labor.

–Sí, sin duda es preferible que vacíes el saco –dijo–. Adelante, Albert, cuéntame.

Sin saber bien por dónde empezar, dejó él pasar un instante: no sería fácil explicar aquello a una persona que carecía por completo de conocimientos específicos sobre apicultura.

–Supongo que sabrás –dijo por fin– que cada colonia no tiene más que una reina.

–Sí.

–Y que esa reina es la que pone todos los huevos.

–Sí, cariño, eso lo sé.

–Está bien. Sólo que, aunque esto lo ignores, la reina puede poner, en realidad, distintas clases de huevos. Es lo que llamamos uno de los milagros de la colmena. Puede poner huevos que producirán zánganos, y otros que darán abejas obreras. Y si eso no es un milagro, Mabel, ya me dirás qué puede serlo.

–Sí, Albert, de acuerdo.

–De los zánganos, que son los machos, no nos ocuparemos. Las obreras son, todas, hembras. Como también la reina, claro está. Las obreras, sin embargo, son hembras asexuadas, no sé si me explico. Sus órganos están completamente atrofiados. La reina, en cambio, es portentosamente sexual: en rigor, puede poner en un solo día el equivalente de su peso en huevos. —Ahí se detuvo para poner en orden sus ideas—. La cosa funciona de la siguiente manera. La reina recorre el panal poniendo sus huevos en lo que llamamos las celdillas. ¿Te has fijado en esos centenares de agujerillos que tiene el panal? Pues bien, existen panales de cría, idénticos a los melíferos salvo por el hecho de que, en lugar de miel, las celdillas contienen huevos. En cada una de ellas la reina pone un huevo, y al cabo de tres días cada uno de esos huevos da un diminuto gusanillo, o lo que nosotros llamamos larva. Pues bien: tan pronto aparece la larva, las abejas nodrizas, que son obreras jóvenes, se congregan a su alrededor y se ponen a nutrirla como locas. ¿Y sabes a base de qué?

—De jalea real —contestó Mabel paciente.

—¡Exacto! —exclamó él—. Eso es, ni más ni menos, lo que le dan. Esa sustancia la extraen de una glándula que tienen en la cabeza, y para nutrir a la larva se dedican a segregarla en las celdillas. ¿Qué ocurre entonces?

Hizo una pausa teatral, fijó en ella, parpadeantes, sus ojos de un gris acuoso y volviéndose sin dejar el sillón, lentamente, alcanzó la revista que había estado leyendo la víspera.

—¿Quieres saber qué ocurre entonces? —dijo en tanto se humedecía los labios.

—Me muero de impaciencia.

—«La jalea real —leyó él en voz alta— ha de ser una sustancia de formidable poder nutritivo, pues sin más alimentación que ésa la larva de la abeja obrera aumenta en mil quinientas veces su peso al cabo de cinco días.»

—¿En cuántas veces?

—En mil quinientas, Mabel. ¿Sabes lo que significa eso a escala humana? Significa —bajó la voz y, adelantando el cuerpo, la asaeteó con aquellos ojos suyos, pequeños y descoloridos– que, en el transcurso de cinco días, un niño que pesara inicialmente cinco kilos y medio acabaría pesando ¡cinco toneladas!

La señora Taylor interrumpió por segunda vez su trabajo.

–Bueno, tampoco has de tomarlo al pie de la letra, Mabel.

–¿Quién lo dice?

–Es, simplemente, un ejemplo científico, y nada más.

–Está bien, Albert. Continúa.

–Pero eso no es más que la mitad de la historia. No acaba ahí la cosa. Todavía no te he contado lo más asombroso de la jalea real. Ahora voy a demostrarte cómo puede convertir a una obrera vulgar y corriente, de aspecto neutro y prácticamente desprovista de órganos de reproducción, en una enorme, espléndida, bella y fértil reina.

–¿Intentas decir que nuestra pequeña es vulgar y de aspecto neutro? –indagó ella incisiva.

–Vamos, Mabel, no me atribuyas cosas que no he dicho, por favor. Escucha esto. ¿Sabías que la abeja reina y la abeja obrera, aunque distintas por completo al crecer, proceden de huevos idénticos?

–Eso no me lo creo.

–Es tan cierto como que estoy sentado aquí, Mabel, de veras. Cuando las abejas quieren que de un determinado huevo salga una reina en lugar de una obrera, pueden conseguirlo.

–¿Cómo?

–Ah –dijo blandiendo su grueso dedo índice en dirección a ella–, a eso iba yo, precisamente. Ahí está todo el secreto. Veamos, ¿qué crees tú, Mabel, que puede operar ese milagro?

–La jalea real –repuso ella–. Ya me lo has dicho.

–¡Sí, señora, la jalea real! –exclamó él dando una palmada y saltando en el asiento.

Su cara grande y redonda resplandecía ahora de entusiasmo y en lo alto de las mejillas le habían aparecido sendas rosetas de un escarlata vivo.

–Ocurre de la siguiente manera. Te lo expondré con toda sencillez. Las abejas desean una nueva reina. ¿Qué hacen? Construyen una celda de tamaño extraordinario, un castillo, como le llamamos, y hacen que la vieja reina ponga un huevo en ella. Los otros mil novecientos noventa y nueve huevos los pone en celdillas corrientes, para obreras. Prosigamos. En cuanto esos huevos producen las larvas, las nodrizas se congregan a su alrededor y comienzan a suministrarles jalea real. Todas ellas, las obreras al igual que la reina, la reciben. Pero, y aquí viene lo importante, Mabel, por lo cual te pido que escuches con atención, la diferencia está en que las larvas de las obreras se benefician de ese portentoso alimento especial sólo durante *los tres primeros días* de su vida larval. Pasado ese plazo, su dieta cambia de manera radical. En realidad es un destete, sólo que éste, por lo súbito, difiere de una ablactación ordinaria. Después del tercer día se les da de inmediato lo que es, más o menos, el alimento rutinario de las abejas, una mezcla de miel y polen, y cosa de dos semanas más tarde emergen de las celdillas, convertidas en obreras.

»¡Pero no así la larva que ocupa el castillo! –continuó Albert Taylor–. Ésa recibe la jalea real *durante toda su vida larval.* Las nodrizas la vierten en tal abundancia en la celda, que la pequeña larva flota, de hecho, en ella. ¡Y eso es lo que la convierte en reina!

–No tienes pruebas de ello –intervino su esposa.

–Mabel, por favor, no digas tonterías semejantes. Miles de personas, famosos científicos de todos los países del mundo, lo han demostrado infinidad de veces. Basta con sacar a una larva de su celdilla de obrera y ponerla en un castillo, lo que nosotros llamamos trasplante, y, a condición de que las nodrizas le suministren jalea real en abundancia, ¡listo!: pasa a convertirse en reina. Y lo que aún lo hace más maravilloso es la absoluta, enorme diferencia que existe entre reina y obreras después del crecimiento. El abdomen tiene otra forma. El aguijón es distinto. Y también las patas. Y...

–¿En qué se diferencian las patas? –preguntó ella por ponerle a prueba.

–¿Las patas? Bien, las obreras tienen cestillos en ellas, para transportar el polen, de los que están desprovistas las reinas.

Y otra cosa: la reina posee órganos reproductores plenamente desarrollados. Las obreras, no. Y, lo más pasmoso de todo, Mabel: mientras que la reina vive de cuatro a seis años, por término medio, las obreras apenas alcanzan otros tantos meses de vida. ¡Y todas esas diferencias por el simple hecho de que una recibió jalea real, y la otra no!

–Cuesta creer que un alimento pueda hacer todo eso –comentó ella.

–Desde luego que cuesta. Es otro de los milagros de la colmena. De hecho, el mayor, el más fenomenal de todos. Un milagro tan endemoniado por lo colosal, que durante siglos ha desconcertado a los científicos más eminentes. Aguarda un instante. Quédate ahí. No te muevas.

De nuevo se puso en pie de un salto, alcanzó la biblioteca y empezó a revolver entre libros y revistas.

–Quiero enseñarte unos cuantos informes. Eso es. Aquí tenemos uno. Escucha esto: «Cuando vivía en Toronto –empezó a leer en un número del *American Bee Journal*–, al frente del magnífico laboratorio científico que el pueblo de Canadá le había donado en reconocimiento del magno servicio prestado a la humanidad con su descubrimiento de la insulina, el doctor Frederick A. Banting se sintió intrigado por la jalea real. Habiendo pedido a sus ayudantes que realizasen un análisis fraccional básico...»

Se detuvo.

–En fin, no es necesario que te lo lea todo; pero el resultado es el siguiente. El doctor Banting y su equipo extrajeron y se pusieron a analizar jalea real de castillos habitados por larvas de dos días. ¿Y qué crees que descubrieron? Pues descubrieron –se contestó él mismo– que la jalea real contenía fenoles, esteroles, glicerinas, dextrosa y... aquí viene lo sensacional: ¡de ochenta a ochenta y cinco por ciento de ácidos *no identificados!*

Plantado en pie junto a la librería, revista en mano, había compuesto una extraña sonrisita furtiva, de triunfo, y su esposa le miraba desconcertada.

Albert Taylor no era alto; dueño de un cuerpo rollizo, de aspecto pulposo, puesto sobre abreviadas piernas un tanto combas que no lo elevaban mucho del suelo, su cabeza descomunal, rotunda, estaba cubierta de pelo muy corto e hirsuto, y, desde que había dejado definitivamente de afeitarse, la mayor parte de su cara quedaba oculta bajo una pelusa parda, de acaso tres centímetros de longitud. Comoquiera que se mirase, ofrecía el hombre una estampa bastante grotesca; era imposible negarlo.

—De ochenta a ochenta y cinco por ciento de ácidos no identificados —repitió—. ¿No es prodigioso? —dijo conforme volvía a los estantes y rebuscaba entre otras publicaciones.

—Eso de ácidos no identificados, ¿qué quiere decir?

—¡Pues ahí está la cosa! ¡Nadie lo sabe! Ni siquiera Banting consiguió descubrirlo. ¿Has oído hablar de Banting?

—No.

—Pues debe de ser, con seguridad, el más famoso de cuantos médicos célebres viven todavía; no te diré más.

Viéndole revolotear delante de la biblioteca, reparando en su cabeza hirsuta, su rostro velludo y su cuerpo regordete y mollar, pensó, sin poder evitarlo, que aquel hombre tenía, curiosamente, algo de abeja. Aunque había visto a más de una mujer adquirir el aspecto del caballo que montaban, y también advertido que los criadores de pájaros, bull terriers y perros pomeranios guardaban a menudo leves pero asombrosos parecidos con los animales de su elección, nunca hasta entonces se le había ocurrido que su marido pudiera asemejarse a una abeja, y eso le produjo una pequeña sacudida.

—Y esa jalea real, ¿llegó Banting a comerla? —quiso saber.

—Por supuesto que no, Mabel. No disponía de ella en cantidad suficiente. Es demasiado cara.

—¿Sabes una cosa? —dijo ella mirándole de hito en hito, pero, aun así, con una suave sonrisa–. No sé si lo habrás notado, pero empiezas a parecerte un poquitín a una abeja.

Él se volvió y fijó en ella los ojos.

–Supongo que es por la barba, sobre todo –continuó la señora Taylor–. De veras me gustaría que te la quitaras. Hasta su color resulta un poco abejuno, ¿no te parece?

–¿De qué demonios estás hablando, Mabel?

–Albert –le increpó ella–, esa lengua...

–¿Quieres o no quieres seguir enterándote de esto?

–Sí, cariño, perdona. Era sólo una broma. Continúa.

Volviendo a su posición de antes, sacó él de la librería una nueva revista que se puso a hojear.

–Escucha esto, Mabel. «En 1939, tras un experimento realizado con ratas de veintiún días de edad a las que inyectó jalea real en proporciones oscilantes, Heyl observó un precoz desarrollo folicular de los ovarios en proporción directa a las dosis inyectadas.»

–¡Ahí lo tienes! –exclamó la señora Taylor–. ¡Lo sabía!

–¿Qué sabías?

–Que algo horrible iba a suceder.

–Bobadas. No hay nada de malo en eso. Y aquí tenemos otro, Mabel. «Still y Burdett descubrieron que, tras serle administrada una minúscula dosis diaria de jalea real, un ratón previamente incapaz de procrear fue padre multitud de veces.»

–¡Albert, esa cosa es demasiado fuerte para dársela a un niño de pecho! –protestó la mujer–. ¡No me gusta ni pizca!

–Tonterías, Mabel.

–¿Por qué, si no, la experimentan sólo en ratas? Anda, contéstame. ¿Cómo es que no la toman ellos mismos, esos famosos hombres de ciencia? Pues porque son demasiado inteligentes, ésa es la razón. ¿O piensas que el doctor Banting se arriesgaría a dejar inservibles unos valiosos ovarios? De ningún modo.

–Pero si se la han administrado a seres humanos, Mabel. Aquí viene todo un artículo sobre ello. Presta atención. –Y, vuelta la página, reemprendió su lectura en voz alta–: «En México, en 1953, un grupo de ilustrados científicos comenzó a tratar con minúsculas dosis de jalea real afecciones tales como la neuritis cerebral, la artritis, la diabetes, la autointoxicación debida al tabaco, la impotencia masculina, el asma, el crup, la gota...» Sigue todo un montón de testimonios firmados... «Un famoso agente de cambio y bolsa de la Ciudad de México contrajo una soriasis particularmente rebelde que le hizo físicamente repulsivo. Sus clientes empezaron a dejarle y su negocio a resentirse. Desesperado, recurrió a la jalea real, una gota en cada comida, y, visto y no visto, pasada una quincena había sanado. Un mozo del Café Jena, también de la Ciudad de México, dio fe de que, tras ingerir, en forma de cápsulas, minúsculas dosis de esa portentosa sustancia, su padre engendró, a sus noventa años, un varoncito rebosante de salud. Un promotor taurino de Acapulco a quien habían endosado un toro de aspecto más bien letárgico, le inyectó, justo antes de que entrase en el ruedo, un gramo de jalea real (dosis excesiva), con lo cual el astado se tornó tan ágil y agresivo, que al poco había dado cuenta de dos picadores, tres caballos, un diestro y, por último...»

–¡Escucha! –le interrumpió su esposa–. Creo que la niña está llorando.

Albert apartó la mirada de la lectura. En efecto, un vigoroso berreo sonaba arriba, en la alcoba.

–Debe de tener hambre –apuntó.

–¡Válgame Dios! –exclamó su esposa al consultar el reloj–. ¡Si hace rato que volvía a tocarle! Rápido, Albert, prepara tú el biberón mientras yo voy a buscarla. ¡Pero date prisa! No quiero hacerla esperar.

Medio minuto más tarde, la señora Taylor reaparecía con la niña, que gritaba en sus brazos. Todavía no habituada al pavoroso e incesante alboroto que un bebé saludable organiza cuando reclama su alimento, venía toda aturdida.

–¡Deprisa, Albert, por favor! –voceaba en tanto que, instalándose en el sillón, se acomodaba a la niña en el regazo–. ¡Deprisa!

286

Albert volvió de la cocina con la botella de leche tibia, que le entregó.

—Tiene la temperatura justa —dijo—, no hace falta que la pruebes.

Tras alzar un poco más a la niña, de manera que la cabeza reposase en el ángulo del brazo, la señora Taylor insertó de golpe en la boquita gritona y anhelantemente abierta la tetilla de goma, que la pequeña asió y comenzó a succionar. Cesó la protesta y la señora Taylor aflojó los músculos.

—Oh, Albert, ¿no está preciosa?

—Está imponente, Mabel..., gracias a la jalea real.

—Por favor, cariño, ni una palabra más sobre ese mejunje. Me aterra.

—Cometes un tremendo error.

—Ya lo veremos.

La niña seguía chupando del biberón.

—Creo que se lo va a terminar todo otra vez, Albert.

—Estoy convencido de ello.

Pasados unos pocos minutos, no quedaba ni gota de leche.

—¡Oh, qué buenecita es la niña! —la jaleó la señora Taylor comenzando a retirarle con todo cuidado la tetilla.

Percibiendo la intención, la niña succionó con más fuerza en su intento de aferrarse. La madre dio un tirón breve y rápido y la tetilla salió con un «¡plop!»

—¡Buah, buah, buah, buah! —chilló la pequeña.

—Ha tragado aire, pobrecita —dijo la señora Taylor mientras, aupada la niña al hombro, le daba palmaditas en la espalda.

La pequeña eructó dos veces en rápida sucesión.

—Eso es, tesoro mío, ya se te ha pasado.

Tras unos segundos de silencio, recomenzó el llanto.

—Hazla eructar más —dijo Albert—. Se lo ha tomado demasiado deprisa.

Su esposa se volvió a colocar a la niña sobre el hombro y se puso a frotarle la espalda. Probó sobre el hombro contrario. Se la tendió en la falda, boca abajo. Se la sentó en la rodilla. Pero no hubo más eructos. Los chillidos, en cambio, se iban haciendo más agudos e insistentes minuto a minuto.

—Eso es bueno para los pulmones —dijo el marido, con una amplia sonrisa—. Así es como los ejercitan. ¿Lo sabías, Mabel?

—Ya está, ya está, ya está bien —decía la señora Taylor en tanto cubría de besos la cara de la criatura—. Ya está, mi niña, ya está.

Esperaron cinco minutos más, pero los chillidos no cesaron ni un instante.

—Cámbiale el pañal —aconsejó Albert—. Lo tiene mojado, no es más que eso.

Y fue a la cocina en busca de otro pañal, que la madre sustituyó por el viejo.

La operación no produjo cambio alguno.

—¡Buah, buah, buah, buah! —gritaba la niña.

—No le habrás clavado el imperdible, ¿verdad, Mabel?

—Claro que no —replicó ella, al tiempo que palpaba bajo el pañal, para cerciorarse.

Sentados uno frente a otro en sus respectivas butacas, sonreían nerviosos, atentos a la pequeña, ahora en el regazo de la señora Taylor, a la espera de que, fatigada, interrumpiese sus protestas.

—¿Sabes qué pienso? —dijo por fin Albert Taylor.

—¿Qué?

—Que todavía tiene hambre. Apuesto a que sólo quiere otro trago de ese biberón. ¿Y si le trajera una ración extra?

—No me parece prudente, Albert.

—Le hará bien —dijo él conforme se levantaba de la butaca—. Voy a calentarle otro poco.

Y se dirigió a la cocina, de donde regresó, pasados varios minutos, con un biberón colmado hasta el borde.

—Se lo he preparado doble —anunció—, por si acaso: doscientos gramos.

—¡Albert! ¿Te has vuelto loco? ¿Acaso ignoras que el exceso de nutrición es tan malo como el defecto?

–No es preciso que se lo des todo, Mabel. Puedes quitárselo cuando te parezca oportuno. Anda –la animó inclinándose sobre ella–, dale un poco.

En cuanto la señora Taylor rozó el labio superior de la niña con la punta de la tetilla, la diminuta boca se cerró sobre ella como un cepo y el silencio reinó en la estancia. La pequeña aflojó todo el cuerpo y una expresión de absoluta felicidad animó su rostro conforme iniciaba la succión.

–¿Lo ves, Mabel? ¡Qué te decía!

La mujer no respondió.

–Está hambrienta, eso es lo que le ocurre. ¡Fíjate en su manera de chupar!

La señora Taylor observaba el nivel de la leche del biberón. En rápido descenso, casi la mitad de los doscientos gramos habían desaparecido al poco tiempo.

–Listo –dijo la mujer–. Ya basta.

–No puedes quitárselo ahora, Mabel.

–Sí, cariño. Es preciso.

–Anda, mujer, dale lo que queda y deja ya de alborotar.

–Pero Albert...

–Si es que está muerta de hambre, ¿no lo ves? Vamos, preciosa mía, acábate ese biberón.

–Esto no me gusta, Albert –dijo la esposa, aunque sin retirar el biberón.

–Está recuperándose del atraso, Mabel, no es más que eso.

Cinco minutos más tarde, la botella estaba vacía. Esta vez, cuando le quitó poco a poco la tetilla, no hubo protesta alguna por parte de la niña: ni rechistó. Tendida plácidamente en el regazo de la madre, tenía los ojos lustrosos de contento, la boca entreabierta, los labios manchados de leche.

–¡Trescientos gramos nada menos, Mabel! –ponderó Albert Taylor–. ¡El triple de lo normal! ¿No es pasmoso?

La mujer tenía fija la mirada en la pequeña. Prieta la boca, su rostro comenzaba a recuperar de pronto la antigua e inquieta expresión de madre alarmada.

—¿Qué te pasa? —quiso saber su esposo—. No irás a preocuparte por eso, ¿verdad? Esperar que se recuperase a base de cien miserables gramos sería ridículo.

—Ven aquí, Albert.

—¿Qué ocurre?

—Que vengas, te digo.

El marido fue a situarse junto a ella.

—Mírala bien y dime si ves algo distinto.

El señor Taylor examinó con atención a la niña.

—Parece más crecida, Mabel, si a eso te refieres. Y más gorda.

—Tómala en brazos —ordenó ella—. Venga, levántala.

Alargó él los brazos y alzó del regazo materno a la pequeña.

—¡Santo cielo! —exclamó—. ¡Pesa una tonelada!

—Justo.

—¿Y no te parece maravilloso? —exclamó exultante—. ¡Apuesto a que ya vuelve a estar en su peso!

—Me asusta, Albert. Es demasiado rápido.

—Tonterías, mujer.

—Es cosa de esa jalea repugnante. La aborrezco.

—La jalea real nada tiene de repugnante —replicó él, indignado.

—¡No seas necio, Albert! ¿Te parece a ti normal que una criatura empiece a ganar peso a esa velocidad?

—¡Nunca estás contenta! —protestó él—. ¡Estabas muerta de miedo cuando te adelgazaba y ahora te aterra que engorde! ¿Quién te entiende a ti, Mabel?

La señora Taylor se levantó del sillón con la niña en brazos, y se dirigió hacia la puerta.

—Sólo te diré —respondió por fin— que tiene suerte la chiquilla de que esté yo aquí para vigilar que no le des más cosa de ésa. No diré más.

Y salió de la habitación. Albert, como la puerta quedase abierta, la siguió con la mirada conforme cruzaba ella el zaguán hacia el pie de la escalera e iniciaba el ascenso. Así vio que, llegada al tercer o cuarto peldaño, su esposa se paraba en seco y por espacio de unos segundos se quedaba inmóvil, como recordando algo. Por fin volvió sobre sus pasos, ahora un tanto apresurada, y entró de nuevo en la sala.

—Albert —dijo.

—¿Sí?

—Doy por sentado que en los biberones que acabamos de darle no había jalea real...

—No veo por qué habrías de dar eso por sentado, Mabel.

—¡Albert!

—¿Qué pasa? —respondió suave, inocente.

—¡Cómo te has atrevido! —le increpó ella.

La gran cara barbuda de Albert Taylor cobró una expresión dolorida y desconcertada.

—Considero que tendrías que estar muy contenta de que se haya metido otra buena dosis entre pecho y espalda. Lo digo en serio. Porque ésta, Mabel, era una señora dosis, puedes creerme.

Plantada en pie en el mismo vano de la puerta, con la niña dormida y prietamente abrazada, ella miraba a su marido con ojos como platos. Muy tiesa, el rostro más pálido y la boca más comprimida que nunca, estaba lo que se dice rígida de furor.

—Toma nota de lo que digo —continuó Albert—: pronto vas a tener una mocosilla que te ganará el primer premio en cualquier concurso de bebés de todo el país. Oye, ¿por qué no la pesas ya y ves cuánto da? ¿Quieres que te vaya a buscar la balanza, Mabel, y lo compruebas?

La mujer marchó derecho hacia la gran mesa que ocupaba el centro de la habitación, depositó en ella a la niña y se puso a desnudarla a toda prisa.

—¡Sí! —replicó incisiva—. ¡Trae la balanza!

Retirados primero el minúsculo camisón, luego la camisetita, desprendió el pañal y, quitado éste, la pequeña quedó desnuda encima de la mesa.

—¡Pero Mabel, si es un milagro! —exclamó Albert—. ¡Está gordita como un cachorrillo!

En efecto, era asombrosa la cantidad de carne que la niña había adquirido en un solo día. El pechito hundido que antes mostraba todo el costillar aparecía ahora regordete y redondo como un tonel, y la barriguita formaba, también, una abultada prominencia. En cambio, y curiosamente, piernas y brazos no parecían haber crecido en igual proporción: todavía cortos, esmirriados, se hubieran dicho bastoncillos hincados en una bola de sebo.

—¡Fíjate! —observó Albert—. ¡Hasta le está saliendo un poco de pelusilla en la tripita, para que la abrigue!

Alargó la mano dispuesto a peinar con las yemas de los dedos el salpicado de pardos pelillos sedeños que habían aparecido súbitamente en el abdomen de la niña.

—*¡No se te ocurra tocarla!* —gritó la mujer con la cara vuelta hacia él, los ojos candentes, de pronto con el aspecto de un pajarillo belicoso, el cuello arqueado, como si se aprestara a caerle sobre la cara y saltarle los ojos.

—Un momento... —dijo él en tanto retrocedía.

—¡Tienes que estar loco! —chilló su esposa.

—Espera un momento, ¿quieres hacerme el favor, Mabel? Porque si piensas que esa sustancia es peligrosa... porque lo piensas, ¿verdad? Pues muy bien. Escúchame con atención. Me dispongo a demostrarte de una vez por todas, Mabel, que la jalea real es totalmente inofensiva para los humanos, aun en dosis enormes. Por de pronto, ¿por qué crees tú que el año pasado tuvimos una cosecha de miel de tan sólo la mitad de lo normal? A ver, dime.

En su retroceso, caminando de espaldas, se había alejado tres o cuatro metros de ella, hasta un punto donde parecía sentirse más a gusto.

—La razón de que sólo recogiéramos la mitad de lo normal —agregó pausado, la voz más baja— es que cien de los panales los puse a producir jalea real.

—¿Que tú... qué?

–Ah –continuó, ahora en un susurro–, ya sabía que te iba a sorprender un poco. Y pensar que desde entonces he estado perseverando en eso en tus mismas narices... –Había vuelto hacia ella sus ojillos, que centelleaban, y una sonrisa tarda y taimada le rondaba las comisuras de la boca–. Tampoco imaginarías jamás el motivo. Y yo no me he atrevido a mencionártelo antes porque temía... en fin... cohibirte, en cierto modo.

Hizo una breve pausa. Tenía enlazadas las manos ante sí a la altura del pecho, y, al restregar las palmas una contra otra, producían un rumor como de arañazos.

–¿Recuerdas lo que he leído antes? Esas líneas de la revista referentes al ratón... A ver, déjame recordar cómo lo decía... «Still y Burdet descubrieron que un ratón previamente incapaz de procrear...» –Vaciló él, se ensanchó su sonrisa, quedaron al descubierto los dientes–. ¿Coges la onda, Mabel?

Ella permanecía enteramente inmóvil, enfrentada a él.

–En cuanto leí esa frase, Mabel, di un brinco que me hizo saltar de la silla, y dije para mí, si da resultado con un miserable ratón no hay razón alguna en el mundo para que no lo dé con Albert Taylor.

De nuevo hizo una pausa, y según adelantaba la cabeza, con una oreja ligeramente vuelta hacia su esposa, esperaba a que ésta dijese algo. Pero ella no lo hizo.

–Y otra cosa –prosiguió–: me hizo sentirme tan maravillosamente bien, Mabel, tan distinto, en cierto modo, del que había sido hasta entonces, que seguí tomándola como antes aun después de que tú me anunciaras la feliz noticia. En los últimos doce meses debo de haber tomado *cubos* de jalea real.

Los ojos de ella, grandes, graves, como alucinados, se dedicaban a recorrer ávidos el rostro y el cuello de su marido. No había a la vista la menor porción de piel en el cuello, ni siquiera en los lados o bajo las orejas. Hasta el mismo punto en que se perdía bajo el de la camisa, aparecía cubierto en toda su circunferencia por aquellos pelillos cortos, sedeños, de un negro amarillento.

—Y ten por seguro –continuó mientras, volviéndole la espalda, miraba ahora amoroso a la niña– que en una criaturita surtirá mucho mayor efecto que en un hombre como yo, plenamente desarrollado. Basta mirarla para darse cuenta de que así es, ¿no piensas tú lo mismo?

La mujer bajó lentamente la mirada hasta posarla en la criatura, la cual, desnuda encima de la mesa, gorda, blanca y abotargada, parecía una especie de gigantesca larva que, próxima a concluir su primera etapa vital, no tardaría en irrumpir en el mundo convenientemente provista de alas y masticadores.

—¿Por qué no la cubres, Mabel? –dijo su marido–. No querrás que se nos resfríe nuestra pequeña reina...

EDWARD EL CONQUISTADOR

Louisa, sosteniendo un trapo de cocina, salió por la puerta trasera al frío sol de octubre.

–¡Edward! –gritó–. ¡Edward! ¡El almuerzo está listo!

Tras detenerse y escuchar un instante, se dirigió a paso lento hacia la superficie cubierta de césped, se internó en ella, seguida por la débil sombra que proyectaba su cuerpo, contorneó los rosales y, al cruzar frente a él, tocó con un dedo el reloj de sol. Su paso cadencioso y el suave balanceo de hombros y brazos le daban un porte bastante garboso para una mujer menuda y un poco metida en carnes. Pasó bajo la morera, ganó el caminillo enladrillado y lo siguió hasta el paraje desde donde podía dominar el declive que se formaba al fondo del vasto jardín.

–¡Edward! ¡El almuerzo!

Por fin lo había descubierto, a cosa de setenta metros de distancia, en el extremo del declive, donde empezaba el bosque. Espigado, pero de cuerpo estrecho, vestido con unos pantalones caqui y un suéter verde oscuro, se dedicaba, plantado junto a una gran fogata, horca en mano, a amontonar zarzas sobre el fuego, que, voraz, levantaba llamas anaranjadas y enviaba hacia el jardín nubes de humo lechoso y un maravilloso aroma a hojas quemadas y a otoño.

Louisa descendió la pendiente al encuentro de su marido. De haberlo deseado, le habría sido fácil repetir la llamada y hacerse oír; pero las grandes hogueras tenían algo que la impulsaba hacia ellas, hacia su inmediata vecindad, donde pudiera percibir su crepitar y su calor.

—El almuerzo —repitió conforme se acercaba.

—Ah, hola. Sí, está bien. Enseguida voy.

—¡Qué espléndido fuego!

—He decidido limpiar esto de zarzas —comentó su esposo—. Me tienen harto y aburrido.

Su alargado rostro estaba húmedo de sudor, cuyas gotillas le moteaban todo el bigote, como rocío, y dos pequeños regueros le corrían garganta abajo hasta donde comenzaba el cuello alto del suéter.

—Cuidado con excederte, Edward.

—De veras me gustaría, Louisa, que dejaras de tratarme como si fuera un octogenario. Un poco de ejercicio nunca ha perjudicado a nadie.

—Sí, cariño, lo sé. ¡Oh, Edward! ¡Mira! ¡Mira!

Se volvió el hombre y miró a Louisa, que señalaba hacia el otro extremo de la fogata.

—¡Míralo, Edward! ¡El gato!

Sentado en tierra, tan próximo al fuego que sus llamas parecían tocarlo a veces, un gatazo de color insólito por demás se dedicaba, inmóvil por completo, la cabeza ladeada y la nariz al viento, a contemplar al matrimonio con sus ojos amarillos y apacibles.

—¡Se va a quemar! —exclamó Louisa.

Y, dejando caer el trapo, echó a correr hacia el animal, lo aferró con ambas manos y, levantándolo con viveza, volvió a dejarlo en la hierba, a prudente distancia de las llamas.

—¡Gato loco! —apostrofó mientras se sacudía el polvo de las manos—. ¿Qué te ocurre a ti?

—Los perros saben lo que se hacen —observó su marido—. No verás a ninguno hacer algo que no le plazca. Los gatos, no.

—¿De quién es? ¿Lo habías visto antes?

—No, nunca. Tiene un color rarísimo.

El gato se había sentado en la hierba y les miraba de soslayo. Tenían sus ojos una velada expresión introspectiva, algo curiosamente sabio y reflexivo, y en torno a la nariz mostraba un delicadísimo gesto de desdén, como si aquellos dos seres de edad madura —el uno menudo, regordete y rosado; flaco y sudoroso en extremo el otro— fuesen motivo de cierta sorpresa pero escaso interés. Muy largo y sedoso, de un gris puramente plateado y sin el menor matiz de azul, el pelaje del animal era, desde luego, inusitado en un gato.

Louisa se inclinó y le acarició la cabeza.

—Tienes que irte a casa —le dijo—. Sé un gato bueno y vuélvete a tu casa, que es donde debes estar.

Marido y mujer acometieron despaciosos la cuesta en dirección a su vivienda. El gato, que se había levantado, los siguió, primero a cierta distancia y luego, conforme avanzaban, aproximándose más y más. Pronto estuvo a su lado y, rebasándoles, les precedió a través del césped camino de la casa con la cola enhiesta como un mástil, cual si fuera el dueño del lugar.

—Márchate a tu casa —dijo el hombre—. A casa. No te queremos.

Pero cuando alcanzaron ellos la suya les siguió al interior y Louisa le dio un poco de leche en la cocina. Durante el almuerzo saltó encima de la silla libre que quedaba entre ambos y, sentado allí, con la cabeza justo al ras de la mesa, asistió al resto de la comida observando su curso con aquellos ojos suyos, de un amarillo oscuro, que no dejaban de viajar despaciosos de la mujer al hombre y de éste nuevamente a ella.

—No me gusta este gato —comentó Edward.

—Oh, yo lo encuentro precioso. Confío en que se quede un rato más.

—Escúchame bien, Louisa. Este bicho no puede quedarse aquí de ninguna manera. Se ha perdido, pero tiene dueño. Y, si por la tarde continúa merodeando por aquí, harás bien en llevarlo a la policía. Ellos se encargarán de que vuelva a su casa.

Terminado el almuerzo, Edward volvió a su trabajo de jardinería y Louisa se dirigió, como de costumbre, hacia el piano. Intérprete competente y melómana devota, casi todas las tardes pasaba cosa de una hora tocando para sí. El gato se había instalado ahora en el sofá; y como ella se detuviera al pasar y lo acariciara, abrió los ojos, la miró un instante y, cerrándolos de nuevo, se volvió a dormir.

–Eres un gato encantador –dijo–. Y de un color divino. Ojalá pudieras quedarte conmigo.

Recorrían sus dedos la piel de la cabeza cuando tropezaron con una hinchazón, una pequeña protuberancia situada justo encima del ojo derecho.

–Pobre gato –continuó–, tienes bultitos en esa cara tan linda. Te estarás haciendo viejo.

Siguió su camino y tomó asiento en la larga banqueta del piano, pero no se puso a tocar enseguida. Uno de sus pequeños placeres particulares estaba en elaborar cotidianamente una especie de concierto del día, con un programa elegido con esmero, que estudiaba punto por punto antes de empezar. Contraria desde siempre a interrumpir el gozo de la interpretación mientras discurría qué pieza atacar seguidamente, lo que buscaba era una breve pausa entre una y otra, en tanto el público, aplaudiendo enfervorizado, pedía más. Imaginar un auditorio embellecía el momento, y a veces, durante las interpretaciones –en los días afortunados, claro está–, la sala comenzaba a danzar, a desdibujarse y a oscurecerse hasta que ya no veía sino fila tras fila de butacas y todo un mar de blancos rostros vueltos hacia ella según escuchaban con arrobada y concentrada adoración.

Unas veces tocaba de memoria; otras, con partitura. Hoy quería hacerlo de memoria, que era lo que más se acomodaba a su ánimo. ¿Y en qué consistiría el programa? Sentada al piano con sus pequeñas manos enlazadas sobre el regazo, la estampa que ofrecía era la de una mujer menudita, regordeta, sonrosada, de cara redonda y todavía muy bonita y pelo recogido en pulido moño sobre la nuca. Desviando un poco la vista hacia la derecha alcanzaba a ver al gato, que dormía ovillado en el sofá, y el bello contraste que ofrecía su piel gris plateado sobre el púrpura del cojín. ¿Qué tal algo de Bach, para empezar?

O, mejor todavía, de Vivaldi. La adaptación que Bach hizo, para órgano, de su *Concerto Grosso* en re menor. Sí: eso en primer término. Luego, algo de Schumann, quizá. ¿El *Carnaval?* Eso sería agradable. ¿Y a continuación? Bueno... un poquitín de Liszt, para amenizar. Uno de sus *Sonetos de Petrarca;* el segundo, en mi mayor, que era el más bonito. Después, más Schumann, otra de sus piezas alegres, las *Kinderszenen.* Y finalmente, para el *encoré,* un vals de Brahms, o quizá dos, si se sentía predispuesta.

Vivaldi, Schumann, Liszt, Schumann, Brahms. Un programa muy bonito y que podía interpretar fácilmente prescindiendo de partituras. Se acercó un poco más al piano y aguardó unos instantes a la espera de que alguien de entre el público —algo le decía ya que éste era uno de sus días afortunados— acabase de toser. Y entonces, con la pausada gracia que acompañaba la mayoría de sus movimientos, alzó las manos sobre el teclado y comenzó a tocar.

Aunque en ese momento concreto no estaba, ni mucho menos, pendiente del gato —a decir verdad había olvidado su presencia—, en cuanto los primeros acordes graves de Vivaldi sonaron suaves en la habitación, por el rabillo del ojo percibió, en el sofá, a su derecha, un súbito revuelo, un instantáneo movimiento.

Dejó de tocar en el acto.

—¿Qué tienes? —dijo vuelta hacia el gato—. ¿Qué te pasa?

El animal, que unos segundos antes dormía apacible, se había erguido en el diván y enhiesto, muy tenso, trémulo todo él, las orejas de punta, miraba de hito en hito el piano.

—¿Te he asustado? —indagó amable—. A lo mejor es que nunca habías oído música.

No, dijo para sí. No creo que se trate de eso. Bien pensado, la reacción del gato no le parecía de temor. No había percibido en él ni amilanamiento ni intención de retroceder, sino antes bien lo contrario: una voluntad de adelantarse, una especie de avidez. La cara, por otra parte... bueno, mostraba una expresión singular, una mezcla de sorpresa y de conmoción. Claro está que la cara de un gato es una cosa pequeña y bastante inexpresiva; pero, aun así, si observaba uno con atención el juego combinado de ojos y orejas, y en especial la zona situada por debajo de éstas, donde la piel era tan móvil, a veces cabía captar el reflejo de emociones muy vivas. Muy atenta ahora a la cara del animal, y porque le intrigaba ver qué ocurriría esta segunda vez, Louisa avanzó las manos hacia el teclado y recomenzó la pieza de Vivaldi.

Debido a que ahora el gato lo esperaba, sólo se produjo, por de pronto, una pequeña tensión adicional del cuerpo. Pero, según la música iba ganando rapidez y volumen camino de ese primer y emocionante movimiento que constituye la introducción de la fuga, una extraña expresión que frisaba casi en el éxtasis comenzó a invadir el rostro del animal. Las orejas, hasta ese momento enderezadas, fueron entrando poco a poco en reposo: cayeron los párpados; la cabeza se ladeó; y Louisa hubiera podido jurar que el animal *comprendía* y *estimaba* su trabajo.

Lo que vio (o creyó ver) era algo que había advertido muchas veces en el rostro de los que seguían con atento oído una pieza musical. Cuando el sonido se apodera por completo de un oyente y lo absorbe en sí, se hace patente en aquél una peculiar expresión, de intenso éxtasis, tan fácil de reconocer como pudiera serlo una sonrisa. Y, por lo que Louisa veía, era ésa, casi exactamente, la expresión que ahora mostraba el gato.

Concluida la fuga, atacó la siciliana, todo ello sin perder de vista al animal que ocupaba el sofá. La prueba concluyente de que la escuchaba se produjo al final, cuando cesó la música: parpadeó el gato, se revolvió un poco, estiró una pata, buscó una postura más cómoda y, habiendo echado una rápida ojeada alrededor, volvió hacia ella, expectante, los ojos. Era aquélla, punto por punto, la reacción del asiduo seguidor de conciertos ante la momentánea liberación de la pausa que en una sinfonía separa dos movimientos. Tan netamente humana resultó esa conducta, que sintió Louisa una extraña oleada de emoción en el pecho.

–¿Te ha gustado? –preguntó–. ¿Te gusta Vivaldi?

Apenas dicho esto, le invadió un sentimiento de ridículo, pero no tan vivo –y eso es lo que la sobrecogió un poco– como hubiera correspondido.

En fin, ya no quedaba sino continuar, como si tal cosa, con el programa, cuyo próximo punto era el *Carnaval.* Así que hubo empezado a tocar, el gato se atiesó de nuevo y enderezó su postura; luego, conforme la música iba penetrándole lenta y plácidamente, cayó de nuevo en aquel curioso estado de arrobo, en el que parecían mezclarse el ensueño y la sensación de ser engullido. Resultaba en verdad extravagante –y cómico también– ver a aquel gato plateado aposentarse allí en el sofá y entregarse a semejantes transportes. Y lo que llevaba la cosa al puro absurdo, concluyó Louisa, era el hecho de que aquella música, en la que tanto placer parecía hallar el animal, era a todas luces demasiado *difícil,* demasiado clásica para ser apreciada por la mayoría de los humanos.

Quizá no sea cierto que disfrute, pensó. A lo mejor se trata de una especie de reacción hipnótica, como se da en las serpientes. Bien mirado, si a ellas se las puede encantar mediante la música, ¿por qué no a un gato? Sólo que se contaban por millones de ellos los que a diario oían la música de radios, gramófonos y pianos durante toda su vida, sin que hasta ahora, que ella supiera, se hubiese observado en ninguno semejante conducta. Y el que tenía delante se comportaba como si siguiese una a una las notas. Era ciertamente increíble.

¿Pero no resultaba, también, maravilloso? Desde luego que sí. A decir verdad, o mucho se equivocaba o era una especie de milagro, uno de esos milagros que se dan en los animales quizá una vez cada cien años.

–Ya he visto que ésta te ha entusiasmado –dijo al terminar la pieza–. Si bien lamento no haberla interpretado hoy demasiado bien. ¿Cuál te ha complacido más, la de Vivaldi, o la de Schumann?

Como el gato no respondiera, Louisa, temerosa de perder la atención de su oyente, pasó sin demora al siguiente tema del programa: el segundo *Soneto de Petrarca,* de Liszt.

Y en ese punto ocurrió algo extraordinario: apenas interpretados los tres o cuatro primeros compases, los bigotes del animal comenzaron a agitarse de forma perceptible. Lentamente, tras enderezarse todavía un punto, inclinó la cabeza primero a un lado, luego al otro, y dejó flotar la mirada en el vacío con una especie de gesto de ceñuda concentración que parecía decir: «¿Qué es esto? No, no me lo digas. ¡Lo conozco tan bien...! Y, sin embargo, en este momento no acierto a identificarlo.» Fascinada, con la boca entreabierta y una media sonrisa, Louisa continuó tocando mientras se preguntaba qué iría a ocurrir a continuación.

El gato se levantó, avanzó hacia un extremo del sofá, se sentó de nuevo y escuchó un rato más; y luego, inopinadamente, saltó al suelo, de ahí a la banqueta del piano, y allí se instaló, a su lado, atento al precioso soneto, ahora sin ensimismarse, sino muy tieso, sus ojazos amarillos fijos en los dedos de Louisa.

—¡Vaya! —exclamó conforme hacía sonar el último acorde—. Conque has venido a sentarte junto a mí, ¿no? ¿Prefieres esto al sofá? Está bien, te dejaré quedarte, a condición de que te estés quieto y no empieces a dar saltos. —Alargó una mano y, en tanto acariciaba el lomo del animal desde la cabeza a la cola, agregó—: Esto era de Liszt. No creas, a veces puede resultar de una vulgaridad espantosa; pero, en piezas como ésta, es verdaderamente encantador.

Porque empezaba a encontrar placer en esa extravagante pantomima animal, atacó directamente el próximo tema del programa, las *Kinderszenen* de Schumann.

No llevaba más de un par de minutos de interpretación, cuando se dio cuenta de que el gato, de nuevo en movimiento, había vuelto a su antiguo acomodo del sofá. Estando pendiente sólo de sus propias manos en aquel instante, sin duda se debía a eso el que ni siquiera hubiese advertido su marcha; aunque, con todo, el movimiento tenía que haber sido rápido y silencioso en extremo. Pero, por mucho que el animal siguiera mirándola, en apariencia pendiente todavía de la música, Louisa tuvo la impresión de que no mostraba ahora el embelesado entusiasmo de antes, el que provocara la pieza de Liszt. Por si eso fuera poco, el acto de abandonar la banqueta y volver al sofá se hubiera dicho un moderado pero positivo gesto de desencanto.

–¿Qué pasa? –indagó al terminar–. ¿Qué tiene Schumann de malo? ¿Y qué hay de tan maravilloso en Liszt?

El gato le devolvió la mirada de sus ojos ambarinos y de pupilas con pintas de un negro azabache.

Esto empieza a ponerse interesante, se dijo la mujer; y también, según se mire, un tanto inquietante... Pero el simple hecho de ver al animal tendido en el sofá, tan vivaz y atento, tan a las claras deseoso de más música, le devolvió la confianza.

–Está bien –dijo–. Te diré lo que voy a hacer. Voy a modificar, especialmente para ti, mi programa. Ya que Liszt parece gustarte tanto, te interpretaré otra de sus piezas.

Tras un momento de vacilación conforme buscaba en la memoria algo bueno de Liszt, inició lentamente una de las doce pequeñas composiciones de *Der Weihnachtsbaum*. Muy atenta ahora al gato, lo primero que advirtió fue que otra vez volvía a mover los bigotes. Saltó a la alfombra, se quedó allí un instante, con la cabeza inclinada y trémulo de excitación, y seguidamente, el paso lento y cadencioso, contorneó el piano, saltó a la banqueta y se acomodó junto a Louisa.

En eso estaban cuando apareció Edward procedente del jardín.

–¡Edward! –exclamó la mujer en tanto se levantaba de un brinco–. ¡Oh, Edward, tesoro! ¡Atiende! ¡Escucha lo que ha ocurrido!

–¿Qué pasa ahora? –replicó él–. Yo quisiera un poco de té.

Era el suyo uno de esos rostros de nariz afilada, angostos y levemente purpúreos, que el sudor hacía brillar ahora como si fuera un alargado y húmedo grano de uva.

–¡Es el gato! –continuó ella admirativa al tiempo que señalaba al animal plácidamente sentado en la banqueta–. ¡Cuando te enteres de lo que ha ocurrido...!

–Creí haberte dicho que lo llevaras a la policía.

—Pero escúchame, Edward. Esto es apasionante de verdad. Se trata de un gato *melómano*.

—Oh, ¿de veras?

—No sólo le gusta la música sino que, además, la entiende.

—Vamos, Louisa, déjate ya de bobadas, y, por lo que más quieras, tomemos un poco de té. Estoy acalorado y rendido de tanto cortar zarzas y hacer fogatas.

Se acomodó en una butaca, tomó un pitillo de una caja que tenía al lado y lo encendió con el enorme encendedor acharolado que había junto a aquélla.

—Lo que tú no comprendes —continuó Louisa— es que aquí, en nuestra casa, ha estado sucediendo en tu ausencia algo por demás apasionante, algo que incluso podría ser... bueno.., trascendental.

—Seguro que sí.

—¡Edward, por favor...!

Estaba la mujer en pie junto al piano, su carita más sonrosada que nunca, y en las mejillas sendas rosetas de un encendido escarlata.

—Si te interesa —agregó—, te diré lo que pienso.

—Te escucho, cariño.

—Creo que en este momento podríamos encontrarnos en presencia de... —se interrumpió, como percatándose, súbitamente, de lo absurdo de la idea.

—Continúa...

—Quizá lo consideres una tontería, Edward; pero es lo que pienso en realidad...

—¿En presencia de quién, por amor de Dios?

—¡Del mismísimo Franz Liszt!

Su marido dio una larga y lenta calada al pitillo y expulsó el humo en dirección al techo. Sus mejillas, hundidas, de piel atirantada, eran las de quien lleva largos años usando dentadura postiza; y, cuando succionaba un cigarrillo, aún se le sumían más y hacían que los pómulos descollasen como los de una calavera.

—No te sigo —respondió.

–Edward, atiende, por favor. A juzgar por lo que he visto esta tarde con mis propios ojos, da toda la impresión de tratarse de una especie de reencarnación.

–¿Te refieres a esa porquería de gato?

–Por favor, cariño, no hables así.

–No estarás enferma, ¿verdad, Louisa?

–Me encuentro perfectamente, muchas gracias. Si acaso, un poco confusa, lo reconozco; pero ¿quién no se sentiría así después de lo que acaba de ocurrir? Edward, te juro que...

–Pero ¿qué es lo que ha ocurrido, si puede saberse?

Se lo expuso. Él la escuchaba despatarrado en el sillón, dando caladas al pitillo cuyo humo proyectaba hacia el techo con una tenue sonrisa cínica en los labios.

–Yo no veo nada extraordinario en todo eso –dijo cuando su esposa hubo concluido–. Se trata, simplemente, de un gato adiestrado. Se lo han enseñado a hacer; eso es todo.

–No digas tonterías, Edward. En cuanto me pongo a tocar algo de Liszt, se excita todo él y corre a sentarse en la banqueta, a mi lado. Pero sólo reacciona así con Liszt. Y nadie puede enseñarle a un gato a distinguir a Liszt de Schumann. Como que ni siquiera tú notas la diferencia. Él, en cambio, ha acertado siempre. Y Liszt, por otra parte, no es nada conocido.

–Han sido dos veces –observó él–. Sólo lo ha hecho dos veces.

–Con eso basta.

–Pues a ver, que lo repita. Vamos.

–No. Decididamente, no. Porque si este gato es Liszt, como yo así lo creo, o cuando menos el alma de Liszt, o el elemento, como quiera que se llame, que sobrevive, está claro que no es justo, ni tampoco demasiado amable, someterle a toda una serie de pruebas humillantes.

–Pero, ¡querida mía!, esto no es más que un gato, un gato gris y bastante estúpido que esta mañana en el jardín ha estado a punto de chamuscarse la piel junto a la hoguera. Y, por otra parte, ¿qué sabes tú de reencarnaciones?

—Si hay un alma en ese animal, para mí es bastante —replicó Louisa con firmeza—. Lo importante es el alma.

—Pues nada: veámosle actuar. Veámosle distinguir entre su propia obra y la de otro.

—No, Edward, ya te lo he dicho: me niego a hacerle pasar por nuevas y estúpidas pruebas circenses. Por hoy, basta y sobra. Pero te diré lo que voy a hacer. A eso sí estoy dispuesta. Voy a tocarle un poco de su propia música.

—Mucho vas a probar con eso.

—Tú obsérvale. Algo puedes dar por seguro: en cuanto la reconozca, se negará a moverse de la banqueta donde ahora lo ves.

Louisa se dirigió hacia el estante donde guardaba las partituras, tomó un libro con partituras de Liszt, lo hojeó con rapidez y eligió otra de sus más bellas composiciones: la *Sonata* en si menor. Aunque sólo se proponía interpretar su primera parte, una vez estuvo en ello, y como advirtiese la forma en que escuchaba el animal, literalmente trémulo de placer y observando sus manos con aquel aire de concentración embelesada, le faltó valor para interrumpirse y la tocó completa. Terminada la pieza, volvió los ojos hacia su esposo y dijo sonriente:

—Ya lo has visto. No me negarás que le tenía encantado por completo.

—Le gusta ese ruido, no es más que eso.

—Estaba verdaderamente encantado. ¿No es cierto, precioso? —insistió, tomando en brazos al gato—. ¡Oh, si pudiera hablar...! ¿Te das cuenta? ¡En su juventud conoció a Beethoven! Y también a Schubert, a Mendelssohn, a Schumann; a Berlioz y a Grieg, a Delacroix y a Ingres, a Heine y a Balzac. Y aguarda un momento... ¡Cielo santo, si fue suegro de Wagner! ¡Tengo en los brazos al suegro de Wagner!

—¡Louisa! —intervino incisivo su esposo según se enderezaba en el asiento—. ¡Reacciona!

Lo había dicho en tono más alto, de pronto cortante. Ella alzó vivamente la mirada.

–¡Tú estás celoso, Edward!

–¿De un miserable gato gris?

–Entonces ¿a qué esa aspereza, ese cinismo? Si es así como piensas comportarte, mejor será que vuelvas a tu trabajo en el jardín y nos dejes en paz, el uno con el otro. ¿Verdad que sí, tesoro? –añadió dirigiéndose al gato en tanto le acariciaba la cabeza–, ¿verdad que será lo mejor para todos? Y luego, esta noche, los dos, tú y yo, volveremos a disfrutar tu música. Oh, sí –prosiguió mientras besaba repetidamente al animal en el cuello–, y también podríamos obsequiarnos un poco de Chopin. Sí, no hace falta que me lo digas: sé bien que te entusiasmaba Chopin. Fuisteis grandes amigos, ¿verdad, encanto? Lo cierto es que en casa de Chopin fue donde conociste al gran amor de tu vida, Madame No Sé Cuántos. Tuviste con ella tres hijos naturales, ¿no es verdad? Claro que sí, tunante, no intentes negarlo. De manera que –lo besó de nuevo– te ofreceré un poco de Chopin, y eso te hará evocar toda suerte de bellos recuerdos, ¿a que sí?

–¡Louisa, basta ya de esto!

–Oh, no seas pesado, Edward.

–Te estás comportando como una perfecta idiota. Y, eso aparte, olvidas que esta noche vamos a jugar a la canasta a casa de Bill y Betty.

–Oh, ahora me sería de todo punto imposible salir. Ni hablar de eso.

Edward se puso en pie lentamente, se inclinó para apagar la colilla en el cenicero y, en tono apacible, dijo:

–Una cosa: todas estas monsergas de que estás hablando no te las tomarás en serio, ¿verdad?

–Pues claro que sí. Creo que ya no puede haber duda al respecto. Y lo que es más: considero que esto nos carga con una enorme responsabilidad... a los dos. A ti también, Edward.

–¿Sabes qué pienso? Pienso que habrías de consultar con un médico. Y lo antes posible, por cierto.

Dicho esto, dio media vuelta y salió a trancos de la habitación por la puerta encristalada, camino del jardín.

Después de esperar a que hubiese cruzado la superficie plantada de césped, al reencuentro de sus zarzas y sus fogatas, y cuando por fin se hubo perdido de vista, Louisa se volvió y, con el gato todavía en brazos, corrió hacia la puerta principal.

Momentos más tarde conducía el coche en dirección a la ciudad.

Estacionó frente a la biblioteca pública, dejó el gato en el coche, cerró con llave, subió presurosa la escalinata que daba acceso al edificio y se encaminó derecho hacia la sala de información, donde se puso a consultar las fichas referentes a dos temas: LISZT y REENCARNACIÓN.

En el apartado REENCARNACIÓN halló algo escrito por un tal F. Milton Willis y publicado en 1921 con el título de *Repetición de las vidas terrenales: cómo y por qué.* Sobre Listz encontró dos biografías. Tomó en préstamo los tres volúmenes, volvió al coche y emprendió el regreso.

Llegada a la casa, puso al gato en el sofá y se sentó a su lado con los tres libros, dispuesta para un rato de lectura seria. Decidió empezar por la obra de F. Milton Willis. El libro, aunque delgado y un tanto manido, tenía peso y resultaba agradable al tacto, y el nombre del autor sonaba en cierto modo a autoridad.

La doctrina de la reencarnación, leyó, sostiene que las almas pasan por formas animales cada vez más perfectas. «Así, por ejemplo, al igual que un adulto no puede volver a la niñez, tampoco puede un hombre renacer convertido en animal.»

Releyó la frase. Pero ¿cómo sabría eso el autor? ¿Cómo podía estar tan seguro? Era ilógico. Nadie podía estar cierto sobre una cosa semejante. Su afirmación, al mismo tiempo, la desalentó en gran medida.

«En torno a nuestro centro consciente, en todos nosotros existen, además del cuerpo denso exterior, otros cuatro cuerpos, invisibles para el ojo de la carne, pero perfectamente observables para aquellos en quienes las facultades de percepción de lo superfísico han experimentado el necesario desarrollo...»

Esto no lo entendió en absoluto, pero siguió leyendo, y así alcanzó, poco más adelante, un interesante pasaje donde se señalaba el tiempo que por lo regular un alma permanecía ausente de la tierra antes de regresar a otro cuerpo. Los plazos variaban según el tipo de individuo, y el señor Willis ofrecía el siguiente detalle sobre el particular:

Borrachos e incapaces de empleo	40/50 años
Obreros no especializados	60/100 años
Obreros especializados	100/200 años
La burguesía	200/300 años
Clase media alta	500 años
Terratenientes de máxima categoría	600/1.000 años
Introducidos en la Senda de la Iniciación	1.500/2.000 años

Consultó deprisa uno de los dos libros restantes, para averiguar cuánto tiempo llevaba muerto Liszt. La biografía lo declaraba fallecido en Bayreuth, en 1886. Hacía de ello sesenta años. Así pues, y según el señor Willis, para volver tan pronto tenía que haber sido un obrero no especializado, cosa que no parecía hacer en absoluto al caso. Los métodos de clasificación del autor no le merecían, por otra parte, una opinión demasiado favorable, Según él, los «terratenientes de máxima categoría» eran poco menos que los seres supremos de la tierra. Chaquetas rojas, brindis de monteros y sádico asesinato de zorros... No, resolvió, no me parece correcto. Y encontró placer en ese principio de duda al respecto del señor Willis.

En un punto posterior, tropezó con una lista de las reencarnaciones más famosas. Epicteto, se le informó, había vuelto a la tierra en la persona de Ralph Waldo Emerson; Cicerón, en la de Gladstone; Alfredo el Grande, en la de la reina Victoria; y Guillermo el Conquistador, en la de Lord Kitchener. Ashoka Vardhana, rey de la India en 272 a. C, había regresado en la persona del coronel Henry Steel Olcott, prestigioso abogado americano. Pitágoras se reencarnó en el

Maestro Koot Hoomi, fundador de la Sociedad Teosófica junto con Madame Blavatsky y el coronel H. S. Olcott (el prestigioso abogado americano, alias Ashoka Vardhana, rey de la India). No se mencionaba quién fue Madame Blavatsky. Se decía, en cambio, que «Theodore Roosevelt ha desempeñado, a través de numerosas reencarnaciones, el papel de conductor de hombres... De él descendía la estirpe real de la antigua Caldea, de cuyo territorio fue nombrado gobernador, en los alrededores del año 30.000 a. C, por la Entidad que conocemos como César, y que en aquel entonces era rector de Persia. Roosevelt y César, repetidamente reunidos en el poder administrativo y militar, habían sido en un tiempo, muchos milenios atrás, marido y mujer...

Louisa no necesitó leer más. El señor F. Milton Willis no era, bien a las claras, sino un conjeturador. Sus dogmáticas aseveraciones no la habían impresionado. Aunque el buen hombre andaba probablemente por buen camino, sus declaraciones eran extravagantes, sobre todo la que formulaba en el mismo principio del libro, relativa a los animales. Confiaba ella que en breve estaría en condiciones de poner en un aprieto a toda la Sociedad Teosófica, con su demostración de que un ser humano podía, en efecto, renacer en forma de animal inferior. Y también que, para reaparecer en un plazo inferior a los cien años, no era preciso haber sido obrero no especializado.

Seguidamente pasó a una de las biografías, que hojeaba sin demasiada atención cuando volvió su marido, procedente del jardín.

–¿Qué haces? –quiso saber.

–Oh... nada importante: unas pequeñas comprobaciones aquí y allá. Dime, cariño, ¿sabías que Theodore Roosevelt fue en un tiempo la mujer de César?

–Mira, Louisa, ¿por qué no acabamos con estas majaderías? No me gusta verte hacer el ridículo de esta manera. Dame de una vez ese condenado gato y yo mismo lo llevaré a la comisaría.

Louisa no pareció oírle. Boquiabierta, tenía la vista clavada en un retrato que de Liszt ofrecía el libro visible en su regazo.

–¡Dios mío! –exclamó–. ¡Edward, mira!

310

–¿Qué?

–¡Esto! ¡Las verrugas que tiene en la cara! ¡Ya las había olvidado! Sus grandes verrugas, que llegaron a hacerse famosas. Sus mismos discípulos, ansiosos de parecerse a él, se dejaban en la cara, justo donde él las tenía, pequeños grupos de pelos.

–Y eso ¿qué tiene que ver con el asunto?

–¿Lo de los estudiantes? Nada. Pero lo de las verrugas, sí.

–Oh, Dios. Oh, santo Dios todopoderoso.

–¡También el gato las tiene! Fíjate, te lo voy a demostrar.

Se acomodó al animal en la falda y se puso a examinarle la cara.

–¡Aquí! ¡Aquí hay una! ¡Y aquí, otra! ¡Un momento! ¡Estoy segura de que las tiene en el mismo sitio! ¿Dónde está ese retrato?

Se trataba de un famoso retrato que representaba al músico en su vejez, con su rostro de espléndidos y poderosos trazos enmarcado por una espesa cabellera gris que le cubría las orejas y la mitad de la nuca. Las grandes verrugas del rostro, cinco en total, habían sido reproducidas fielmente.

–Veamos, el retrato muestra una encima de la ceja derecha. –Examinó la cabeza del animal en esa zona–. ¡Sí! ¡Aquí está! ¡Exactamente en el mismo sitio! Luego, otra, a la izquierda, en la parte alta de la nariz. ¡Pues también está aquí! Y otra, un poco más abajo, ya en la mejilla. Y, las dos últimas, bastante juntas, bajo el lado derecho del mentón. ¡Edward! ¡Edward! ¡Ven a ver esto! ¡Corresponden exactamente!

–Eso no demuestra nada.

Alzó la mirada y la fijó en su esposo, quien, plantado en pie en mitad de la sala, todavía con el suéter verde y los pantalones caqui, seguía sudando en abundancia.

–Tienes miedo, ¿verdad, Edward? Miedo de perder tu preciosa dignidad y de que la gente, por una vez en la vida, piense que estás haciendo el ridículo.

–Lo que ocurre, sencillamente, es que me niego a abandonarme a la histeria.

Louisa volvió a su libro y leyó un poco más.

—Esto es interesante —dijo—. Dice aquí que Liszt adoraba toda la obra de Chopin, con una excepción: el *Scherzo* en si bemol. Esa pieza, al parecer, la aborrecía. La llamaba el *Scherzo de la Institutriz,* y aseguraba que debía reservarse a las mujeres que practicasen esa profesión, y sólo para ellas.

—¿Y qué?

—Escúchame, Edward. En vista de que insistes en esa horrenda actitud sobre todo esto, te diré lo que voy a hacer. Voy a interpretar ahora mismo ese *scherzo,* y tú te quedas aquí y observas lo que ocurra.

—Tras lo cual te dignarás, a lo mejor, a preparar un poco de cena.

Louisa se puso en pie y tomó del estante un gran volumen encuadernado en verde, que contenía todas las obras de Chopin.

—Aquí está. Oh, sí, lo recuerdo. Desde luego, es bastante feo. Y ahora, escucha, o, mejor dicho, observa. Observa qué hace el gato.

Colocó la partitura en el piano y tomó asiento. Su marido se quedó en pie. Tenía las manos en los bolsillos y un cigarrillo entre los labios y, bien que a pesar suyo, vigilaba al gato ahora adormecido en el sofá. El primer efecto, en cuanto Louisa inició su interpretación, fue tan espectacular como en las anteriores ocasiones. El animal se enderezó de un brinco, como aguijoneado, y por espacio de al menos un minuto se mantuvo inmóvil, con las orejas de punta y todo el cuerpo trémulo. Luego, inquieto, comenzó a recorrer el sofá arriba y abajo en toda su longitud. Por último saltó al suelo y, con la nariz y la cola en alto, abandonó lenta, majestuosamente la habitación.

—¡Ahí tienes! —exclamó Louisa al tiempo que se levantaba de un salto y corría detrás del gato—. ¿Qué quieres más? ¡Esto lo demuestra!

Volvió cargada con él y lo dejó en el sofá. La cara de la mujer irradiaba entusiasmo toda ella; los puños, de puro comprimidos, los tenía blancos; y el pequeño moño que le coronaba la nuca empezaba a aflojársele, cayéndole a un lado.

—¿Qué me dices ahora, Edward? ¿Qué opinas? —indagó riendo nerviosa.

—Debo reconocer que ha resultado muy divertido.

–¡Divertido! Mi querido Edward, esto es lo más maravilloso que haya ocurrido jamás. ¡Oh, válgame Dios! ¿No es fantástico pensar que tenemos a Franz Liszt viviendo en casa?

–Vamos, Louisa, no nos pongamos histéricos.

–No puedo evitarlo, no puedo. ¡Y pensar que se va a quedar con nosotros para siempre...!

–¿Cómo has dicho?

–¡Oh, Edward! Oh, Edward, estoy tan emocionada, que apenas acierto a hablar. ¿Y sabes lo que voy a hacer? Como todos los músicos del mundo querrán conocerle, porque eso es seguro, y preguntarle acerca de la gente que conoció... Beethoven, Chopin, Schubert...

–No sabe hablar –observó su marido.

–Bueno... de acuerdo. Pero eso no impedirá que quieran conocerle, siquiera por verlo, tocarlo, interpretar para él sus composiciones, cosas modernas que jamás había escuchado...

–Tampoco fue tan eminente. Si hablásemos de Bach, o de Beethoven...

–Por favor, Edward, no me interrumpas. Total que lo que voy a hacer es notificarlo a todos los compositores importantes del mundo entero. Es mi deber. Les diré que Franz Liszt está aquí y les invitaré a visitarle. ¿Y qué ocurrirá? Que vendrán a verlo desde todos los rincones de la tierra, en avión.

–¿A ver un gato gris?

–Eso, vida mía, no importa. Se trata de *él.* Su aspecto nos tiene a todos sin cuidado. ¡Oh, Edward, será la cosa más emocionante que haya ocurrido jamás!

–Pensarán que estás loca.

–Ya lo veremos.

Tenía al gato en brazos y le acariciaba con ternura, sin por ello perder de vista a su marido, que había avanzado hasta la puerta encristalada y desde allí contemplaba el jardín. Con el principio de la anochecida, el césped viraba lentamente del verde al negro, y allá lejos se elevaba en blanca columna el humo de su fogata.

–No –dijo él sin volverse–, no me avengo a eso. No lo verá esta casa. Pasaríamos por dos perfectos imbéciles.

–Edward, ¿qué quieres decir?

–Ni más ni menos lo que he dicho. Me niego en redondo a que rodees de publicidad una tontada como ésta. ¿Que has ido a topar con un gato adiestrado? Perfecto, magnífico. Quédatelo, si eso te complace. No tengo nada en contra. Pero de ahí no quiero que pases. ¿Me has entendido, Louisa?

–¿De dónde no debo pasar?

–No quiero oír más majaderías de éstas. Te comportas como una chiflada.

Lentamente, Louisa dejó al gato en el sofá. Luego, con la misma lentitud, se puso en pie, tan alta como lo permitía su corta estatura, y avanzó un paso.

–¡Que el diablo te lleve, Edward! –gritó al tiempo que descargaba una patada en el suelo–. ¡Por una vez que algo emocionante ocurre en nuestras vidas, te mueres de miedo de comprometerte, no sea que fueran a reírse de ti! Es eso, ¿no es cierto? No irás a negarlo, ¿verdad?

–Louisa, ya basta. Vuelve en ti y acaba de una vez con esto.

Cruzó la sala, tomó un cigarrillo de la caja que estaba sobre la mesa y lo encendió con el descomunal encendedor acharolado. A su esposa, que se había quedado mirándole, comenzó a manarle el llanto por los lagrimales en dos arroyuelos que surcaron sus empolvadas mejillas.

–Estas escenas vienen repitiéndose demasiado a menudo en los últimos tiempos, Louisa –estaba diciendo el hombre–. No, no me interrumpas. Escúchame. Me hago perfectamente cargo de que ésta puede ser una difícil época de tu vida y de que...

–¡Oh, Dios santo! ¡Si serás idiota! ¡Si serás fatuo e idiota! ¿Acaso no te das cuenta de que esto es distinto, de que esto es... de que esto es un milagro?

En ese punto, atravesando la habitación, él la asió con firmeza por los hombros. Tenía en la boca el cigarrillo recién encendido, y allí donde la copiosa transpiración se había secado en cercos resaltaba, en pálidas manchas, la textura de su cutis.

–Me vas a escuchar –replicó el hombre–. Tengo hambre, he renunciado al golf y me he pasado el día entero trabajando en el jardín: estoy extenuado y hambriento y necesito cenar un poco. Y tú también. De manera que andando a la cocina y a ver si me preparas algo apetitoso.

Louisa retrocedió un paso y se llevó ambas manos a la boca.

–¡Cielos! –exclamó–. Lo había olvidado por completo. Tiene que estar lo que se dice famélico. Aparte un poco de leche, no le he dado nada de comer desde que llegó.

–¿A quién?

–¿A quién va a ser? A *él,* claro está. Es preciso que me ponga a prepararle enseguida algo verdaderamente especial. Ojalá supiese cuáles eran sus platos favoritos. ¿Qué crees tú que podría gustarle, Edward?

–¡Louisa... maldita sea...!

–Vamos, Edward, por favor; siquiera por una vez, quiero hacer las cosas a mi manera. Y tú –añadió mientras se agachaba para acariciar al gato suavemente con los dedos–, quédate aquí; no tardaré.

Entró en la cocina y se detuvo un instante a pensar qué cosa especial podría prepararle. ¿Y si le hiciera un suflé, un buen suflé de queso? Sí, eso resultaría bastante refinado. Claro que a Edward los suflé no le complacían demasiado, pero, en fin, la cosa no tenía arreglo.

Cocinera sólo mediana, no siempre estaba segura de acertar los suflé; pero en esta ocasión se esmeró y tuvo cuidado en esperar a que el horno alcanzase la temperatura indicada. Mientras aguardaba a que se cociera el suflé, y mientras revolvía en busca de algo con que acompañarlo, se le ocurrió que a buen seguro Liszt no había probado jamás ni los aguacates ni los pomelos y resolvió darle a conocer ambas cosas, mezcladas en ensalada. Sería interesante ver su reacción. Desde luego que sí.

Cuando todo estuvo listo, lo puso en una bandeja y lo llevó a la sala de estar. En el preciso instante en que entraba en el cuarto vio a su marido, que, procedente del jardín, trasponía la puerta de cristales.

—Aquí tiene su cena —anunció Louisa en tanto la depositaba en la mesa y se volvía hacia el sofá—. ¿Dónde está?

Su marido cerró con llave la puerta de acceso al jardín y cruzó la estancia para procurarse un cigarrillo.

—Edward, ¿dónde está?

—¿Quién?

—Ya lo sabes.

—Ah, sí. Sí, sí, claro. Pues, verás...

Atento a encender el pitillo, tenía adelantada la cabeza y las manos en torno al enorme encendedor acharolado. Al levantar la mirada vio que su mujer tenía la vista fija en él: en sus zapatos, en los bajos de sus pantalones caqui, húmedos de caminar por la hierba alta.

—He salido un momento, a ver qué tal seguía la hoguera... —continuó.

La mirada de ella fue ascendiendo lenta, hasta detenerse en las manos.

—Todavía sigue ardiendo —prosiguió—. Creo que durará toda la noche.

Pero la forma en que ella le miraba le tenía violento.

—¿Qué ocurre? —preguntó al apartar el encendedor.

Y como bajara la vista, advirtió por primera vez el largo, delgado arañazo que le cruzaba la mano de nudillo a muñeca.

—¡Edward!

—Sí, ya lo sé —respondió—. Esas zarzas son terribles. Le destrozan a uno. Pero bueno, Louisa, espera... ¿Qué te ocurre?

—¡Edward!

—Oh, por amor de Dios, mujer, siéntate y no pierdas la calma. No hay motivo para ponerse así. ¡Louisa! ¡Louisa, *siéntate!*

ÍNDICE